南方之星

L'ÉTOILE DU SUD

[法] 儒勒·凡尔纳 著

许崇山 译　钟燕萍 校

人民文学出版社

第十八章　会说话的鸵鸟　　234

第十九章　神奇的山洞　　249

第二十章　归　来　　263

第二十一章　威尼斯式判决　　278

第二十二章　特殊宝藏　　292

第二十三章　骑士风度　　305

第二十四章　陨落的星星　　314

第一章　异想天开的法国佬

"先生，请讲，我洗耳恭听。"

"先生，我恳求您，允许我迎娶您的女儿沃金斯小姐。"

"娶艾丽丝？……"

"是的，先生。我的请求似乎让您意外。请原谅，不过，我还是不大理解，为什么我的请求让您感到意外。

"我叫希培昂·梅里，今年26岁，是一名矿业工程师，毕业于巴黎综合工科学校①，毕业成绩名列榜眼。

"我出身于体面而受人尊敬的家庭，尽管它并不富有。对此，法国驻好望角州的领事可以做证，您随时可以咨询。另外，我的朋友法拉蒙·巴尔德斯也可以做证，这位勇敢的猎手在格利加兰无人不晓，您对他也非常熟悉。

"受法兰西科学院和法国政府的委派，我来格利加兰从事科学研究。去年，由于对奥威尔涅火山岩结构的研究成果，我获得了矿业学院颁发的胡达尔奖。我目前正在撰写关于瓦尔地区富含金刚石盆地的论文，已经快要完成了，这篇论文肯定将在科学界大受赞赏。完成在这里的工作后，我将受聘成为巴黎矿业学

---

① 巴黎综合工科学校是法国最著名的理工科学院，其在法国高校的地位相当于中国的清华大学。

院的副教授。我已经让人预订了在巴黎的住所,地址是大学街104号四层。从明年1月1日起,我的薪水将提高到4800法郎,我知道,这笔收入不算太多,但是,我还有许多校外工作收入,包括专家鉴定、科学院的奖金,以及与科学杂志的合作收入,这些加起来几乎让我的收入翻番。需要补充的是,我的生活习惯俭朴,知足常乐。先生,我荣幸地请求您应允,将您的女儿艾丽丝小姐嫁给我。"

从这番简短演讲的坚定语气,不难看出,希培昂·梅里习惯于单刀直入,坦率直言。

从这个年轻人的表情和语气,可以看出,他习惯于思考高深的科学命题,对时下媚俗的夸夸其谈一窍不通。

希培昂留着栗色的平头,金色髭须几乎紧贴皮肤刮得溜光,身着简朴的人字斜纹布旅行套装,头戴一顶价值10苏①的草帽,进门时特意摘下放到椅子上。

尽管对面听他演讲的人面无表情,无动于衷,透着一股典型的盎格鲁-撒克逊人的满不在乎,希培昂·梅里仍然显得庄重严肃,清澈的眼神折射出纯洁正直的心灵。

必须指出,这位法国年轻人操一口流利的英语,似乎在英联邦最英语化的地区长期生活过。

沃金斯听着,嘴里叼着一根长烟斗,斜靠在木制扶手椅里,左腿伸直放在草垫上,胳膊肘倚在大木桌的一角,面前摆着一罐杜松子酒,一只酒杯,里面盛着半杯烈性酒。

---

① 法国辅币,1苏相当于5个生丁。

此人身着白色长裤,蓝色厚麻布外衣,里面套一件暗黄色法兰绒衬衣,没穿马甲,也没系领带。一顶毡帽紧紧扣在灰色的脑袋顶,一张紫红浮肿的大胖脸,仿佛涂满了一层醋栗果冻。这是一张并不讨人喜欢的脸,稀疏地散布着干枯的胡须,颜色与绊脚草相仿,脸上嵌着一对灰色的小眼珠,目光中看不到一丝善意与毅力。

有必要为沃金斯先生辩护一句:他患有严重的痛风病,不得不把左脚包裹起来,在南部非洲,与在其他国家一样,痛风病使病人的关节疼痛难忍,往往也使病人的脾气变得暴躁。

以上这一幕发生在沃金斯先生庄园房子的底层,在赤道以南,南纬29度与东经22度的交会处,与巴黎恰好处在同一经度。这里位于奥兰治自由邦①的西部边界,在英属殖民地好望角州的北面,位于南部非洲,或者说盎格鲁-荷属非洲的中心地带。奥兰治河②流经奥兰治自由邦境内,其右岸构成了卡拉哈里沙漠的南部边界③。在古老的地图上,这片地域被标名为"格利加兰",最近十来年,这个地区又被人们叫做"钻石之乡"。

这次气氛微妙的会晤发生在沃金斯的客厅里,这里的装饰风格颇为奇特:既摆放着豪华的家具,又散发出穷酸的气息。例如,客厅的地面是普通夯土,上面却铺陈着厚实的地毯,以及昂

---

① 奥兰治自由邦在南非中部,面积约13万平方千米,成立于1854年。经英布战争,1900年沦为英国殖民地。1910年成为南非联邦的一个省。
② 奥兰治河是非洲南部的重要河流,发源于莱索托高地,向西流经2200公里,横贯南非草原区,在亚历山大湾注入大西洋。
③ 卡拉哈里沙漠是非洲南部内陆干燥区。也称作"卡拉哈里盆地",是非洲中南部的主要地形区。总面积约63万平方千米。

贵的毛皮。墙壁上没有任何壁纸的痕迹，却悬挂着豪华的铜雕摆钟，各种名牌武器，以及用华丽的画框装饰的英格兰小彩画。天鹅绒面料的沙发旁边摆放着一张没有上漆的木桌，这样的桌子原本也就只配放在厨房里。欧洲直达航班运来的扶手椅被晾到一边，沃金斯宁愿坐在自己亲手刨制的粗糙的木椅上。各种贵重物品，特别是各种昂贵的皮毛，包括花豹皮、猎豹皮、长颈鹿皮，以及山猫皮，乱七八糟地堆放在家具上。一言以蔽之，这间客厅充斥着土豪的气息。

此外，从客厅天花板的结构就能看出，这栋房屋是一栋单层平房。就像本地的所有房屋一样，用木板和黏土构筑，单薄的房顶木架上，覆盖着凹槽锌板。

另外，还能看得出来，这栋房屋刚建造落成不久。如果从屋子的窗口探出头，左右看一看，就能发现附近散布着五六处房屋废墟，每一处的建筑年代不同，规模大小依次递增，衰败颓废的程度也逐次递减。这些都是沃金斯先生陆续建造、居住，又先后废弃的旧居，它们分别代表了沃金斯在不同时期的财富积累规模。

最偏远的那处废墟是草泥土坯垒砌，极其简陋，简直都算不上是土坯房。另一处废墟曾经是黏土垒砌，第三处废墟则是土木结构，第四处曾经是黏土与锌板结构。通过这些废墟可以看出，产业给沃金斯先生带来好运，使他有能力逐步提高住宅的建筑档次。

所有这些破败程度不一的建筑物麋集在一座小山丘上，山丘位于瓦尔河与莫代河的汇合处，在南部非洲的这个地区，瓦尔河与莫代河是奥兰治河的主要支流。站在土丘上，极目眺望，西南方与北方是一片荒凉贫瘠的平原。当地人将这片平原称作"草原"，那里气候干旱，红色土壤尘土飞扬，稀疏地生长着野草和荆棘灌木丛。这片荒芜之地的典型特征就是连一棵树都见不到。由于本地区不产煤炭，与沿海地区的道路交通又不方便，因此，燃料极度匮乏，不得不依靠焚烧动物粪便来满足日常生活所需。

在这片景色单调，甚至凄凉的平原上，流淌着两条河流，水流平缓，两岸毫无沟壑，以至于让人产生联想：这里的河水为什么不能漫延到整个平原。

站在土丘上眺望东方，远处地平线上，两座锯齿状山峰突兀而起，那是博特贝格山与巴尔迪贝格山，如果眼力足够犀利，能够望见山脚下袅袅升起的炊烟、扬起的尘土，以及一些白色的小点儿，那是一些房子或者帐篷，在它们周围，游动着成群的牲畜。

在这片草原上，散布着一座座正在开采的钻石矿点，诸如杜图瓦庞矿、纽鲁适矿，以及旺地嘎尔特－山丘矿，这后一座矿，也许是当地产量最丰富的钻石矿点。所有钻石矿全部露天开采，矿脉接近地表，当地把这类矿点统称"特里迪荆"，意思是"干燥的矿"。从1870年开始至今，这里出产的钻石和各种宝石价值累计约4亿英镑。这些矿点密集分布在方圆不超过两三千米的区域内，距离沃金斯庄园不过4英里，站在他家的小窗户前，可以清晰地眺望钻石矿区。

其实，用"庄园"一词来形容沃金斯先生的这栋房屋有点儿勉强，因为在它周围根本看不到任何农作物。在南部非洲的这个地区,沃金斯先生与其他那些所谓的农场主一样,与其说是农业种植园主,不如说是拥有成群牛羊的牧场主。

不过现在,沃金斯先生对于希培昂·梅里客气而直率地提出的请求还没有做出答复。他足足思考了三分钟之久,终于从嘴角抽出长烟斗,语出惊人,很明显,这番言谈和对话的主题风马牛不相及。

"看来时代真的要变了,亲爱的先生!今天这一早上,痛风病让我感到痛苦无比!"

年轻的法国工程师皱起双眉,略微偏了偏脑袋,努力抑制住自己的沮丧情绪,回答道:

"也许,沃金斯先生,您应该戒掉杜松子酒的嗜好。"他用手指了指盛酒的陶罐,随着沃金斯不断重复的倾倒动作,罐里的烈酒正在迅速减少。

"戒酒?我去!亏您想得出来!"

牧场主咆哮道:"难道饮酒能伤害一个正派人?……是的,我知道您想说什么!……您要列举医生给那位同样患有痛风病的市长大人开出的药方!……那个医生叫什么来着?对了,叫阿贝尔耐迪!那个医生就会对病人说:您感觉好点儿了吗?正确的生活方式应该是每天自己劳动挣一个先令①,然后靠这一个先令过日子。说得真容易!用我们英国人的老话儿说,如果仅仅为了身体健康,就要节俭地每天用一个先令打发日子,那还要发家致富干什么?……都是您这样的才子编造的言不由衷的

---

① 英镑辅币,1先令等于1/20英镑。

蠢话,梅里先生！够了,求您,别来烦我！……您听着,我认为,即使我马上就要入土了,我也宁愿吃好喝好,抽好烟,而且只要愿意,尽情享受。我在这个世界上别无所好,您却要求我戒掉？"

希培昂坦率回答道："噢,对此我倒无所谓！不过就是提醒您一个养生之道,而且我认为它不无道理。不过,让我们先把这个议题搁一边,沃金斯先生,重新回到我此次专程来访的话题。"

刚刚还唠唠叨叨的沃金斯,立刻沉默下来,不声不响地一口一口抽着烟斗。

恰在此时,门开了。进来一位年轻女孩,手里托着一个盘子,盘子里放着一只玻璃杯。

这是一位漂亮的女孩子,头戴一顶草原农庄时兴的大大的圆锥顶女帽,身穿一条简朴的碎花麻布裙,年龄大约19或20岁,皮肤白皙,美丽的金发纤细柔软,大大的蓝眼睛,面色温柔而开朗,整个人显得健康、优雅、活泼可爱。

她用略带英语口音的法语说道："您好,梅里先生！"

看见女孩进来,希培昂·梅里立刻站起身,躬身说道："您好,艾丽丝小姐！"

沃金斯小姐面带愉悦的笑容,露出美丽的牙齿,说道："梅里先生,看见您来了,知道您不喜欢父亲那可恶的杜松子酒,特意给您准备了新鲜的橘子水,希望您能喜欢！"

"万分感谢,小姐！"

艾丽丝撇开客套话,语气亲昵地说道："啊！您实在想不到,我的那只鸵鸟达达今天早晨吞吃了什么！它吞吃了我用来织补长袜的象牙球！……对！就是我的象牙球！……那个象牙球好大呢。对了,梅里先生,您见过那个象牙球,就是直航船运来的那个钮鲁适象牙球!……哎呀,这个贪嘴的达达把象牙球当作药片吞吃了!等着瞧吧,这个坏家伙早晚得把我烦死!"

艾丽丝小姐说着,蓝色的眼睛里闪烁着愉悦的目光,不难看出,她对这个未来可能实现的悲惨预言毫无心理准备。

面对艾丽丝,沃金斯先生和年轻的工程师两人表情尴尬,沉默不语。突然,凭着女性敏感的直觉,艾丽丝察觉到了什么。

"看起来,先生们,我好像打搅你们了,"艾丽丝说道,"如果你们有什么秘密不想让我听见,我可以走开!……而且,我的时间也很宝贵!还得在准备晚饭之前练习钢琴奏鸣曲!……好吧!看得出来,你们今天都不爱说话!先生们,再见,继续你们的阴谋诡计吧!"

艾丽丝已经走出房间,立刻转身又回来,在沉闷的气氛中,用轻松的语气说道:"梅里先生,什么时候您愿意考查我的氧元素知识?我随时准备回答。您让我学习的化学教材第三章,我已经阅读了三遍,对我来说,这种无色无味的气体已经毫无秘密可言!"

话音刚落,沃金斯小姐行了一个漂亮的屈膝礼,流星般地消失了。

片刻之后,在远离客厅的某个房间里,回响起悦耳的钢琴奏鸣曲,年轻女孩开始全神贯注于她的音乐课。

刚才,女孩子的靓丽现身让希培昂暂时忘记此行的目的,现在,他重新拾起话题,说道:"那么,沃金斯先生,对于刚才我有幸向您提出的请求,可否给予答复?"

进来一位年轻女孩,手里托着一个盘子,盘子里放着一只玻璃杯。

沃金斯从嘴里抽出烟斗,大大咧咧地向地上吐了口痰,猛地抬起头,向年轻人投去审视的目光,问道:"梅里先生,您是否不经意间向她提起过这事儿?"

"哪件事儿?……向谁?"

"就是您刚刚谈起的这件事,向我的女儿。"

"您把我当成什么人了,沃金斯先生?"年轻工程师激烈地反问道,那语气容不得别人怀疑他的真诚,"先生,我是法兰西人!……请别忘记这一点!……告诉您,没有您的赞同,我永远不会与您的女儿谈婚论嫁!"

沃金斯的眼神变得和缓,然后,他的舌头也变得利索起来,用近乎和蔼的口气说道:"这样最好!……好小伙子!……但愿您在艾丽丝面前保持自重!这样,既然我能够信任您,那么,请您向我保证,将来不要向艾丽丝多说此事!"

"先生,这是为何?"

沃金斯回答道:"因为这桩婚事是根本不可能的,因此,最好现在就把它从您的脑海中抹去!梅里先生,您是位正直的年轻人,真正的绅士,出色的化学家和大学老师,前程远大,对此我毫不怀疑。但是,您娶不了我的女儿,因为,我为她规划的未来与您完全是两码事。"

"可是,沃金斯先生……"

牧场主不容辩驳地说道:"不必强求!……这没用!……哪怕您是英国公爵、贵族议员,也别想说服我!更何况,您连英国人都不是,跑到我这里大言不惭地宣称自己一文不名!好了,动动脑子,仔细想想吧,我辛辛苦苦把艾丽丝抚养成人,为她请来维多利亚和布隆方丹①最好的老师，难道就是为了在她年满20岁的时候，把她送去巴黎，住进大学街的第四层公寓，与一位我都听不懂他说话的先生一起生活？……好好想想吧，梅里先生，站在我的位置上想想！……假设，您是农场主约翰·沃金斯，同时拥有旺地嘎尔特-山丘钻石矿，又假设我是希培昂·梅里，年轻的法国学者，到南非来出差！……假设您身处这间客厅，坐在这张沙发上，品呷着杯中的杜松子酒，嘴里叼着烟斗，抽着来自汉堡的烟丝：难道您会同意，哪怕只有那么一点点意思，把自己的女儿嫁给我吗？"

希培昂回答道："我肯定同意，沃金斯先生，假如我在您身上发现优点，而且这些优点足以给她幸福的话，我会毫不犹豫地同意。"

沃金斯接道："好哇！那您就错了，亲爱的先生，而且大错特错！您的行为举止就不像一个拥有旺地嘎尔特-山丘矿的人，或者说，您根本就不可能拥有这座钻石矿！因为，您以为这么一座钻石矿平白无故会落到我手里吗？您以为，我不需要凭着自己的聪明智慧、刻苦辛劳，就能把它攫取到手，并且实实在在成为它的主人？……哼！梅里先生，我拥有这份聪明智慧，这辈子审时度势，多谋善断，特别是在我女儿的事情上，绝不含糊！……这就是为什么，我再说一遍：把这想法从您的脑海里抹掉！……艾丽丝不是您的菜！"

得意扬扬地说完这句结论，沃金斯抓起酒杯，一饮而尽。

---

① 南非城市，司法首都。

年轻的工程师目瞪口呆,一句话都说不出来。

看到他这样,沃金斯又追上几句:"您感到惊讶,你们这些法国佬!依我看,你们的脸皮可真够厚的!怎么着,三个月之前,您好像从天上掉下来似的,直接来到格利加兰,来到一个正派男人的家里,此前,你们素不相识。而且在过去的这九十天里,你们统共见面不超过十次!然后,您找到这个男人,对他说:约翰·斯塔勒通·沃金斯,您有一个可爱的女儿,受过良好教育,世人皆知她是本地区的佳丽,更奇妙的是,她还是您唯一的财产继承人,拥有两个大陆最富饶的钻石矿产的继承权!而我,我是希培昂·梅里,来自巴黎,工程师,挣着一份4800法郎的薪水!……烦请您允许我娶走这个姑娘,让我把她带回我的国家,此后,您将再也得不到她的消息,最多也就是间或收到一封信件,或者电报!……您觉得这么着合适吗?……反正我认为,这简直不可思议!"

希培昂站了起来,面色苍白,拿起帽子,准备走出去。

农场主继续重复道:"就是不可思议!噢!我才不会虚情假意!……先生,我是个老谋深算的英国佬!……您看得出来,我曾经比您还穷,是的,比您穷得更厉害!……我什么都干过!……我在商船上当过见习水手,在达高塔捕猎过野牛,在阿里佐纳当过矿工,在特朗斯山谷放过牧!……我见识过酷暑、严寒、饥饿和精疲力竭。在二十年的时间里,我曾经汗流浃背,只为了挣一块面包皮充当晚餐!……后来,我娶到已故沃金斯夫人,也就是艾丽丝的母亲,顺便提一句,她是法裔布尔人的女儿,这点与您相似。那时候,我们两个人都养不起一只山羊!但是,我拼命干活,从未丧失勇气!……现在,我有钱了,我想享受辛勤劳作的成果!……我想留住我的女儿,特别希望她来照顾我的痛风病,夜晚,当我心情郁闷时,能倾听她弹奏的音乐!……有一天她要出嫁了,应该嫁给当地的小伙子,像我这样的农场主或者钻石矿主,与她一样富有。小伙子不会对我说要带她离开,饿着肚子住四层楼,而且是去一个我这辈子都不想踏足的国度。比方说,艾丽丝应该嫁给吉姆·希尔顿,或者像他一样身强力壮的别的小伙子!……追求她的人可不少,我敢保证!……总之,艾丽丝应该嫁给一个英格兰好汉,有胆豪饮烈性酒,而且能陪我一起抽烟斗!"

希培昂已经攥住门把手,准备离开客厅,在这里他感到呼吸不畅。

沃金斯继续冲他吼道:"至少,您别恨我!梅里先生,我一点都不怨您,一如既往地希望继续看到您,无论是作为房客,还是朋友!……对了,今晚正好有几位客人共进晚宴,您是否有兴趣出席?……"

希培昂冷冷地说道:"不了,谢谢,先生!我还要赶写一封信件送往邮局。"

说完转身离去。

"不可思议,这些法国佬……不可思议!"沃金斯喃喃自语,用手里一直拿着的柏油绳点燃烟斗。

第二章　钻石产地

在沃金斯刚才的那番话里，最让年轻工程师感到难受的，是他不得不面对的一个深刻道理，尽管这个道理被极其粗俗的话语所掩盖，但是，认真思索一番后，希培昂甚至感到惊讶：为什么之前没能发现农场主反驳自己的理由，以至于遭到如此无礼的拒绝。

事情明摆着，截至目前，希培昂从未考虑过自己与艾丽丝之间存在的距离，这种距离不仅来自彼此财富的差异，还包括种族差异、教育程度差异，以及地理差异。最近五六年来，希培昂已经习惯于从纯科学的角度看待矿产，在他眼里，钻石不过是碳元素构成的标本，其功能也就是摆在矿业学院展览馆里供人参观。此外，希培昂在法国的生活环境，从社会学的角度看，远比沃金斯一家的生活条件优越，因此，他完全忽略了这位农场主所拥有的钻石富矿的商业价值。他甚至从来没有注意到，在旺地嘎尔特-山丘矿主人的女儿与法国工程师之间，存在着某种差距。倘若他意识到了这个问题，也许，这位巴黎人，巴黎综合工科学校的高才生就会想到，此刻，他正处于人们所谓的"高攀婚姻"的边缘。

沃金斯给予的严厉警告令人痛苦地击碎了他的幻想。希培昂的心地过于善良,未能提前认识到沃金斯的坚实理由,年轻人太过实诚,因为遭到拒绝而深感愧疚,毕竟,在内心深处,希培昂知道这个拒绝不无道理。

尽管如此,这个打击还是太沉重了,现在,希培昂必须放弃艾丽丝,他突然感到,在不到三个月的时间里,这个年轻女孩已经成为自己最亲爱的人。

实际上,仅仅在三个月前,希培昂·梅里才认识艾丽丝,那时候,他刚到格利加兰。

一切好像已经过去很久了!希培昂抵达南非的那日,天气很糟糕,炎热高温,尘土飞扬,他刚刚从北半球,经过长途旅行,来到南半球。

与希培昂同船抵达的还有他中学时期的同学,老朋友法拉蒙·巴尔德斯,这是他第三次来南部非洲狩猎游玩。希培昂与他在开普①分手。法拉蒙·巴尔德斯动身赶往巴索托,准备在那里招募一小队黑人武士,然后率领他们出发狩猎。与此同时,希培昂坐上一辆由14匹马拖拽的重型驿车,即将穿越草原,踏上通往钻石产地的旅途。

这位年轻学者随身携带了五六个大箱子,都是他一刻不愿分离的重要物品,足够装备一座真正的化学和矿物学实验室。可是,旅行马车只允许每位乘客携带50公斤行李,这些宝贵的箱子只好托付给拉行李的牛车,以极其缓慢的速度运往格利加兰。

---

① 好望角地区又称开普——Cape。

驿车有四只巨大的轱辘，车身罩着帆布篷子，里面安置了12个座位。随着马车涉水蹚过一条又一条河流，车身也一遍又一遍地被河水浸湿。拖车的马匹成对套在一起，旁边还增加了几匹骡子，两个马车夫并肩坐在车前，灵巧地驾驭着马匹，其中一个车夫手执缰绳，旁边的助手则挥舞长长的竹鞭，犹如一根巨大的鱼竿，不仅用来赶马，同时给拉套的马匹指引方向。

马车沿途经过布佛堡——一个坐落在新威尔山脚下的美丽小城，翻过山梁，来到维多利亚，然后直奔奥兰治河畔的霍普敦，那里是所谓的"希望之城"，从那里，奔向金伯利，再到主要的钻石产地，就没有多远了。

这段旅程大约需要8至9天，十分辛苦，穿过光秃秃的草原，沿途景色始终单调而荒凉：红色的原野，散布着冰雹般的石块，灰色的岩石露出地面，黄色的稀疏草丛，干枯的灌木。一路上，既没有农田，也看不到漂亮景色。远远地，散布着一些可怜的农庄，当地殖民政府把土地出让给农庄主，并委托其接待过往旅客。但是，接待的条件十分有限。这些简陋的客栈，既不向男旅客提供床铺，也不向马匹提供干草。仅能提供的几听罐头食品，还是辗转运到这里，售价昂贵得离谱！

拉车的马匹需要填饱肚子，于是，只好把它们驱散到草原上，让它们自己去寻找藏在石块下的野草。第二天早晨，马车上路之前，重新找回马匹就成了一件麻烦事，往往浪费大量时间。

原始落后的旅行马车剧烈颠簸着，在这条蛮荒的道路上艰难行进！车上的旅客座位其实就是一些用来装载零星行李的木箱，在漫长的一个星期的时间里，坐在箱盖上的旅客就像锻锤一

马车沿途经过布佛堡——一个坐落在新威尔山脚下的美丽小城,翻过山梁……

样,伴随车辆颠簸,不停地锻打着箱盖。坐在车上,旅客无法入睡,也无法看书,甚至都无法交谈!另一方面,大多数旅客都在不停地抽烟,就像工厂烟囱,昼夜不停冒烟,喝酒,喝得上气不接下气,吐痰,随地乱吐。

在这群旅客当中,只有希培昂·梅里的身份比较特别,其他旅客都是听说发现金矿或者钻石矿的消息后,急忙从世界各地会聚而来。在他们当中,有一个那不勒斯人,自称名叫阿尼巴尔·邦达拉西,大高个儿,黑色长发,总喜欢扭着腰走路,一脸皱褶,眼神游移不定;还有一个葡萄牙犹太人,名叫纳桑,是个钻石专家,喜欢安静地守在自己的角落里,用哲学家的眼神审视周围人;一个来自英格兰兰开夏郡的矿工,名叫托马斯·斯蒂尔,棕色胡子,膀大腰圆,孔武有力,原先是个挖煤的,现在准备去格利加兰淘金;一个德国人,名叫海尔·费里戴尔,说起话来像个权威,聊起钻石开采,几乎无所不晓,尽管他本人从来没有挖到过一颗钻石。还有一个美国佬,长着一副薄嘴唇,沉默寡言,一天到晚只会对着自己的皮酒囊亲嘴,不过,他似乎已经拿到了开办矿工餐馆的经营许可,那个营生稳赚不赔。除此之外,旅客中还有一个来自赫尔河畔的农场主,一个来自奥兰治自由邦的布尔人,一个经常往返于纳玛瓜斯倒卖象牙的掮客,两个来自德兰士瓦①的垦荒者,以及一个名叫"李"的中国人,这是个典型的中国人名字。这帮旅客犹如乌合之众,衣冠不整,形迹可疑,吵吵嚷嚷,在他们当中,看不到一个正经人。

----

① 德兰士瓦是布尔人于19世纪后半叶在现在的南非共和国北部建立的国家。

这帮旅客犹如乌合之众,衣冠不整,形迹可疑,吵吵嚷嚷,在他们当中,看不到一个正经人。

希培昂饶有兴致地研究这帮旅客的言行举止,但很快觉得乏味,唯有那个笑容开朗的彪形大汉托马斯·斯蒂尔,以及那个步履轻盈飘逸的中国人李,还能继续引起他的兴趣。至于那不勒斯人,举止滑稽而阴险,面露凶色,看到他,希培昂难免心生厌恶。

在两三天的时间里,中国人脑后拖着的辫子成为谈笑的对象,尽管这是中国人的习俗,此外,中国人收集的一堆怪物,也成为旅客们的谈资,这些东西包括几束野草、几个白菜根、一根牛尾巴,以及一块从草原上捡来的马肩胛骨。

对于周围的议论,李无动于衷,自顾自解开发辫尖端的坠物,不说一句话,没有一个动作,甚至连眼神都没有一个,根本看不出别人的嘲笑是否超越了他的底线。他的黄面孔,以及长着蒙古褶的小眼睛透着冷静沉着,就好像周围发生的一切与己无关。实际上,在这个奔往格利加兰的挪亚方舟上,大家都以为李根本听不懂有关的种种议论。

正是出于这个原因,阿尼巴尔·邦达拉西才会毫无顾忌,用带着浓重口音的英语,不断发表各种低级趣味的玩笑和议论。

他大声向邻座的旅客问道:"您觉得,他那身蜡黄的肤色会不会传染?"

或者:"倘若我手里有一把剪刀,剪断他的发辫,您一定能看到他失魂落魄的样子!"

旅客们都笑了。让他们感到更好笑的是,每次,那不勒斯人说完一个笑话,布尔人总是需要等一会儿才能弄明白;然后,总要等大家笑了两三分钟之后,才会突然放声大笑。

那不勒斯人持续不断嘲弄李,终于,希培昂生气了,劝道:"这么做不厚道。"邦达拉西刚想反唇相讥,旁边托马斯·斯蒂尔吼了一句,硬是让他把到嘴边的脏话咽了回去。

英格兰壮汉首先指责那些跟着起哄的人,然后说道:"不!这个小家伙连你说的是什么都听不懂,拿他开玩笑,这不够意思!"

这件事到此为止。然而,过了片刻,希培昂惊讶地发现,中国人向他投来一瞥目光,这目光略显嘲弄,但明显带有感谢的意思。希培昂觉得,也许,李能听懂英语,但是不想让别人看出来。

然而,在此后的旅途休息时,尽管希培昂试图与李对话,但都没有成功。中国人总是表现得无动于衷,装聋作哑。之后,这个奇怪的人物继续像谜一样,困扰希培昂,无法揭开谜底。就这样,一路上,希培昂不断认真研究这张黄色的面孔:没有髭须,嘴角咧开,露出雪白的牙齿,短小的鼻子,鼻孔张开,宽阔的额头,斜瞥的目光,总是压得很低,似乎为了掩饰狡黠的眼神。

李的年龄能有多大?15岁?还是60岁?根本猜不出来。仅从牙齿、眼神,以及乌黑的头发判断,他似乎很年轻。从额头的皱纹、脸颊,以及嘴巴判断,却显得有把年纪。他身材短小,体格消瘦,行动敏捷灵活,但是举止却略显老态,或者说"像个女人"。

还有一个疑问:他究竟富有还是贫寒?李穿一条灰色麻布长裤,一件薄绸罩衫,头戴编织软帽,脚蹬毡底鞋,内衬雪白长袜,这身衣着显示,他应该属于上流社会而非普通百姓。他的随身行李只有一只红木箱,上面用黑墨汁写着地址:

H. Li

From Canton to the Cape

这地址显示，李从广东来，前往开普。

此外，这个中国人特别爱干净，不抽烟，只喝水，每次休息时，都要极其认真地刮头。

关于这个中国人，希培昂始终看不出更多名堂，只好放弃研究。

不过，旅程一天天过去，道路在不断延伸。有时候，马匹们的行进速度很快。但有些时候，又似乎很难让它们加快步伐。无论如何，逐渐，旅途终将结束，一个晴朗的日子里，驿车抵达霍普敦。之后，旅途的另一站金伯利被抛在车后。再之后，一片茅屋出现在地平线。

这就是钮鲁适。

这里与其他新开发的地方一样，一座座矿山就像一个个临时建造的城市，神奇地从地下冒出来。

首先映入眼帘的是成片的木板房，大多低矮狭小，很像欧洲建筑工地上的工棚，几座帐篷，十来处咖啡馆，或者小饭馆，一处台球厅，一座阿尔罕布拉宫殿——其实就是个舞厅，还有一些"小店铺"，售卖各种食物和必需品。

小店铺里无所不有：衣服和家具、鞋子和窗玻璃、书籍和食盐、武器和布料、扫帚和狩猎用品、毯子和香烟、新鲜蔬菜和药品、犁和香皂、指甲刷和炼乳、长柄平底煎锅和石板画，总之，什么都有，就是没有顾客。

没有顾客，那是因为人们还在矿上干活儿，而矿山工地与钮鲁适相距大约三四百米。

像所有新来的人一样，希培昂·梅里急于认识钮鲁适，而此时，一间挂着"大陆旅馆"招牌的茅屋里，人们正在准备晚餐。

现在是下午将近6点钟。地平线上的太阳已经裹了一层金色的淡淡水汽。年轻工程师再次观察到，在南方的这个纬度地区，无论是太阳还是月亮，看起来都要更大，这种现象迄今尚无合理解释，但是在这里看到的太阳或者月亮，其直径似乎比在欧洲看到的至少大一倍。

在山丘，就是那个钻石矿床，另一个奇观正在等待希培昂。

钻石矿开采初期，这里只是一座低矮的山丘，周围一马平川，唯独这座山丘突兀而起。现在，这里已经变成喇叭口形状的巨大坑穴，就像一个椭圆形的马戏场，平地凹陷下去，面积足有大约40平方米[①]，在这块面积内，包含了至少300到400个"出让开采点"，每个开采点为正方形，边长31法尺[②]，在这个范围内，承租人可任意发掘。

发掘工作其实很简单，就是使用镐和铁锹，把这里的土壤挖出来，土壤由淡红色的沙土以及少量砾石构成。这些沙石随后被运到地面，放上选矿台，被冲洗、研磨、筛选，最后经过极其精细的检查，从中寻找可能蕴含的宝石。

每个开采点都是独立发掘，由此形成深浅不一的开采坑。其中一些开采坑从地面向下深达百米，甚至更深，另一些开采坑的深度只有二三十米，乃至十五米。

---

① 原文如此，疑有误。
② 1法尺等于325毫米。

为了便于作业和通行,按照官方的规定,每个承租人必须在自己承租的开采坑一侧,保留一条通道,宽度不得窄于7法尺。这个空间与隔壁开采点保留的相同宽度合并,由此形成一条"堤坝",堤坝的顶端与原来的地面齐平。在这条堤坝上,人们横向放置一连串隔栅,每个隔栅两头分别长约一米,这样,就可以避免两辆运沙土的车子相互碰头。

不幸的是,许多承租人在这条悬空道路的下方不断向内掏墙脚,不仅破坏了道路的坚固度,而且危及矿工的安全,随着开采作业面不断向下深入,矿井的深度有时候甚至超过两个巴黎圣母院钟楼的高度,而掏墙脚的行为,最终使得这堵墙变成了倒金字塔的形状。这种恶劣行为的后果显而易见。每当雨季来临,或者气温急剧变化导致土壤缝隙扩大,经常发生土墙崩塌的惨剧。但是,即使惨剧经常发生,仍然无法阻止粗心的矿工继续掏墙脚,直至土墙临近崩塌的边缘。

希培昂·梅里走近矿井,首先看到在悬空道路上穿行的装满矿砂或者空载的矿车。他继续向前靠近,直到目光可以投向矿井底部深处,这时,他看到矿井里劳作的各种肤色和人种的矿工,他们身着各式衣衫,在各自的开采坑深处奋力工作。在他们中间,既有黑人和白人,也有欧洲人和非洲人,既有蒙古人种,也有凯尔特人种[①],大多数人近乎赤身裸体,或者只穿一条粗布长裤,一件法兰绒衬衣,一条棉质缠腰布,有些人戴着草帽,帽子上还插着鸵鸟羽毛。

---

① 凯尔特人是公元前2000年活动在中欧的一些民族的统称,现代主要指不列颠群岛、法国布列塔尼地区语言和文化上与古代凯尔特人存在共同点的族群。

现在，这里已经变成喇叭口形状的巨大坑穴，就像一个椭圆形的马戏场，平地凹陷下去。

矿工们把矿砂装满皮桶,用缠绕在木质栅条滚筒上的牛皮绳,沿着铁丝制成的长长缆绳拖拽,把皮桶提升到开采坑口,然后,矿砂被倒进矿车,矿工迅速返回坑底,装满另一桶矿砂,重新开始拖拽。

这些铁丝制成的缆绳,根据开采点构成的平行六边形的深度,沿对角线展开,由此形成"特里迪荆",或者说"干燥的钻石矿"的独特景观。这些缆绳就像一个巨大的,织了一半就停工的蜘蛛网。

半晌,希培昂赞赏地观察这群劳作的矿工。然后,他回到钮鲁适,刚才,旅馆已经响起了晚饭的钟声。在旅馆里,晚饭期间,希培昂高兴地倾听人们议论聊天:议论的话题涉及神奇的发现,可怜的矿工如何因为找到一颗钻石而一夜暴富;另一些人则哀叹"运气不济",诅咒经纪人的贪得无厌,或者议论那些雇来的卡菲尔[①]矿工不老实,如何偷走最漂亮的宝石。除此之外,议论的话题还涉及开采的技术问题。总之,这里人们的谈论话题,除了钻石,还是钻石,要不就是钻石的重量克拉,或者数额上百的英镑。

总体来看,这里的境况相当悲惨,每出现一个"幸运儿",大声要着香槟酒,庆祝自己的好运,旁边就会有20张不幸的面孔,愁眉苦脸,喝着小杯的啤酒。

有时候,围着一张桌子,人们手递手地传看一块石头,掂量、审视、评估它,最终,石头回到主人手里,被塞进腰包。这块浅灰

---

① 卡菲尔人是非洲东南部沿海地区说班图语的居民。

矿工们把矿砂装满皮桶。

色的石头光泽暗淡，看起来还不如一块水流冲击打磨过的燧石漂亮，然而，它却是一颗脉石包裹着的钻石。

深夜，咖啡馆里挤满了人，人们继续着晚饭时的话题和议论，品尝着杜松子酒和白兰地，谈话更加热烈。

旅馆给希培昂提供的床，安置在旅馆旁边的帐篷里，他早早就上床了。帐篷不远处，卡菲尔矿工正在举行露天舞会，人声鼎沸。再远一点儿，一个舞厅里，传来短号演奏的响亮的铜管乐声，那是白人先生们在玩舞蹈游戏。希培昂在嘈杂的喧闹声中进入梦乡。

第三章　科学与友情

必须指出,年轻工程师来到格利加兰,绝不是为了在这个贪婪、酗酒、抽烟的环境里浪费时光。他是受人之托,到这里来绘制部分地区的地形图和地质图,同时收集含有钻石的矿砂和岩石标本,以及进行相关的实地考察分析。为此,他首先需要寻找一处安静的落脚点,以便建立实验室,在即将开展的整个矿区的勘探考察中,实验室将成为工作的中心。

沃金斯的农庄坐落在土丘之上,很快受到年轻工程师的关注,因为这个位置特别有利于开展工作。这里距离矿区较远,很少受到那里噪音的干扰,从这里出发,即使步行到最偏远的矿点,也不过需要大约一个小时,因为整个钻石矿区的面积方圆不超过10至12千米。剩下来的事情就是在约翰·沃金斯废弃的房子当中挑选一座,商谈租金,然后入住,年轻工程师用半天时间就把这一切都搞定了。农场主表现得十分随和。实际上,他早就厌烦了孤独的生活,由衷地欢迎年轻人搬来做伴,给他开心解闷。

不过,假如沃金斯指望年轻房客成为餐桌旁的食友,或者共饮烈性酒的殷勤酒友,他的算盘恐怕落空了。希培昂挑选了一座废弃的小屋,安顿好手边的所有工具,包括曲颈甑、燃炉、试剂,在实验室主要设备运抵之前,就已经开始在矿区步行测量。晚上,希培昂疲惫不堪地回到小屋,背包里、皮挎包里、口袋里,甚至帽子里,统统塞满了矿石碎片,一心想着扑到床上,倒头大睡,哪里肯过来倾听沃金斯唠叨陈年往事。此外,年轻工程师很少抽烟,更少饮酒,因此,不可能成为农场主幻想的开心伙伴。

尽管如此,由于希培昂为人正直,举止文雅,性格直率,学识渊博,谦恭有礼,很容易让人产生亲近感。不知不觉,沃金斯对年轻工程师产生了敬意,此前,他还从来不曾敬重过任何人。如果这个小伙子喜欢喝酒,那该多好呀!可惜,对于烈性酒,希培昂一滴不沾,又能拿他怎么办呢?农场主对自己的房客的评价,大致就是如此。

至于沃金斯小姐,她几乎立刻就对年轻学者产生了真挚的好感。在希培昂身上,沃金斯小姐发现了与众不同的气质,在她周围的人当中,很少看到如此聪慧的头脑。她立刻抓住这个难得的机会,希望通过学习实验化学的基础知识,尽量补充完善自己的学识,而此前,她的知识大多来自阅读科学著作。

年轻工程师的实验室里摆放着许多神奇的仪器,强烈地吸引着沃金斯小姐。所有与钻石性质相关的知识,都能引起沃金斯小姐强烈的好奇心,因为,在这个地区,钻石在人们的日常话题,以及商业活动中,始终扮演着极其重要的角色。

其实,在艾丽丝眼中,一块宝石不过就是一块并不干净的石块。在这一点上,希培昂的看法与她相同:并不过分看重宝石。共同的情感促使两人之间很快建立起友谊。甚至可以说,在格利加兰,只有他们两人相信,寻找、研磨、出售这些小石头,并不是生命的唯一目的,即使全世界都在垂涎觊觎这些钻石。

有一天,年轻工程师告诉艾丽丝:"钻石不过就是一块高纯度的碳。一块结晶状的煤炭碎片。仅此而已。它可以像普通的木炭一样燃烧,正是由于它具有的这种可燃性,才让人第一次对其本质产生质疑。牛顿是最善于观察的人,他曾经指出,经过打磨的钻石,具有比其他透明物体更强的对光线的折射性。另一方面,他也知道,这种特性存在于大多数可燃烧的物质当中,因此,他曾经大胆地推断,钻石'应该'是可燃的。实验证明,牛顿的推断是正确的。"

年轻姑娘问道:"不过,梅里先生,如果钻石是煤炭,为什么它的售价会如此高昂?"

希培昂回答道:"因为钻石太稀少了,艾丽丝小姐,迄今在自然界找到的钻石,数量很少。很久以来,人们只在印度、巴西,以及婆罗洲发现过钻石。人们首次在南部非洲这个省份发现钻石的时候,您已经七八岁了,应该回想得起来。"

沃金斯小姐说道:"是的,我还想得起来!格利加兰的所有人都像疯了一样!人们拿着镐头和铁锹,到处挖掘,把河床都翻了起来,到处议论着钻石,梦想找到钻石!那时,我还很小。梅里先生,我向您保证,那时候,我就对这股钻石热感到厌烦!刚才您说,钻石价格昂贵,因为它们太稀少……难道这是钻石的唯一特征?"

"不。沃金斯小姐,确切地说,不仅如此。钻石经过打磨,能够折射光线,它的透明性,它的光泽,还有打磨本身的难度,最后,还有它的高纯度,所有这些都使它成为学者特别喜欢研究的对象。补充说一句，钻石在工业领域也非常有用。您知道，打磨钻石，只能利用钻石本身产生的粉末，正是由于钻石拥有难得的坚硬性，因此，近年来，人们利用他在岩石上打孔。如果没有这些宝石帮忙，不仅加工玻璃，或者其他硬材料的工作会变得艰难，就连开凿隧道和矿洞，以及自流水井的工作，也会变得艰难很多！"

艾丽丝说道："现在，我明白了，"她发现自己刚刚理解这些可怜的钻石，过去，她曾经那么讨厌它们，"但是，梅里先生，您刚才断言，钻石是由结晶态的煤炭构成——是应该这么表述吧？——那么，这个碳，它究竟是个什么东西？"

希培昂回答道："它是非金属物质，结构简单，在自然界分布最为广泛。所有的有机物质，包括木头、肉、面包、野草，无一例外，都含有大比例的碳元素。它们也出现在煤炭里，或者叫做'碳'，与煤炭包含的其他物质十分相似。"

沃金斯小姐说道："真太奇怪了！照这么说，这些灌木丛、牧场上的牧草、给我们遮荫的树木、我的鸵鸟达达身上的肉，甚至我身上的肉、您身上的肉，统统都包含了一部分碳，和钻石一样的碳？这个世界上岂不是到处都有碳？"

"确切无疑，艾丽丝小姐。很久以来，人们对此就有猜测，随着现代科学的进步，人们日益看得更清楚了！或者，更确切地说，很久以来，人们把许多东西看得很神圣，而科学却把构成物质的基础元素变得越来越简单。在这方面，光谱学的观测方法将很快使化学发展到一个新的阶段。迄今排列出的62种元素，作为构成物质的基础成分，也可能将变成唯一的原子物质，也许是氢原子,以各种电能、动能和热能形式存在的物质!"

沃金斯小姐惊叫道:"啊!梅里先生,您这番宏论让我感到害怕!还是跟我说说煤炭吧!你们这些化学家先生,难道不能使碳变成晶体?就像那天您向我演示的,让硫结晶变成一根漂亮的长针?与在矿坑里掘土寻找钻石相比,这个方法可要方便得多!"

希培昂回答道:"您说的这个方法,经常有人尝试,试图用纯碳结晶的方法,制作人造钻石。我可以告诉您,人们甚至已经在某种程度上取得成功。早在1853年,德斯布雷茨先生就制造出了钻石粉,最近在英国,另一位学者也取得了同样的成果,他们的方法都是在真空状态下,使用强大的电流,作用于用冰糖制作的,不含任何矿物质的碳棒。迄今,还没有找到解决这个问题的工业方法。不过,很可能,这只是一个时间问题。就在未来的某一天,也许就在我们说话的未来一刻,沃金斯小姐,制作人造钻石的方法就问世了!"

他们就这样聊着天,沿着农庄铺着沙子的平台漫步,或者,夜幕降临后,坐在农庄的走廊上,仰望南方夜空中闪烁的星星。

谈话结束,艾丽丝告别年轻工程师,返回农庄,有时候,艾丽丝会邀请他一同去看望那一小群鸵鸟,鸵鸟的圈舍就在山坡下,山坡上面坐落着约翰·沃金斯的住宅。这些鸵鸟身体是黑色的,白色的小脑袋,一双粗腿耐力十足,一簇暗黄色的羽毛覆盖着翅膀前端和尾巴,年轻姑娘十分宠爱它们,大约一年多,或者两年前开始饲养,如今,这些个头硕大的涉禽占据了农庄的禽圈。

一般情况下,普通人家不会饲养这类动物,在好望角地区的农庄里,鸵鸟都是放养,处于半野生状态。鸵鸟们被放在一个很大的禽圈内,用黄铜丝圈起高高的栅栏,有点儿像在某些国家,沿铁路两旁放置的栅栏。鸵鸟不善飞行,无法翻越栅栏,只好长期在禽圈里生活,它们甚至感觉不到自己处于圈禁状态,就地寻找食物,自给自足,同时寻找偏僻的角落,产下自己的卵,而当地法律严禁偷盗鸵鸟蛋。鸵鸟的羽毛最受欧洲妇女欢迎,每当鸵鸟换羽毛的季节,收购羽毛的经纪人就会采用逐渐缩小栅栏的方法,最终抓到鸵鸟,然后拔掉它们身上的羽毛。

在好望角地区,这项产业已经流行好几年了,规模迅速扩大,令人惊奇的是,这项产业在阿尔及利亚也才刚刚兴起,尽管其经济效益相当可观。圈养的鸵鸟几乎不需要成本投入,但每只鸵鸟每年能给主人带来两三百法郎的收益。要知道,一根比较大的鸵鸟羽毛,如果质地良好,在市场上的价格,能卖到60至80法郎,即使个头中等,或者比较小的羽毛,其市场价格也不菲。

不过,对于沃金斯小姐来说,饲养这十来只大鸟,纯属个人爱好。她喜欢看鸵鸟孵蛋的样子,也喜欢看它们带着雏鸟去啄食饲料,那样子活像老母鸡,或者母火鸡带着一群雏鸡。有时候,希培昂会陪伴在姑娘身边,喜欢抚摸一只黑脑袋的鸵鸟,它是这群鸵鸟里面最漂亮的一只,生就一双金黄色的眼睛,它的名字叫达达,就是它吞吃了艾丽丝经常用作织补工具的象牙球。

然而,渐渐地,希培昂感觉到,自己内心对年轻女孩产生了一种深厚温柔的感情。他早就设想过,如果要找一个伴侣,就找能够在工作和精神方面陪伴自己的人,她应该心地善良,聪明伶俐,善解人意,总之,各方面都完美无缺。事实上,沃金斯小姐早

不过，对于沃金斯小姐来说，饲养这十来只大鸟，纯属个人爱好。

年丧母，不得不主持父亲的家务，她不仅是一位熟练的家庭主妇，而且是这个世界上最纯粹的女性。正是这两种非凡气质的完美结合，以及迷人的朴实性格，使她浑身上下充满魅力。她不像欧洲城里的名媛们愚蠢地自命不凡，毫不介意用自己雪白的双手揉面团准备布丁糕点，督促准备晚餐，关注房间里的纺织品整洁适用，而这些并不妨碍她弹奏贝多芬的钢琴奏鸣曲，琴艺熟练，丝毫不比别人差，也不妨碍她熟练运用两三种语言，喜欢阅读，懂得欣赏经典文学作品，最后，更不妨碍她在本地富有农场主家里经常举行的社交活动中赢得好评。

在这类社交场合，才华出众的妇女并非凤毛麟角。不仅在德兰士瓦省，即使在美洲或澳洲，在所有新兴国度，物质文明的建设耗费了男人们的所有精力，精神文化的传承，就变成了妇女们的专属领地，在这方面，与欧洲的情况完全不同。新兴国度的妇女往往比自己的丈夫和儿子受到更高水平的普通教育，拥有更高水平的艺术修养。旅行者往往会惊讶地发现，一个澳大利亚矿工的老婆，或者一个美国西部垦荒者的老婆，可能拥有一流的音乐天赋，同时还拥有丰富的文学和科学知识。旅行者还可能发现，美国奥马哈市的一位拾荒者的女儿，或者墨尔本一位猪肉商的女儿，可能会因为自己接受教育的程度，或者举止风度不如欧洲旧大陆的一位公主而感到羞愧。在奥兰治自由邦，很久以来，女孩子与男孩子接受同等水平教育，然而，男孩子往往过早辍学，由此导致两性之间教育程度存在差异，这种现象比其他地方更为突出。在家庭中，男人扮演"养家糊口"，即挣钱买面包的角色；他从事着露天工作，辛苦疲惫，充满危险，迫使他保持天生的粗犷本色。与其相反,妇女则承担了更多的家庭责任,以及被丈夫鄙视或忽视的文学艺术修养。

由于这些原因,往往就会出现"鲜花插在牛粪上"的现象,而约翰·沃金斯的女儿显然属于这种类型。

希培昂爱上了沃金斯小姐,既然他习惯于直奔主题,所以毫不犹豫地向沃金斯先生提出求婚。

可惜!现在,希培昂从梦中惊醒,第一次发现,在他与艾丽丝之间,存在着一条几乎无法逾越的鸿沟。与沃金斯交谈之后,希培昂垂头丧气回到自己的小屋。但是,他不是一个轻言放弃的男人;他决心继续努力,并且很快,就在工作中找到医治痛苦的好办法。

希培昂在小桌前坐下来,开始奋笔疾书,这是一封机密信件,信很长,从今天早晨就开始写了,收信人是他尊敬的老师J先生,老师不仅是法兰西科学院院士,也是巴黎矿业学院的正式教授。

希培昂在信中写道:"……根据地质学观察的结果,我正在试图形成一种看法,即钻石成形的真正方式,由于这种看法仅仅是我的一种猜测,因此,我认为还不应该把它记录到正式的工作笔记中。有人猜测,火山喷发是钻石形成的原因,也有人猜测,是剧烈的矿脉运动形成钻石,与您的看法一样,我亲爱的老师,这些猜测都不能令我满意,您当然知道,我远离您来到这里的动机。有人认为,是火焰运动形成了钻石,这种解释更是过于含糊,对此我不屑一顾。这里所谓的火焰是什么性质?在钻石矿脉中存在许多钙质岩石,火焰为何没能改变这些岩石?在我看来，这类猜测过于幼稚，与所谓的旋风理论，或者矿层原子理论一样不值一驳。

"唯有一种解释，我认为可以接受，尽管并非全盘赞同，但至少在某种程度上可以接受，这种解释认为，水流造成矿脉成分运动，随后由此产生晶体。我曾经极其仔细地观察测量过许多类型的矿脉，发现它们的剖面形状几乎完全一致，这点令我极为惊讶。这些剖面大致呈现一种囊的形状，或者说，连着上面覆盖的那层地表硬壳，这些剖面的形状犹如一只平放的猎人常用的葫芦状容器。这个类似容器的剖面内部容积可达3万至4万立方米，灌满了水流冲击原始岩石形成的泥沙。这种现象在旺地嘎尔特－山丘最为典型，那里恰恰是新近发现的钻石矿山，顺便提一句，这座钻石矿的主人，就是我现在坐在里面给您写信的小屋的主人。

"如果向一个悬空的囊内注入液体，液体中包含着异物，会出现何种现象？此时，随液体注入的异物会沉积到囊的底部，以及囊的四周边缘地带。好的！这恰恰就是在钻石矿发生的现象。那些发现钻石的地方，主要集中在盆地的底部，靠近中心的位置，然后就是靠近边缘的位置。这就是为什么，一旦矿脉形状得到确认，位于中心地带的采矿点，以及靠近边缘位置的采矿点的价格立刻飙升，与此同时，位于过渡地带的采矿点的价格则直线跌落。这个推理类似于水流推动物体运动的原理。

"此外，我在工作笔记中还列举了一系列其他因素，这些因素都显示，钻石晶体是在钻石矿就地形成的，而不是以现有状态从钻石矿以外的地方转运过来的。可以列举其中的两三个因

他决心继续努力,并且很快,就在工作中找到医治痛苦的好办法。

素，例如，在钻石矿里，钻石往往按照类别和颜色而集中分布，如果钻石是在别处形成，再由水流冲运到这里，那么，这种现象无法得到解释。另外，在钻石矿内，经常出现两粒钻石紧挨在一起的情况，而且稍有震动，两粒钻石就会分开。如果是水流冲运，它们又如何抵抗得住运输途中的颠簸和摩擦？再举一例，大颗钻石几乎都出现在岩石的下方，这种现象说明，岩石对于钻石的形成产生某种作用——热辐射的作用，或者其他作用——在这种作用下，有利于形成结晶。最后，在钻石矿里，很少，甚至极少出现大颗钻石与小颗钻石同时现身的情况。所有大颗的美丽钻石都是独立存在的。这似乎表明，那里曾经存在的所有构成钻石的成分，在某种特殊因素的作用下，浓缩集中形成了一颗大钻石。

"上述这些因素，以及许多其他因素，促使我倾向于赞同如下设想：水流把形成结晶的成分运输到钻石产地，而钻石在那里就地成形。

"然而，这些水流是从哪里来的？又是如何冲刷有机岩屑，使之最终形成钻石？尽管我对各种地形进行了认真考察和研究，仍然无法解答这个问题。

"然而，对这个问题的解答很重要。事实上，如果发现了水流运动的路径，为什么不能溯流而上，寻找到钻石行动的出发点？在那里，肯定存在着大量的钻石，远远超过正在发掘的钻石矿的储量。而且它将完美地论证我的理论，对此，我感到非常荣幸。然而，完成这项工作的人不会是我，因为我在这里的使命已接近尾声，已经不可能在这项研究中做出任何正式结论。

"在对钻石岩石的研究中,我已经很幸运地取得成果……"

年轻工程师继续埋头书写,围绕自己的研究工作,描述相关的技术细节,这些细节不论对于他,还是收信人,都非常重要,不过,对于门外汉来说,这些细节就无足轻重了。因此,我们还是让他自己去描述吧。

午夜时分,希培昂终于写完这封长信,熄灯,躺倒在吊床上,沉沉地睡去。

工作让他忘却了烦恼,即使只在几个小时的时间里忘却,一束亲切的目光反复出现在年轻学者的梦境里,好像她在对他说,不要灰心丧气!

第四章　旺地嘎尔特-山丘矿

第二天早晨,希培昂·梅里起床后,一边洗漱,一边思忖道:"决定了,必须动身,必须离开格利加兰!既然这个人已经明确表态,多留在这里一天都显得我软弱无能!他不愿意把女儿嫁给我?也许,他说得有道理!不管怎样,我也没打算为自己辩解!我应该勇敢面对裁决,不管这个裁决多么令人痛苦,同时,我必须对未来抱有信心!"

希培昂毫不犹豫地开始收拾实验室设备,放进原来作为橱柜使用的箱子里。他起劲儿地收拾着,奋力忙了一个多小时,或者两个小时,突然,敞开的窗户外面,透过清晨的新鲜空气,一个清纯的声音在山坡下响起,犹如云雀的歌声,越过山坡,直达希培昂的耳廓,这是诗人摩尔最动人的一首诗歌:

> It is the last rose of summer,
> Left blooming alone,
> All her lovely companions
> Are faded and gone...

"这是夏季的最后一朵玫瑰,唯一开放的花朵,它所有亲爱的伙伴们,都已凋谢或逝去。"

希培昂急忙跑向窗口,望见艾丽丝正走向鸵鸟禽圈,围裙里兜满它们最爱吃的食物。她迎着初升的太阳唱道:

> I will not leave thee, thou lone one!
> To pine on the stem,
> Since the lovely are sleeping,
> Go sleep with them...

"我不会放弃,孤独的你,任由你凋零,既然别的花朵已睡去,你也去和它们同睡吧。"

年轻工程师从来没觉得自己对诗歌特别敏感,然而,这首诗深深打动了他。他倚在窗口,屏住呼吸,倾听着,或者,品味着轻柔的诗词。

歌声停止,沃金斯小姐开始分发食物,鸵鸟们伸长脖子,用喙笨拙地啄食,姑娘挥舞小手逗弄它们,眼前这一切,实在令人心旷神怡。不久,姑娘喂完食儿,沿着山坡往回走,继续唱道:

> It is the last rose of summer,
> Left blooming alone...
> Oh! Who would inhabit
> This black world alone? ...

"这是夏季的最后一朵玫瑰,唯一开放的花朵,哦!谁愿意孤独地住在这个黑暗的世界?"

希培昂站在那里,好像被施了魔法,一动不动,眼角湿润。

歌声逐渐远去,艾丽丝走向农庄,在距离农庄不到20米的时候,突然,她听到身后传来急促的脚步声,于是转过身,站住了。

希培昂不假思考,冲出小屋,没戴帽子,向姑娘跑过去。

"艾丽丝小姐!……"

"梅里先生?"

现在,迎着初升的太阳,两个人面对面,站在通往农庄的道路上。他们的身影清晰地映在白色的木栅栏上,四周一览无余。虽然是希培昂跑向姑娘,但他似乎对自己的举动感到意外,犹豫不决,难以开口。

姑娘关注地问道:"梅里先生,您有事儿对我说?"

希培昂犹豫不定地回答道:"艾丽丝小姐……我是来向您道别的,今天我就要走了!"

沃金斯小姐红润的脸蛋瞬间没了血色,神色慌张地问道:"走?……您说要走,去哪儿?……"

希培昂回答道:"回我的国家,回法国。我在这里的工作结束了!……我的使命已经到期……在格利加兰,我已无事可做,不得不回巴黎去……"

他结结巴巴地说道,语气里充满愧疚,似乎在请求原谅。

"噢!……是的!……真的!……原来是这样!……"艾丽丝断断续续地说着,自己都不知道在说什么。

年轻姑娘没有心理准备,突如其来的消息犹如晴天霹雳,她

"我是来向您道别的,今天我就要走了!"

惊愕地呆住了,忽然,眼睛里充溢了泪水,泪珠挂在长长的睫毛上。片刻之后,她从震惊中回到现实,鼓起勇气微笑道:

"您要走?……那么,您的忠实学生怎么办?她的化学课程还没结束,您怎么能离开呢?您希望我的化学课程停止在氧气,让神秘的氮气永远成为不解之谜?……先生,这太糟糕了!"

她开着玩笑,力图言谈得体,但是,语气里却暴露了真实的想法。在玩笑的背后,隐含着深深的抱怨,直指年轻工程师的内心深处。她的真实想法说白了就是:

"那么,我怎么办?……我在您眼里什么都不是?……您一把将我推向深渊!……您来到这里,在这些贪婪的布尔人和矿工面前,显示您的高人一等,显示您的学识、高尚、无欲则刚,以及出类拔萃!……您让我参与您的工作与研究!……您向我敞开心扉,让我分享您的雄才大略、您的文学修养、您的艺术爱好!……您向我揭示了,在您这样的思想者与我周围的俗人之间,存在着多大的差距!……您使用各种方法赢得我对您的赞赏与热爱!……您做到了!……然后,您无缘无故地跑来向我宣布,您要走了,一切都结束了,您要回巴黎了,很快就会把我忘掉!……您觉着,我应该豁达地接受这个结局?"

是的,艾丽丝含泪的眼睛已经表达了这层意思,面对这些没有说出口,但内涵丰富的指责,希培昂几乎要做出回答。他真想大声说:

"我必须这么做!……昨天,我恳求您父亲允许我娶您为妻!……但是他拒绝了,而且没给我留一点儿希望!……现在,您明白我为什么要走了吧?"

话到嘴边,希培昂想起了自己的承诺。他答应过,绝不向约翰·沃金斯的女儿提及自己的梦想,如果食言,将被视为卑鄙小人。

与此同时,希培昂也感到,这个马上动身离开的决定,确实过于仓促,而且近乎残忍,是在极度沮丧的精神状态下,匆忙做出的。他认识到,在没有做好充分准备,没有留出预备期的情况下,似乎不可能抛弃这个心爱的孩子,这个孩子已经对他产生了真挚深厚的情感,尽管表面上看不出来。

两个小时前,希培昂迫不及待做出的决定,现在回想起来,让他感到后怕。

他甚至都不敢面对这个决定。

立刻,希培昂改变了主意。

他说道:"艾丽丝小姐,我认为,刚才我说的走,并不是说今天早晨走……也不是说今天走!……我还有一些笔记需要整理……还有一些准备工作需要完善!……总之,我还有幸再次见到您,与您商谈……您的学习计划!"

话音刚落,希培昂突然转身,疯了一样逃走,一头扎进他的小屋,摔倒在木沙发上,陷入沉思。

他的思路开始改变。

希培昂思忖道:"仅仅因为缺一点儿钱,就要放弃一位女神!刚刚遇到一点儿障碍,居然就要放弃!难道我竟如此缺乏胆量?为什么不能放下身段,想办法让我配得上她?……这里有那么多人寻找钻石,有人仅仅用了几个月,就发财暴富!为什么我做不到?为什么别人可以,我就找不到一颗上百克拉重的钻石；甚至我能做得更好，发现一座新的钻石矿？毕竟，与这里的大多数人相比，我拥有更丰富的理论和实践知识！既然其他人依靠劳动，再加上一点点运气，就能致富，为什么科学就不能让我致富呢？……而且，做一点尝试，对我来说算不上冒险！……即使从我的任务角度考虑，摸一摸镐头，尝试一下矿工职业，也不能说毫无意义！……倘若我成功了，用这种原始的手段致富了，也许约翰·沃金斯能被我打动，重新考虑当初的决定？这件事值得去冒一把险！……"

希培昂在实验室里来回走动，身躯紧绷，头脑在快速思索。

突然，他站住，戴上帽子，走出房门。

希培昂踏上通往平原的小路，走下山坡，大步向旺地嘎尔特-山丘矿走去。

不到一个小时，就走到了。

此时，成群矿工从矿井里拥出来，去吃午饭。希培昂挨个打量这些晒黑的面孔，寻思着找谁问一问，了解必要的信息。恰在此时，在一群人里，他认出了正直的托马斯·斯蒂尔，那个英格兰兰开夏郡的挖煤工。自从一起来到格利加兰，希培昂曾经遇到过他两三次，发现这条好汉已经快速取得成功，这一点，从他欢快的笑容、崭新的衣着，特别是挎在腰间的那根宽大牛皮腰带上，就不难看出。

希培昂决定跟他攀谈一番，几句话，把自己的计划和盘托出。

英格兰矿工回答道："承租一个采矿点？那太容易了，有钱就行！正好，我的采矿点旁边就有一个待租！租金只要400英

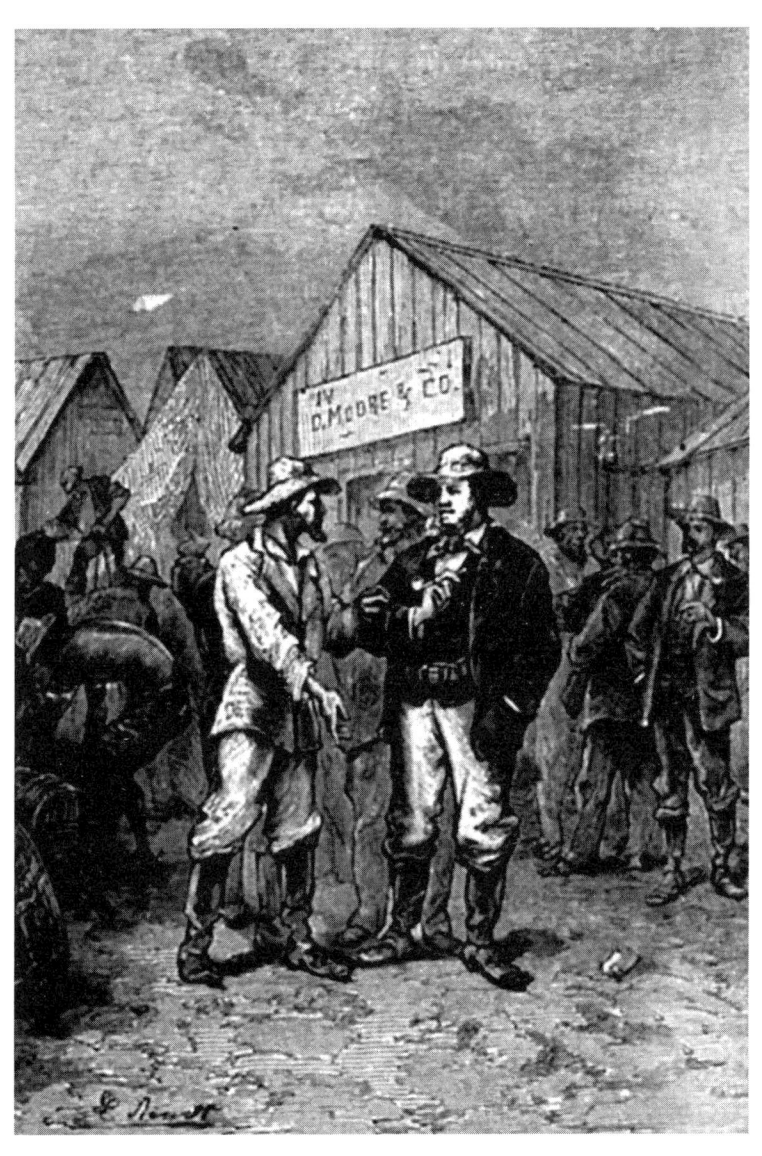

恰在此时,在一群人里,他认出了正直的托马斯·斯蒂尔,那个英格兰兰开夏郡的挖煤工。

镑,便宜!再找五六个黑人,为您挖矿,每个星期,您肯定至少能'收获'价值七八百法郎的钻石!"

希培昂说道:"不过,我可没有1万法郎,也没有一个黑人,哪怕是个头最小的黑人!"

"那么,就买一个采矿点的份额,八分之一,甚至十六分之一,然后自己亲自动手干!这么着,有1000法郎就够了。"

年轻工程师回答道:"这个法子倒适合我的财力。不过,斯蒂尔先生,原谅我的好奇心,您呢,您是怎么干的?难道您带着大笔资金来这里吗?"

斯蒂尔否认道:"我就带着两条胳膊来的,怀里揣着三枚小额金币。不过,我很走运,先是用分租的方式,租了八分之一份额,那个采矿点的老板不喜欢干活,总泡在咖啡馆里。按照约定,我们分享找到的钻石,我的活儿干得漂亮,特别是找到一颗重5克拉的钻石,卖了200英镑!后来,我厌烦了那个懒惰的家伙,不想给他干了,就买了一个开采点十六分之一的份额,然后自己动手挖矿砂。不过,由于这个采矿点出产的钻石太小,十天前,我又把那个份额卖掉了。现在,我再次用分租方式,与一个澳大利亚人搭伙,在他的采矿点干活儿,可惜,在第一个星期,我们两人只挖到价值5英镑的钻石。"

年轻工程师问道:"如果我找到一个采矿点,买了一个份额,您是否愿意与我合作,共同开采?"

托马斯·斯蒂尔回答道:"可以,但有一个条件:我们每个人保有自己挖到的钻石!梅里先生,我不是不信任您,但是您要知道,自从来到这个地方,我发现,每次分成的时候,我都吃亏。因为，我太善于使用镐头和铁锹了，我一个人干的活儿，顶得上别人两三个！"

希培昂回答道："您的提议是正确的。"

突然，兰开夏郡矿工打断希培昂的话，叫道："哎呀！我有个主意，也许是个好主意！……不如我们两个人，包下约翰·沃金斯的一个采矿点？"

"什么叫他的一个采矿点？难道整个山丘的土地不都是他的吗？"

"当然是他的，梅里先生，但是，您要知道，当初这里发现钻石的时候，殖民政府马上就把矿脉攫取了。政府才是这座矿山的管理者，负责土地的测绘和估价，政府把这里划分成许多采矿点，并且拿走大部分的使用出让金，只给土地的主人一笔固定的出让权使用费。事实上，只要山丘的面积与矿山一样大，这笔使用费就是一大笔收入。此外，土地的主人还有权优先购买开采点，需要多少就可以买多少。约翰·沃金斯就属于这种情况，他拥有许多正在开采的矿点，还不包括整个矿区的虚有权①。不过，沃金斯患有痛风病，无法到矿山来，没办法开采那么多的采矿点。因此，我认为，如果您向他提议，要一个矿点自己开采，他给您开出的条件一定很优惠。"

希培昂回答道："我倒宁愿这个谈判在您和他之间进行。"

托马斯·斯蒂尔说道："这有什么难的。我们很快就能搞定！"

---

① 按照法国民法典，虚有权是指所有权人在所有物上设定用益物权后对所有物的权利，因此，虚有权是所有权的一种形式。

三个小时之后，第942号采矿点的一半被钉上木桩，并且在矿山平面图上，按照法律程序，正式标明属于梅里先生和托马斯·斯蒂尔先生，他们为此支付了90英镑，从税务员那里领到开采营业执照。此外，租约中专门规定，承租方将与约翰·沃金斯分享开采获得的钻石，另外，承租方还将以"专利权使用费"的名义，将可能开采到的前三颗重量大于10克拉的钻石送给约翰·沃金斯。最后一条规定谁也无法预知是否真能实现，但是，这种情况也许会发生——一切皆有可能。

总体来看，这笔交易的条件对希培昂十分优惠，在合同上签完字，沃金斯以他惯用的直率语气，拍着希培昂的肩膀，说道：

"小伙子，您做了一个正确的决定！您身上具备优秀品质！我相信，您终将成为格利加兰最棒的采矿人！"

从沃金斯的话里，希培昂不禁看到未来的美好前程。

沃金斯小姐出席了这次会晤，在她蓝色的眼睛里，闪烁着太阳般的光芒！不！没有人相信，就在今天早晨，他们还曾泪眼相对。

不过，对于今天早晨那场令人伤感的一幕，他们两人心照不宣，都采取了回避的态度。很明显，希培昂不走了，总之，这才是最重要的。

年轻工程师怀着轻松的心情，回到小屋收拾行装，不过就是往箱子里塞几件衣服，因为，他准备搬到旺地嘎尔特－山丘的帐篷里住宿，以后，空闲的时候，他会回到农庄。

第五章 第一次开采

第二天早晨,两个合作伙伴开始工作。他们的采矿点位于山丘矿区的边缘,如果希培昂·梅里的理论成立,这里应该属于富矿地带。不幸的是,这个采矿点曾经遭到过野蛮的开采,矿坑深入地里,深度足有50多米。

然而,从某种角度分析,这也是件好事,因为,由于这里比旁边的采矿坑更深,按照当地流行的说法,周围的泥土,当然也包括钻石,都会纷纷向这里涌来。

工作方式非常简单。两个合作伙伴开始用镐头和铁锹挖掘一定数量的泥土。然后,一个人攀爬回到矿坑上方,利用铁丝缆绳,把坑底送出的皮桶拉拽上来。

这些泥土被用矿车装运到托马斯·斯蒂尔的小屋内,在那里,用木棍对泥土进行初步粉碎,把没有价值的大石块捡走,剩下的泥土用网眼边长为15毫米的筛子过一遍,把小石子与泥土分离,小石子经过仔细检查后废弃。最后,再用极细的筛子把泥土过一遍,把尘土撇掉,剩下的泥渣挑选起来就很方便了。

两次筛选过的泥渣被倒在一张桌子上,两个矿工坐在桌前,每人手执一把铁皮制作的类似刮板的工具,极其仔细地,一小撮一小撮地检查这些泥土,把检查过的泥土扒拉到桌子底下,筛选工作结束后,这些泥土被集中运到外面处理掉。

所有这些工作的目的,就是从泥土中找到可能隐藏的钻石,这些钻石不大,有些仅有半个扁豆粒儿大小。尽管随着时光流逝,钻石始终没有出现,但是两个伙伴感觉依然很好。他们工作热情高涨,极其仔细地检查矿坑里挖出来的泥土;然而,几天过去,却几乎一无所获。

希培昂的运气似乎特别差。即使他面前的泥土里出现过一小颗钻石,却是托马斯·斯蒂尔首先看见。希培昂满心欢喜终于发现的第一颗钻石,即使加上外层包裹的杂质,其重量都不足六分之一克拉。

克拉是重量单位,一克拉等于4格令①,大约合五分之一克。一颗重量达到一克拉的钻石,如果是一等水色,或者说纯度和透明度很高,而且没有颜色,经过琢磨,其价格可以高达约250法郎。相对而言,小颗粒钻石的价值很低廉,但是,大颗粒钻石的价值却直线攀升。一般来说,一颗水色漂亮的钻石,其市场价格等于其重量的平方,就是说,用宝石的重量克拉,乘以每克拉的市场价格。假设,一克拉的市场单价是250法郎,那么,一颗重量为10克拉的同等质量的钻石,其价格要贵上100倍,即25000法郎。

不过,无论10克拉重的钻石,还是1克拉重的钻石,其数量都非常稀少。由于这个原因,它们才会这么值钱。另一方面,格利加兰出产的钻石几乎都带黄颜色,在珠宝市场上,它们的价格

---

① 格令是法国古代的重量单位,合53毫克。格令也是英美等国的最小重量单位,合64.8毫克。

54

然后，一个人攀爬回到矿坑上方，利用铁丝缆绳，把坑底送出的皮桶拉拽上来。

会因此大幅贬值。

经过七八天的劳动,一颗重6克拉的钻石终于现身,对于为此付出的艰辛来说,总算有了一点儿微薄的回报。希培昂暗自盘算,按照这种回报比例,即使去种田、放牧,或者到路边砸碎石,也比干这个划算。然而,发现一颗大钻石的希望依然存在,一旦碰到它,多少个星期,甚至多少个月的辛劳,就能一下子得到补偿,这个希望支撑着希培昂,也支撑着所有矿工,包括最缺乏信心的矿工。至于托马斯·斯蒂尔,表面看上去,似乎无动于衷,只是继续像机器一样干活,丝毫没有放慢速度。

正常情况下,两个伙伴一起吃午饭,不过是找一家四面漏风的小饭铺,吃点儿三明治喝点啤酒,晚饭则去旅馆,在众多的餐桌里挑一张坐下,那里聚集了许多来自矿山的顾客。晚饭后,两人分手,各奔东西,托马斯·斯蒂尔去台球厅,希培昂则花一两个小时回趟农庄。

在农庄里,年轻工程师经常碰到情敌吉姆·希尔顿,为此感到很郁闷,这个小伙子块头很大,红棕色头发,面容白净,长满雀斑。显然,这个情敌已经迅速得到约翰·沃金斯的青睐,他比后者更能喝烈性酒,抽更多的汉堡烟丝,在这方面,他的能力不容置疑。

艾丽丝对年轻希尔顿的乡村做派,以及平庸的言谈不屑一顾,尽管如此,希培昂仍然对他的现身感到无法容忍。

有时候,希培昂实在受不了,感到难以自持,不得不对艾丽丝道声晚安,转身离去。

这个时候,约翰·沃金斯就会向串通好了的同伴眨眨眼,说

两次筛选过的泥渣被倒在一张桌子上,两个矿工坐在桌前……一小撮一小撮地检查这些泥土。

道:"法国佬不高兴了!看起来,钻石不是那么好找的!"

此时,吉姆·希尔顿就会露出世界上最愚蠢的笑容。

晚上,睡觉前,希培昂经常会去拜访一位老人,他住在矿山旁边,名叫雅各布·旺地嘎尔特,是位正直的布尔人。

实际上,旺地嘎尔特-山丘矿的名字就来自这个人,在矿山实施使用出让权之前,他原本是这片土地的主人。说起来令人难以置信,当初,由于一场不公正的司法判决,这片土地被判给了约翰·沃金斯,旺地嘎尔特由此丧失了土地所有权。现在,他彻底破产了,住在一栋破旧的土屋内,从事琢磨钻石的营生,早年,在故乡阿姆斯特丹,他的职业就是钻石琢磨工。

事实上,经常有一些矿工带着自己挖到的钻石来找旺地嘎尔特,希望他估算一下,自己的钻石经过琢磨后,准确的重量是多少,他们会请老人帮忙,把钻石按纹理切开,或者请他做更精细的加工。不过,钻石琢磨不仅需要熟练的双手,还需要清晰的视力,虽然,雅各布·旺地嘎尔特曾经是优秀的琢磨工,但如今已经老迈,很难接受加工订单了。

希培昂曾经请旺地嘎尔特帮忙,把自己挖到的第一颗钻石镶嵌到戒指上,相识之后,很快对他产生友情。希培昂喜欢来这个简陋的车间,坐下来,聊聊天,或者在旺地嘎尔特俯身在工作台上干活的时候,给他做个伴。雅各布·旺地嘎尔特留着雪白的胡须,光秃的额头,戴一顶黑色天鹅绒圆帽,高鼻梁上架着一副圆框眼镜,身边摆满了各种古怪的工具、盛着酸性液体的瓶子,那样子,活像一位十五世纪苍老的炼丹术士。

窗前有一张工作台,台上有一只木钵,里面盛着别人送来请

雅各布·旺地嘎尔特。

雅各布·旺地嘎尔特加工的钻石原石,有时候,这些原石的价值十分可观。雅各布·旺地嘎尔特挑出一颗原石,觉得结晶状态不够完美,准备按照石头的纹理切开,他首先使用放大镜仔细观察,看准板岩状结晶体平行分布的缝隙走向;然后,利用一把钻石制成的锋利工具,在原石上按照设计好的走向切开一道小口,再把一只钢制小薄片对准切口,干脆利落地敲下去。

原石的一个侧面被切开,之后,继续切开其他侧面。

其实,雅各布·旺地嘎尔特更愿意"琢磨"钻石,或者准确地说,更愿意按照设计好的形状,打磨钻石。他首先确定好钻石的设计形状,用粉笔在原石外表画出需要加工的刻面。随后,他把这些刻面先后与另一颗钻石接触,让两颗钻石长时间相互摩擦。两颗钻石相互打磨,刻面随之逐渐形成。

就这样,雅各布·旺地嘎尔特把钻石琢磨成各种形状,按照约定俗成的说法,分别归属于三个大类,即:双重雕刻钻石、单层雕刻钻石,以及平底琢磨钻石。

双重雕刻钻石包含64个刻面,1个顶部切平面,以及1个底部切平面。

单层雕刻钻石比双重雕刻钻石的刻面少一半,其他相同。

平底琢磨钻石的底部是平的,上面呈穹顶状,可供加工刻面。

在极为特殊的情况下,雅各布·旺地嘎尔特会把钻石琢磨成"布丽奥莱特"形状,这种形状的钻石不分上部和下部,有点儿像一个小梨。在印度,人们会在布丽奥莱特细长的顶部钻孔,穿上一根细绳。

还有一种名叫"坠子",老琢磨工经常采用的形状,它像半个小梨,有顶部切平面,也有底部切平面,前侧有刻面。

钻石琢磨好,还需要抛光,至此,全部加工过程就完成了。给钻石抛光的工具是一个磨盘,类似一张钢制唱片,直径大约28厘米,平放在工作台上,依靠支轴旋转,动力来自一个大轮子和踏脚曲柄,转速大约每分钟两三千转。磨盘上抹了油,粘满了琢磨留下的钻石粉,雅各布·旺地嘎尔特俯身,一个一个地打磨钻石的刻面,直到钻石获得完美的抛光效果。必要时,他会在白天雇一个霍屯督小孩①,让他负责转动曲柄,有时候,会请到访的朋友,例如希培昂转动曲柄,后者出于好心,一定非常愿意帮忙。

他们一边干活,一边交谈。经常,雅各布·旺地嘎尔特会暂时停下手中的活计,把圆框眼镜推到额头上,向希培昂讲述一段往事。事实上,对于他居住了40年的南部非洲,旺地嘎尔特无所不晓。他的谈话充满了活力,讲述着这个国家的传统,鲜活而生动的传统。

谈起这个国家和他本人的悲惨经历,老琢磨工滔滔不绝,如数家珍。在他看来,英国佬是这个地球上最可恶的掠夺者。老琢磨工的话有些夸张,但不管怎样,他说的话他自己负责,不必苛求。

旺地嘎尔特继续自顾自地说道:"毫不奇怪,如果说美国人已经宣布了独立,印度和澳大利亚迟早也会宣布独立!没有哪个民族愿意容忍如此恶劣的暴政!……噢!梅里先生,这些英

---

① 南部非洲居民,主要分布在纳米比亚、博茨瓦纳和南非。一般认为属于尼格罗人种科伊桑类型。

国佬仗着自己有钱,有强大的舰队,在全世界滥施暴政,用尽人类语言里所有脏话,也无法形容他们的龌龊!"

对于老琢磨工的言论,希培昂既不赞同,也不反对,无言以对,只能默默听着。

雅各布·旺地嘎尔特一肚子怒气,说道:"您想不想听我告诉您,他们对我都干了些什么?听我说完了,您告诉我,在这件事情上,是不是另有隐情!"

希培昂表示,非常有兴趣听一听,于是,老头儿继续说道:

"我于1806年生于阿姆斯特丹,当时,我的父母正在那里旅行。后来,我又回到那里学习职业技能,不过,我的童年是在开普州度过的,我的家庭早在50年前就移民到了这里。我们是荷兰人,而且为此感到自豪,后来,英国攫取了这块殖民地,还自称是临时的!但是,约翰牛①是不会放弃到手的猎物的,1815年,我们正式被宣布成为英国的殖民地,而且是在欧洲和会上宣布的!②

"英国人说:我跟您要点儿东西。于是,欧洲人就跑来干涉非洲一个省的事务!

"我们并不愿意接受英国人的统治,梅里先生!从那时起,我们就想,非洲幅员辽阔,足够让我们建立一个属于我们自己的祖国!于是,我们离开被殖民的开普地区,深入尚未开化的北

---

① 约翰牛是英国的拟人化形象,源于苏格兰作家约翰·阿布斯诺特的讽刺小说《约翰牛的生平》,主人公约翰牛为人愚笨,粗暴冷酷,桀骜不驯,欺凌弱小。
② 1814年至1815年的维也纳和会上,英国以600万英镑的价格从荷兰手中购买了好望角地区,开始对其加以统治。

方。我们被人称作'布尔人',意思就是农民,或者'沃尔特蕾克尔',意思是开拓的先行者。

"我们刚刚开发出新的领土,经过辛勤劳作,过上独立的生活,英国政府却宣布这些领土属于他们,还是那个借口:因为我们隶属于英国!

"于是,我们开始大批迁徙。那是1833年,再次发生大规模移民。我们套上牛车,把家具、工具、粮食都装上车,向更深远的地方走去。

"在那个时代,纳塔尔①地区几乎无人居住。因为,此前,从1812年到1828年期间,一个属于祖鲁族②的征服者,名叫查卡,是个真正的黑人阿提拉③,他嗜杀成性,在纳塔尔地区实行种族灭绝,屠杀了一百多万居民。他的继任者名叫丁嘎昂,继续实行恐怖统治。就是这个野蛮的国王允许我们迁徙到这个国度。今天,这里已经诞生了一系列城市,包括德班,还有纳塔尔港。

"其实,这个狡猾的丁嘎昂准许我们移居到这里,是经过阴险的盘算,他想等我们把这个国度建设繁荣了,再来进攻我们!因此,我们每个人都武装起来,准备抵抗,经过奇迹般的努力,我可以这么说,经过一百多次战斗,我们的妇女和孩子都参加了战斗,我们奇迹般地在这个国度站稳了脚跟,拥有了土地,用我们

---

① 纳塔尔是南非联邦和1994年以前南非共和国四个省之一,此后改称夸祖鲁-纳塔尔省,位于南非的东部,东临印度洋。
② 祖鲁族是非洲的一个民族,主要居住于南非的夸祖鲁-纳塔尔省,祖鲁王国在19世纪南非历史中扮演重要角色。
③ 阿提拉是古代欧亚大陆匈奴人的领袖,史学家称之为"上帝之鞭"。从公元448年至450年,匈奴帝国在阿提拉的带领下,版图达到盛极的地步。

的汗水和鲜血灌溉了这些土地。

"然而,我们刚刚最终战胜那个黑人暴君,摧毁了他的军队,到了1842年,开普的总督却派来了一个英国殖民者,他的任务是占领纳塔尔的土地,并且还是以英国女王的名义!……您瞧,我们永远是英国的属民!

"我们的另一批同胞移居到德兰士瓦,在奥兰治河流域打败暴君莫斯勒卡茨,在那里定居下来。然而,同样地,他们付出巨大代价建立的新国家,却仅凭一道简单的会议程序,就被没收了!

"我再讲一讲细节。这场斗争历时二十年。无论我们走得多远,英国人总能把贪婪的魔掌伸向我们,就好像我们是一群农奴,原来隶属于领主的领地,即使我们离开了领地,仍然隶属于领主!

"最后,经过无数的艰辛和流血的斗争,我们终于得到承认,可以建立独立的国家——奥兰治自由邦。1854年4月8日,维多利亚女王签署皇家公告,保证我们自由地拥有土地,以及有权实行自治。我们终于建立了共和国,它是我们的国家,以严格的法治为基础,建立在个人能力自由发展,以及所有社会阶层享受普及教育的基础之上,可以说,我们的国家能够成为许多民族的榜样,尽管他们自以为比我们这个南部非洲小国的文明程度更高!

"格利加兰是这个国家的一部分。那时候,我是个农场主,就住在我们现在所处的屋子里,与我可怜的夫人,还有两个孩子一起!当时,我扎的牲畜栏,或者牲口圈的位置,就是现在你们干活的矿井位置!十年以后,约翰·沃金斯来到这里,盖了他的

无论我们走得多远,英国人总能把贪婪的魔掌伸向我们。

第一栋房子。当时,没有人知道这里蕴藏着钻石。至于我,已经三十多年没有机会从事老本行了,几乎都想不起来这些美丽石头的样子了。

"突然,在1867年,四处传来消息说,我们的土地里有钻石。居住在哈尔特河边的一个布尔人在他的鸵鸟粪便里,以及农庄的土墙里,发现了钻石。

"立刻,英国政府秉承其一贯的贪婪本性,罔顾任何协议或者权利的约束,宣布格利加兰属于英国。

"我们的共和国提出抗议,但是,没有用!……我的国家又提请一位欧洲国家的元首对争议进行仲裁,依然没有用!……英国拒绝仲裁,占领了我们的领土。

"我们还能够指望那不公正的主人尊重私有权吗?至于我,经历过1870年的那场瘟疫,没了夫人和孩子,我已经没有勇气再次动身去寻求新的祖国,重建新的家庭,在我的一生中,已经经历过六七次这样的寻求!我就留在格利加兰。对于这场征服所有人的钻石热潮,几乎是唯一的局外人,我继续种我的菜园子,对近在咫尺的钻石矿藏不屑一顾!

"然而,有一天,发生了一件事令我大吃一惊,我发现,我房子的墙一夜之间被人拆了,被移到300米以外空旷的草原上,按照我们这儿的习惯,房子的墙都是用石头干垒的。在我房子原来的位置上,约翰·沃金斯雇来上百卡菲尔人,重新建了一座房子,新房与他的房子连接,把一个覆盖红色沙土的山丘圈了起来,而这座山丘原本毫无争议是属于我的。

"我向这个掠夺者提出抱怨……他却一个劲儿地笑!我威

胁说要去告他……他却鼓励我去告！

"三天以后,这个谜解开了。那个原来属于我的、现在被圈起来的地方,原来是个钻石矿。约翰·沃金斯得到确切消息后,赶紧把我的房子搬走;然后,他赶到金伯利,以他的名义正式申报了矿区的所有权。

"我告状了……梅里先生,您是不知道,在英语国家打官司得花多少钱!……我的牛、马、羊,一头一头、一匹一匹地卖掉!……我卖掉了家具,甚至连我的狗群都卖掉了,喂饱了那群寄生虫,就是那些所谓的律师、诉讼代理人、郡长,还有执达员!……最后,经过一年的反复折腾、等待,希望不断破灭,经过不断的焦虑与反抗,产权的问题终于判定,连上诉的机会都没给……

"我败诉了,连带着破产了！正式的判决宣称:由于理由不充分,驳回我的要求,判决书还说,法庭无法明确认定各方争议的权利,但是将来,有必要为各方划定一个不可更改的界线。为此,判决书在格林威治子午线的东边,经线25度的地方,划了一条线,以此划分两家地界。在这条经线以西的土地,归约翰·沃金斯,以东的土地归雅各布·旺地嘎尔特。

"法官们宣布的这个决定十分奇特,实际上,在本县的地图上,这条25度经线恰恰穿过我那房子原先所在的位置。

"而钻石矿呢,非常遗憾,恰恰位于经线的西侧。这么一来,它就落到了约翰·沃金斯的手里！

"尽管如此,对于这个不公正的判决,这个国家的舆论还是给它留下了一个抹不去的痕迹:从此,这座钻石矿就被命名为旺

67

地嘎尔特-山丘矿！"

讲完这段真实的历史，布尔老头说道："那么，梅里先生，我是不是有权说一句，英国佬都是混蛋？"

第六章　矿山的习俗

必须承认,上述谈话内容,很难让年轻工程师感到舒服。这么一段历史确实不大光彩,事关一个人的名声,而且,这个人正是他努力争取认可的未来岳父。因此,希培昂很快就认为,在山丘矿这件事情上,雅各布·旺地嘎尔特的看法,不过就是一个诉讼人的成见,不必当真。

有一天,希培昂向约翰·沃金斯提到这件事,后者听了,没有回答,只是放声大笑,然后,用手指敲着自己的额头,摇了摇脑袋,那意思是说:旺地嘎尔特那个老家伙,真是越来越糊涂了!

实际上,有没有可能,老人看到发现了钻石矿,受到刺激,就自己想当然地认为,那里是属于他的?无论如何,法庭已经判他彻底败诉,而且,看起来,似乎法官们也不大可能不接受一个最合理的解释。年轻工程师这么思忖着,在知道了雅各布·旺地嘎尔特对沃金斯的看法后,他需要给自己一个理由,以便继续维持与约翰·沃金斯的关系。

还有一个住在矿区附近的人,希培昂也很愿意在有机会的时候,登门拜访,因为在他家里,可以看到布尔人的原生态生活状况。这个人名叫马蒂斯·普雷托留斯,是个农场主,在格利加兰的矿工中间名气很大。

马蒂斯·普雷托留斯年纪不大,也就四十来岁,但是与旺地嘎尔特一样,已经在广阔的奥兰治河流域漂泊多年,最后才落脚到这个国度。与老迈的雅各布·旺地嘎尔特相比,流浪经历并没有让他变得瘦骨伶仃,怨天尤人,让人惊愕的是,流浪经历让他变得心宽体胖,胖得走路都费劲。看他那样,活像一头大象。

马蒂斯·普雷托留斯几乎总坐在一把巨大的木椅里,这把木椅是为了容纳他的巨大身躯而定制的,他出门一定要坐车,那是一辆四轮车,车上放一张柳条编的凳子,拉车的是一只硕大的鸵鸟。涉禽拖拽着这个大块头,他那富态的样子让人不禁想到,拉车的鸵鸟力气一定不小。

马蒂斯·普雷托留斯经常来矿区,主要是与矿工餐厅的老板结算买蔬菜的钱。他在那里无人不识,不过,事实上,他在矿工中间的口碑并不很好,因为,这个人生性怯懦。为此,矿工们就喜欢跟他开一些疯狂的玩笑,把他吓得要死。

有时候,矿工们骗他说,大批巴索托人[①]或者祖鲁人打过来了!有时候,当着他的面,假装念一张报纸上公布的法案,宣告,在英国属地内,所有体重超过三百磅的人,都将被处以死刑。或者,宣称,在通往布隆方丹的路上,出现一条疯狗,而那条路恰恰是可怜的马蒂斯·普雷托留斯回家的必经之路,听到这个消息,他被吓得不敢回家,想尽办法找借口留在矿区。

不过,与这些瞎编的吓唬人的东西相比,真正让他害怕的是,万一在他的农庄里发现一个钻石矿,那才真正吓死人了。他

---

① 南部非洲土著居民。

已经预先想好了可能发生的这一幕：一群贪婪的家伙，冲进他的菜园子，推翻花坛，而且，还剥夺了他的所有权！因为，谁能担保，雅各布·旺地嘎尔特的命运不会重演！英国人总能找得出来各种理由，证明你的土地是属于他们的。

每当脑海里浮现出这么阴暗的一幕，他就会害怕得要死。倘若，很不幸，他瞧见一个"勘探者"在自己的住所附近游荡，他就会因此寝食难安！……不过，他仍然在继续发胖！

在那些纠缠他的人里面，最活跃的人之一，就是阿尼巴尔·邦达拉西，就是那个可恶的那不勒斯人，顺便说一句，他似乎已经如愿发财了，现在，他雇了三个卡菲尔人在自己的采矿点里干活，在他的衬衣外面，炫耀地挂着一颗硕大的钻石。在倒霉的布尔人身上，那不勒斯人发现了弱点，从此，每星期至少一次，总要到普雷托留斯的农庄附近去勘察一次，或者拿把铁锹到那里去翻翻土，以此获得一点滑稽的快感。

普雷托留斯的农庄坐落在瓦尔河的左岸，在矿区上游大约两英里，农庄到处是冲积形成的土地，这里很有可能蕴藏钻石，不过，迄今为止，还没有显示出任何迹象。

阿尼巴尔·邦达拉西为了把愚蠢的假戏演得逼真，故意尽量靠近马蒂斯·普雷托留斯的农庄，甚至走到住宅窗户附近，多数情况下，他还会带上几个同伙，让他们也来享受这场闹剧的乐趣。

这时候，能够看见那个可怜的家伙，半身藏在棉布窗帘后面，惶惶不安地盯着来人，窥伺他们的一举一动，一旦发现对方可能侵入他的领地，随时准备跑进畜棚，套上鸵鸟，驱车逃离。

那么，为什么他还要心酸地告诉一个密友，自己的鸵鸟日夜套在车上，车上的箱子里装满了物品，一旦出现紧急情况，第一时间就能动身出发？

他说道："我将前往林波波①的北边，到布须曼人②那里，十年前，我曾经跟他们做过象牙生意，我向您保证，在野蛮人、狮子和豺狼那里生活，比留在这些贪得无厌的英国人身边，要好上一百倍！"

问题是，可怜的农场主把这些告诉了自己的密友，而自己的密友却按照亘古不变的密友惯例，立刻就将他的计划公之于众！阿尼巴尔·邦达拉西利用这个机会，痛快淋漓地给山丘矿的矿工们找了一回乐子，对此，我们无话可说。

那不勒斯人恶意取笑的另一个对象，就是中国人李，其实，他一直深受其害。

李也在旺地嘎尔特－山丘矿落脚了，不过，他只是在那里开了一间洗衣房，大家都知道，天朝③的子民都擅长从事洗衣房的职业！

实际上，当初在开普到格利加兰的旅程中，在开头那几天，曾经令希培昂一直困惑不解的那个红木箱子，里面装的不过就是些毛刷、苏打、肥皂，以及靛青染料。总之，对于一个聪明的中国人来说，在这个国度挣钱致富，也不需要更多的东西。

当希培昂认出李的时候，不禁笑了起来，中国人一如既往地沉默寡言，性格内敛，扛着一个大筐，里面装满顾客的衣服。

---

① 林波波是南非九省之一，前身是德兰士瓦的北部。面积123,900平方千米。
② 布须曼人是生活于南非、波札纳、纳米比亚与安哥拉的一个原住民族。
③ 欧洲人对中国的旧称。

当希培昂认出李的时候,不禁笑了起来,中国人一如既往地沉默寡言,性格内敛,扛着一个大筐,里面装满顾客的衣服。

令人生气的是,阿尼巴尔·邦达拉西对这个可怜的李依然冷酷无情,百般凌辱。他往李的洗衣木桶里扔墨水瓶,在门口拴绳子把李绊倒,或者在他的外衣下摆插一把刀,把李钉在凳子上动弹不得。特别是,他瞅准时机,在李的腿上猛踹一脚,一边喊叫道:"异教徒的狗!"虽然他也照顾李一点儿生意,但那只是为了每个星期给李搞一次恶作剧。每次,他都指责李没有把衣服洗干净,尽管李已经把洗涤和熨烫做到最好。只要衣服上出现一丁点皱褶,他都会暴跳如雷,猛揍李一顿,就好像李是他的奴隶。

这些就是发生在矿区的粗俗事,不过,有时候,这些事会演变成悲剧。比方说,有时候,矿区雇用的某个黑人被指认偷了一颗钻石,大家伙儿簇拥着把他押送到法官面前,一路饱以老拳。甚至,偶然情况下,法官已经宣判嫌犯无罪,大家依然挥拳猛揍,不承认判决!必须强调,在上述情况下,宣判无罪的案例极为罕见。法官宁愿对嫌犯判处象征性的惩罚:让他吞吃四分之一个拌了盐的橘子,而这玩意儿其实是本地的一道特色菜肴。至于有罪判决的惩罚,一般是强制劳动15天,再打20下"九尾猫",这是一种带结的绳鞭,在英国,以及英属领地,用于鞭打囚犯。

不过,还有一种罪行,在矿工眼里,比偷盗更难容忍,那就是窝藏罪。

有一天,瓦尔德,就是那个与年轻工程师同一天抵达格利加兰的美国佬,犯了一个大错:接受一个卡菲尔人出售的钻石。要知道,一个卡菲尔人是不可能合法拥有钻石的,法律禁止卡菲尔人拥有在矿区购买钻石的权利,也不准为卡菲尔人加工钻石。

事情很快就败露了。那天晚上,晚饭后,整个矿区人声嘈杂,人群拥向罪犯的餐厅,把它洗劫一空,彻底捣毁,一把火烧掉,一群人还要吊死美国佬,把绞架都立起来了,幸亏他命大,十来个骑警及时赶到,把他救了下来,押送到监狱。

其实,在这个族群混杂、人性暴躁、处于半野蛮状态的地方,暴力事件层出不穷。这里,各色人种鱼龙混杂,相互碰撞!人们抱着对黄金的渴望来到这里,然而,这里气候炎热,酗酒成风,在沮丧和挫折的打击下,人们头脑发热,意识混乱!倘若这些人在挖掘钻石的时候运气好些,也许,他们会保持冷静和耐心!然而如果说,他们当中的个别人运气好,极其幸运地找到一颗值大钱的钻石,与此同时,还有几百号人生活拮据,收入微薄,勉强度日,濒临悲惨黑暗的深渊!矿山犹如一块绿色地毯,在这里,人们投入的风险不仅仅是资金,还包括时间、辛劳,以及健康。总之,幸运儿的数量是有限的,在旺地嘎尔特-山丘矿的采矿坑里,挖掘的镐头应该指向哪里,全凭运气!

一天又一天,希培昂逐渐看清了矿区的一切,他自忖,是否应该继续这个回报菲薄的职业,恰在此时,他的工作方式即将发生改变。

一天早晨,他迎面遇到十来个卡菲尔人,这群人来到矿区找活干。

这些可怜人来自遥远的山区,在山那边,是卡弗雷里,也就是人们通常所说的巴索托人的聚居区。他们沿着奥兰治河,鱼贯而行,步行了一百五十多里①,一路找到什么就吃什么,包括

---

① 此处系法国古里,1古里合4千米。

草根、浆果，甚至蝗虫。这群人瘦骨嶙峋，形状可怕，与其说是活人，不如说是骨架。他们细瘦的双腿，裸露的上身，皮肤干瘪多皱，好像空心的骷髅，肋骨凸起，脸颊凹陷，他们那样子，更像是要吞吃人肉充饥，而不像是有能力整天干活儿。因此，没有人打算雇用他们，他们只好蹲在路边，犹豫不定，忧郁沮丧，境况凄惨。

看到他们的处境，希培昂被深深地打动了。他做了一个手势，让他们等一等，然后转身走进刚才吃饭的旅馆，要了一大锅开水和玉米面，煮成稀粥，让人端到这些可怜人面前，又拿了几听肉罐头，以及两瓶朗姆酒。

然后，站到一旁，看着这些人享受平生从未吃过的盛宴。

真是的，这群人就像沉船上的落水遇难者，经过15天的饥饿与恐慌，终于被救到木筏上！他们吃了那么多东西，不到一刻钟的工夫，个个肚子滚圆，好像快要爆开了一样。考虑到他们的身体，必须停止这顿盛宴，因为，几乎所有参加盛宴的宾客都快要窒息了！

这些黑人中间，只有一个看上去显得最年轻，相貌纤细，比较聪明的人，从饥饿状态中缓过劲儿来，表现出一定的自制力。同时，他想到应该对好心人表示感谢，这种表现比较罕见，因为，此时，其他人还根本没有顾得上。年轻人走过来，用优雅而朴素的动作，抓住希培昂的手，放到自己生着卷发的头顶。

希培昂被这种表达感谢的方式打动了，随口问道："你叫什么名字？"

卡菲尔人可能听得懂几个英语词汇，立刻回答道：

这些可怜人来自遥远的山区。

"玛达齐。"

他的眼神清澈而充满信任，希培昂很喜欢他，立刻想到，可以让这个身材灵活的小伙子来采矿点干活，这应该是个好主意。

他自忖道："甭管怎样，在矿区，大家都在雇用卡菲尔人！与其任由这个可怜的卡菲尔人落到邦达拉西那种人手里，不如让我来当他的老板！"

希培昂问他："那么，玛达齐，你是来找工作的，对不对？"

卡菲尔人点头表示承认。

"你愿不愿意来我这儿干活？我管你吃，给你工具，每个月给你20先令！"

这是矿区的标准价码，他不能擅自提高雇用条件，否则，将引起全矿区的愤怒。不过，他保留了其他优惠条件，包括赠送衣服和日常用具，以及他所知道的，卡菲尔人最喜欢的所有东西。

作为答复，玛达齐笑了，露出两排雪白的牙齿，再次把保护者的手放到自己头顶。协议达成。

希培昂立刻把新仆人领到自己的住处，从箱子里拿出一条帆布裤子、一件法兰绒衬衣、一顶旧帽子，统统送给玛达齐，后者简直不敢相信自己的眼睛。可怜的卡菲尔人做梦也想不到，来到矿区，居然穿上如此华丽的衣服。他简直不知如何表达喜悦和感激之情，不禁跳跃着，笑着，流下了眼泪。

希培昂说道："玛达齐，在我看来，你是个好小伙子！我知道，你懂得一点儿英语！……那么，你会不会说，哪怕一个英语单词呢？"

卡菲尔人做了一个否定的动作。

希培昂接着说道:"那么!既然如此,我就教你学法语!"

很快,他就给自己学生上了第一课,告诉卡菲尔人一些日常用品的名称,然后要求他重复。

事实上,玛达齐不仅表现得像个正直小伙儿,而且非常聪明,记忆力超群。不到两个小时,他已经掌握了一百多个词汇,而且发音足够准确。

年轻工程师看到课程进展如此顺利,深受鼓舞,决心再接再厉。

经过七八天的休息,以及营养补充,年轻卡菲尔人从旅途疲劳中恢复过来,可以开始干活儿了。在这八天里,老师和学生都很努力,到一个星期结束的时候,玛达齐已经可以用法语表达意思了,尽管表达的方式不够正确,但是足够让人听懂。在这个基础上,希培昂要求卡菲尔人讲述自己的经历。其实,他的经历很简单。

玛达齐甚至连自己家乡的名字都不知道,只知道家乡处在日出的方向,在大山深处。关于家乡,他能说的就是,那里非常贫穷。他想发家致富,就像部落里的那几位离开了家乡的武士,于是,与他们一样,玛达齐也离开家乡,来到钻石矿山。

他希望挣到什么财富?玛达齐天真地想得到一件红色的大衣,再加上10倍于10枚银币数量的银币。

事实上,卡菲尔人不喜欢金币。这是出于一个难以消除的偏见:这个偏见来自于第一批与卡菲尔人做生意的欧洲人。

雄心勃勃的玛达齐打算用挣来的银币做什么呢?

是这样,他将给自己弄一件红色的大衣、一把枪和火药,然后,回到自己的村庄。在那里,他要买来一个女人,让女人为他干活,照顾他的奶牛,以及他的玉米地。有了这些,他就成为村里的大人物,大头领。村里所有人都羡慕他的火枪,以及他的巨额财富,他将寿比南山,并带着人们的敬意,终老逝去。就这么简单。

听了玛达齐如此简单的人生规划,希培昂陷入沉思。是否需要改变这个可怜的野蛮人,拓宽他的视野,向他指出,他的奋斗目标应该比一件红色大衣和一把枪更扩大一些?或者,还不如让他继续处于天真无知状态,平静地回到自己的村庄,按照自己的愿望终其一生?这是个严肃的问题,年轻工程师不敢给出答案,但是,很快,玛达齐自己就把它解决了。

事实上,自从掌握了法语基础知识,年轻卡菲尔人表现出对于学习法语的异乎寻常的渴望。他不停地提出问题,什么都想知道,想知道每个物件的名称、它的用途,以及它的来历。然后,阅读、书写,以及计算,这些都让他着迷。总之,他的好奇心难以得到满足!

希培昂对玛达齐的学习很上心。面对如此强烈的上进心,没有什么好犹豫的,为此,希培昂决定,每天晚上给玛达齐上一个小时的课,而玛达齐则把矿井工作以外的时间,全部用来学习。

沃金斯小姐也被如此难得的学习热情打动,自愿帮助年轻卡菲尔人复习功课。后者整天自觉地背诵课文,或者在采矿点深处的地下,一边挥舞镐头,一边背诵,即使在向上拖拽皮桶的时候,或者在挑选石子的时候,仍然在背诵。玛达齐的学习勇气具有强大的感染力,好像传染病似的,很快影响到其他人,整个矿井的工作似乎都变得更有效率。

不久后,在玛达齐本人的推荐下,希培昂又雇用了一个卡菲尔人,他是玛达齐的同乡,名叫巴尔蒂克,同样非常勤奋,非常聪明。

终于,年轻工程师的好运来临:他找到一颗重达7克拉的钻石,未经琢磨加工,转手卖给一个名叫纳桑的经纪人,卖了5000法郎。

这真是一笔好买卖。对于一个只想通过劳动获得正当回报的矿工来说,他理所当然地应该感到满意。是的!毫无疑问。但是,希培昂不这么想。

他自忖道:"如果每隔两三个月,我都能获得一次好运,是不是距离目标就会更近?对于我来说,一颗7克拉的钻石远远不够,我需要成千上万颗这么大的钻石,否则,沃金斯小姐将会离开我,落到那个吉姆·希尔顿手里,或者,落到另一个更糟糕的人手里。"

这一天,午餐后,希培昂怀着如此悲伤的念头,准备回山丘矿,天气特别炎热,尘土飞扬,在钻石矿区的空气中,似乎永远飘浮着令人眯眼的红色尘土,突然,在一栋孤立房屋的拐角处,他被吓了一跳,向后退去。眼前出现一幅悲惨的情景。

依墙立放着一辆牛车,车尾向下,车辕向上,在两根车辕之间,吊着一个人。那人一动不动,双脚下垂,两手僵直,他的身体像铅丝一样下坠,与车辕形成20度夹角,身上裹着一块光泽耀眼的桌布。

这个场面阴森恐怖。希培昂被吓呆了,当他认出那个人是中国人李,被自己的辫子缠住脖子,吊在半空时,一股强烈的怜悯之情油然而生。

年轻工程师毫不犹豫,立刻做出如下举动:爬到车辕顶端,从腋下抱住那人的身体,向上抬升,中止绞杀作用,然后,用兜里揣着的小刀,割断发辫,做完上述一系列动作,仅仅用了半分钟。然后,他小心地出溜下来,把李的身体安置到墙角的阴影里。

这一切发生得正是时候。李的身体还没有变凉。他的脉搏十分微弱,但心脏仍在跳动。很快,他睁开双眼,奇怪的是,他刚刚重见天日,立刻就恢复了神志。

可怜的小家伙面无表情,刚刚摆脱如此恐怖的经历,他却表现得既不害怕,也不意外。看那样子,好像他不过是睡了一小觉,刚刚醒来。

希培昂从随身携带的水壶里,倒一点儿掺了醋的水,让李喝了几滴,然后,下意识地问道:"您现在能讲话了吗?"他忘记了,李听不懂他的话。

然而,李做出了肯定的表示。

"谁把您这样吊在那里?"

中国人回答道:"我自己。"他说这话的时候,完全看不出他对自己的举动感到意外或愧疚。

"您自己?……您这样做是自戕,不幸的人!……为什么?"

中国人回答道:"李觉得太热了!……李觉得厌倦了!……"

希培昂被吓呆了,当他认出那个人是中国人李,被自己的辫子缠住脖子,吊在半空时,一股强烈的怜悯之情油然而生。

随后,他重新闭上双眼,似乎在回避新的提问。

此刻,希培昂才察觉到一个奇怪的现象:他们之间在用法语对话。

他接着问道:"您也能说英语吗?"

"是的。"李回答着,抬起眼睫毛。

看上去,就好像在那个小塌鼻子的两侧,张开了两个斜开的纽扣眼。

希培昂感到,在他的眼神里,又出现了嘲笑的目光,这个目光曾经在开普到金伯利的旅途中,屡次令他感到意外。

希培昂严厉地说道:"您这么做的理由是愚蠢的!天气太热绝不是自杀的理由!……请严肃地告诉我!……一定另有隐情,我敢打赌,是不是邦达拉西又搞恶作剧?"

中国人垂下了头,低声说道:

"他要割掉我的辫子。我肯定,最多一两天内,他就能得逞!"

与此同时,李看到希培昂手里攥着那条著名的辫子,陡然察觉,他最担心的不幸事情,已然发生了。

他绝望地喊叫道:"噢!先生……怎么!……您……您已经割断了!……"

希培昂回答道:"我的朋友,为了救您,必须解开。不过,见鬼!在这个国家,在这里,您并不因此就掉价了!……您放心吧!……"

对于这次切割,中国人表现得悲痛欲绝,希培昂担心他再次企图自杀,决定带他回自己的小屋。

李驯服地跟着到了小屋,在救命恩人旁边坐下,倾听希培昂的训诫,承诺不再去自杀,然后,在喝了一杯热茶之后,他甚至开始含糊地讲述一点儿自己的经历。

　　李生于广东,在一个英国人家里长大,英国人抚养他是为了将来做生意。后来,他到了锡兰,又从那里去了澳洲,最终,来到非洲。无论走到哪里,财富从未向他露过笑脸。他尝试过20种职业,相比之下,在矿区,洗衣房的职业也好不到哪儿去。李的克星就是阿尼巴尔·邦达拉西。这个家伙让李陷入悲惨境地,如果没有他,李在格利加兰的漂泊生活也许能好过一点儿!总之,为了摆脱他的迫害,李宁愿结束自己的生命。

　　希培昂安慰可怜的小伙子,向他承诺,保护他免受那不勒斯人的伤害,还承诺把所有能找到的衣服都送给他浆洗,最后,把他送走的时候,小伙子不仅得到了安慰,而且彻底摆脱了对自己那根发辫的依恋。

　　知道年轻工程师是如何做到这一点的吗?他简短而严肃地对李宣称,绞索能给人带来好运,现在,李的兜里揣着那根发辫,可以肯定,他的霉运即将结束。

　　"无论如何,邦达拉西已经无法从头上剪下发辫了!"

　　希培昂用这个最完美的中国式理由,结束了对李的心理治疗。

第七章　塌　方

整整50天了,希培昂没有在自己矿井里找到一颗钻石。此时,他越来越厌恶这个矿工的职业。他觉得,如果一个人没有大笔资金,买不起最好的采矿点,也雇不起十来个卡菲尔人为自己干活,那么,干这行就是自欺欺人。

这天早晨,希培昂让玛达齐和巴尔蒂克跟着托马斯·斯蒂尔去采矿点,自己单独留在帐篷里。好朋友法拉蒙·巴尔德斯托一位前往开普的象牙商人捎来一封信,讲了自己的近况,他想给他写一封回信。

法拉蒙·巴尔德斯对自己的狩猎和冒险生活非常着迷。他已经杀死了3头狮子,16头大象,7只老虎,数不清的长颈鹿和羚羊,以及其他大大小小的猎物。

他在信中写道:"与历史上的征服者一样,我实行以战养战的策略。我不仅通过销售狩猎产品,养活了征招来的那一小队远征军,而且,只要我愿意,还可以通过出售皮毛和象牙,赢得可观的收益,此外,我还可以与狩猎地附近的卡菲尔部落交换猎物。"

最后,他在信中结束道:

"您想不想过来,与我一同到林波波附近地区转一遭?下个月底,我准备去那里,我考虑一直向南行进,直到德拉瓜湾①,再从那里乘船跨海回到德班②,因为,我答应过要把这些巴索托武士送回去……怎么样?暂时离开你那个可恶的格利加兰,过来我这边……"

希培昂正在反复阅读这封信,突然,传来一声巨响,紧接着,矿区人声嘈杂,他猛地站起来,跑出帐篷。

大群的矿工神情激动,混乱地跑向矿区。

四面八方呼喊着:"塌方了!"

实际上,昨晚气温很低,比较寒冷,而日出后气温迅速回升,迎来一个少见的炎热白天。在气温骤升骤降的过程中,裸露的土壤急剧热胀冷缩,遇到这样的天气,极易发生此类事故。

希培昂急速奔向山丘矿。

跑到矿山,他一眼就看清发生了什么。

矿坑边缘长约200米,高约60米的土墙,出现一个垂直的裂缝,就好像一个破败的城墙,裂开一个巨大的缺口。成千上万担③沙砾垮塌下来,涌进采矿点,沙子、砾石,以及杂物掩埋了矿坑。这个时候,在坍塌堆积物的上方,能看到人、牛、矿车,纷纷向下坠落,掉进深渊。

万幸的是,尽管半数采矿点已经被坍塌物掩埋,但此时,大多数矿工还没有下降到矿井底部。

希培昂首先想到的是合作伙伴托马斯·斯蒂尔,不过,他很

---

① 莫桑比克东南海岸,靠近南非边界。原为输出象牙和奴隶的口岸,印度洋贸易的中间站,也是通往南非钻石和黄金产地的门户。
② 南非夸祖卢-纳塔尔省的一个城市,原名纳塔尔港,是南非的主要海港。
③ 法担,1担等于100法旧制斤。

欣慰地看到,托马斯站在裂缝边缘,正在和其他人一起议论这场灾难。希培昂赶紧跑过去,询问详情。

兰开夏郡矿工握着希培昂的手,叫道:"幸亏,我们死里逃生!"

希培昂问道:"玛达齐呢?"

托马斯·斯蒂尔用手指着他们共有的采矿点,那里堆积着坍塌物,回答道:"那个可怜的孩子在下面!我刚把玛达齐放下去,而且听到他刚刚装满第一桶矿砂,正准备拖拽,就在这时候,塌方发生了!"

希培昂叫道:"也许他还活着……我们不能就这么傻站着,得想办法救他!"

托马斯·斯蒂尔摇摇头,说道:

"压在15吨至20吨的沙土下,他生还的可能性很小!况且,把矿井掏空,至少需要10个人,干上一两天!"

年轻工程师坚决地说道:"无论如何,我们不能让一条人命就这么埋进坟墓,必须想办法把他拉上来。"

说完,希培昂叫过站在旁边的巴尔蒂克,让他告诉那些卡菲尔人,他出高价,谁愿意受雇清理他的采矿点,每人每天给5个先令。

立刻,就有三十来个黑人表示愿意干,大家争分夺秒,开始干活。能用的工具都用上了,镐头、鹤嘴镐,以及铁锹;皮桶,铁丝缆绳,还有矿车也全部启用。听说正在抢救一个被掩埋的可怜家伙,许多白人矿工友善地伸出援助之手。在希培昂的激励下,托马斯·斯蒂尔也行动起来,积极指挥这场救援行动。

这个时候,在坍塌堆积物的上方,能看到人、牛、矿车,纷纷向下坠落,掉进深渊。

中午时分,大家已经从采矿点深处掏出好多吨沙土和砾石。

下午三点钟,巴尔蒂克突然发出嘶哑的叫声:他看见,在他的镐头下面,土里露出来一只黑色的脚。

大家加倍努力,几分钟后,玛达齐的整个身体被挖掘出来。倒霉的卡菲尔人仰面朝天,一动不动,看起来已经死了。出于某种奇迹般的偶然性,他用来干活的一只皮桶扣在脸上,就好像给他戴了一个面罩。

希培昂立刻就注意到这个现象,并且据此猜想,这个倒霉蛋也许还有救;不过,事实上,希望非常渺茫,因为卡菲尔人的心脏已经停止跳动,而且,皮肤也变得冰冷,四肢僵硬,两拳紧握犹如死人,面颊呈现出黑人才有的青白色,以及窒息导致的可怕的扭曲。

希培昂毫不气馁。他让人把玛达齐抬到托马斯·斯蒂尔的小屋里,那里紧挨着采矿点,把他平放在平时用来选矿的桌子上,然后,按照以往拯救溺亡者的方式,反复摩擦他的身体,运动他的胸廓,给他做人工呼吸。希培昂知道,对于所有窒息的人来说,这种办法都可能有效,而眼下,除此也拿不出更好的办法,更何况,玛达齐身上既没有出现伤口,也没有出现骨折,甚至也没有遭到严重挤压的症状。

托马斯·斯蒂尔在旁边竭力协助希培昂,努力按摩这具硕大的黑色身体,同时,他发现,并且说道:"梅里先生,您看,他手里还攥着一个土坷垃!"

这个兰开夏郡的正直小伙子有一颗善良的心!他运用手劲,拼命揉搓,就好像一台1200匹马力的蒸汽机的动力轴,腕力

倒霉的卡菲尔人仰面朝天，一动不动，看起来已经死了。

十足地来回运动。

　　这番努力很快产生可喜的效果。年轻卡菲尔人僵直的身体开始一点点放松。皮肤的温度也明显开始回升。

　　希培昂紧贴他的心脏,察觉到一点儿微弱的生命迹象,发现他的手有些微微颤动,这是好兆头。

　　很快,这些迹象越来越明显。脉搏开始重新跳动,玛达齐的胸口出现几乎难以察觉的起伏,恢复了轻微的呼吸;再往后,出现了更有力的呼吸,这表明,他的肌体恢复了生机。

　　突然,刚才还无声无息的黑色躯体,打出两声喷嚏,这个硕大的躯体从头到脚受到震动。玛达齐睁开眼睛,开始呼吸,恢复了神志。

　　"嗷哈!嗷哈!这哥们儿没事儿了!"托马斯·斯蒂尔高声叫道,浑身大汗淋漓,终于停止了按摩动作,"梅里先生,您瞧,他那僵硬的手指始终不愿意放开手里的土坷垃!"

　　此时,年轻工程师正在忙着其他事,顾不上停下来观察这个细节!他把玛达齐扶起来,让他呼吸更顺畅,再让他喝下一小勺朗姆酒。最后,确信卡菲尔人活过来了,又给他身上裹了一层毯子,在三四个志愿者的协助下,把他运送到自己在沃金斯农场的小屋里。

　　在那里,卡菲尔人躺在希培昂的床上,巴尔蒂克又让他喝了一杯热乎乎的浓茶。大约一刻钟后,玛达齐平静地进入梦乡:他获救了。

　　托马斯·斯蒂尔和他的临时助手们拥进附近饭馆,拿起啤酒开怀畅饮,庆祝起死回生的神奇医术。希培昂则因为从死神的魔掌中解救出一条生命,内心感到无与伦比的愉悦。此时,他守在玛达齐身边,拿起一本书,一边阅读,一边不时停下来,看一眼沉睡的卡菲尔人,就好像一个父亲守着病后尚未痊愈的熟睡的儿子。

玛达齐到矿井干活已经有6个星期了,希培昂对他的表现很满意,甚至十分赞赏。这个卡菲尔人聪明、温顺、热爱劳动,各方面都很出色。他为人正直、友善,乐于助人,性格温柔而阳光。他有能力胜任工作,有信心克服一切困难。希培昂有时候自忖,即使一个拥有同样才能的法国人,也未必表现得比他更出色。在这个普通卡菲尔人的黑色皮肤下,在他天生卷发的脑袋里,蕴藏着如此优秀的天赋!

尽管如此,玛达齐也有一个缺点,而且很严重的缺点,这个缺点明显来自于他所接受的早期教育,以及在故乡接受的拉栖代梦[①]式的恶习。是否需要挑明了说?实际上,玛达齐有偷窃的恶习,只不过是一种下意识的偷窃。每当他看到自己喜欢的东西,就情不自禁想要拥有它。

作为他的主人,希培昂早就发现了玛达齐的这个性格倾向,多次给予最严厉的指责,但是没用!希培昂警告过他,如果再犯老毛病,就把他赶走,但是仍然没用!每次,玛达齐都承诺,下次绝不再犯,痛哭流涕,乞求原谅,然而第二天,一旦遇到机会,他又会旧病复发。

他偷窃的都是些不贵重的东西,只能算是小偷小摸。凡是

---

① 拉栖代梦是古希腊城市名,即斯巴达,相传,拉栖代梦人以征服为生存方式。

特别让他垂涎觊觎的,都是不值钱的琐碎东西:一把小刀、一条领带、一个铅笔套,诸如此类。看到拥有优秀本质的玛达齐,却沾染了如此可恶的瑕疵,希培昂痛心疾首。

希培昂自忖道:"耐心些!……别绝望!……也许,总有一天,我会让他明白,偷窃是错误的!"

现在,看着沉睡的玛达齐,希培昂思考着他身上那些奇特的反差明显的特点,只有故乡的野蛮环境,以及玛达齐过去的经历,才能对此给出合理的解释!

夜幕降临的时候,年轻卡菲尔人醒来了,依然鲜活,精力充沛,就好像从来没有经历过长达两三个小时的窒息过程。现在,他可以讲述那段经历了。

刚开始,那个意外扣在脸上的皮桶,以及一张支撑在头上的长梯子,使他躲过了塌方造成的直接伤害,后来,被困在地下深处,桶里仅存的一点儿空气,又使他在很长时间里免于完全窒息。当时,他很清楚自己的处境,算是不幸中的万幸,他尽量利用这点儿空气,延长换气的间隔时间。但是,逐渐,空气被消耗殆尽。玛达齐感觉到自己的意识逐渐模糊,最后,慢慢陷入一种沉重恐怖的睡眠状态,其间,曾经因为企图奋力呼吸而短暂清醒过。再后来,他就什么都不知道了,完全丧失了意识,并且,他死了……因为,他就是从死亡状态活过来的!

希培昂听着他把话说完,让他喝水,吃东西,并且不顾他的反对,执意让他躺在那张床上过夜。最后,确定一切危险都已经过去,希培昂把玛达齐留在屋里,动身前往沃金斯的房子,去做例行拜访。

年轻工程师需要向艾丽丝讲述这一天的感受,讲述自己对矿山的厌恶感,今天早晨发生的可怕事故更加深了这种感觉。一想到为了碰运气找到几颗破钻石,竟要拿玛达齐的生命去冒险,希培昂由衷地觉得厌恶。

他自忖道:"我自己去干这活,还勉强凑合,但是,让这个不幸的卡菲尔人为了微薄的报酬,也去干这活,那就太可恶了,他又不欠我什么!"

希培昂向年轻姑娘讲述了自己的叛逆想法,以及心中的挫折感。也谈到了刚刚收到的法拉蒙·巴尔德斯的来信。实际上,为什么不能接受朋友的建议呢?如果动身去林波波,去尝试通过打猎获取财富,何乐而不为?能够肯定的是,与其像个守财奴似的整天扒拉土块,或者支使几个可怜的家伙为自己扒拉土块,还不如去狩猎,至少干那活显得比较体面。

希培昂问道:"沃金斯小姐,您怎么看待这件事?您的心思那么缜密,更善于脚踏实地考虑问题。给我提个建议吧!我真的很需要您的建议!我现在心烦意乱,急需朋友的帮助,恢复心理平衡!"

希培昂真诚地诉说着,一般来说,他是一个感情内向的人,面对温柔可爱的密友,倾诉内心犹豫不决的痛苦,他体会到一种难以解释的快感。

在这种普通的场合,刚刚过去的几分钟里,他们之间的谈话是用法语进行的,显得十分亲密,约翰·沃金斯抽完第三锅烟丝,已经昏昏欲睡,对于两个年轻人的聊天内容,以及究竟是使用英语,还是别的什么方言聊天,他都无动于衷。

艾丽丝听了希培昂的诉说，表现出深切的同情。

她回答道："您对我说的这一切，很久以来我就替您着想过，梅里先生！我很难理解，像您这样的工程师和学者，怎会真心愿意过这样的生活！这对您，对科学，简直就是一种犯罪，不是吗？随便一个卡菲尔人，或者霍屯督人都比您更善于干体力活儿，而您却把宝贵时间用于体力劳动，这太糟糕了，我向您保证！"

面对年轻姑娘，希培昂无言以对，因为，他无法向她解释那个让他感到吃惊、给他沉重打击的问题。谁知道呢，也许她略显夸张地表示愤怒，目的就是逼希培昂说出真情？……但是，这个真情，他已经发誓绝不泄露，如果泄露了，他会看不起自己；于是，希培昂继续守口如瓶。

沃金斯小姐接着说道：

"梅里先生，既然您这么希望找到钻石，还不如到最可能找到钻石的地方去寻找，那地方就是您的坩埚。不是吗？您是一位化学家，比谁都更了解这些可恶的钻石的特性，为什么非要盲目而徒劳地去寻找这些值钱的钻石？按照我的想法：如果我是您，我宁愿设法去制造钻石，而不是徒劳无功地尝试寻找它！"

艾丽丝如此真诚而生动地谈论科学，谈论希培昂自己，年轻工程师突然感觉犹如醍醐灌顶。

可惜，恰在此时，约翰·沃金斯从昏睡中醒来，张口询问旺地嘎尔特-山丘矿有什么新闻。于是，饶有趣味的私密话只好中止，谈话重新使用英语。活泼的气氛戛然而止。

但是，思维的种子已经播撒进肥沃的土壤，必将发芽。年轻

艾丽丝听了希培昂的诉说,表现出深切的同情。

工程师回到住处,脑袋里不断回想着沃金斯小姐令人心动的话语,感觉句句在理。在希培昂的思维中,这些话语中的幻想成分消失得无影无踪,留下来的则是勇敢、信任,以及无限的温柔。

希培昂自忖道:"无论如何,为什么不能试一试呢?一个世纪以前,人造钻石还只是乌托邦式的空想,今天,在某种程度上已经取得了成功!弗雷米先生和佩尔先生在巴黎制造出了红宝石、祖母绿,以及蓝宝石,这不都是些各种颜色的铝结晶体!住在格拉斯哥的马克·梯尔先生,以及住在同一座城市的J.巴朗迪尔·哈奈先生,于1880年制造出了碳结晶体,其特性与钻石完全相同,不足之处就是制作的价格过于昂贵,与巴西、印度,或者格利加兰出产的天然钻石相比,简直就是天价,因此,无法满足商业需求!但是,一旦找到了科学的解决办法,工业生产钻石的日子也就不远了!为什么不尝试一下呢?……迄今为止,这么多学者都没有找到解决办法,因为他们都是理论家,是坐在办公室或者实验室里的学者!他们都没有在实地考察过钻石,没有在钻石形成的地方,或者说钻石的出生地做过研究!而我,不仅可以借鉴他们的研究成果、他们的经验,还可以利用自己的研究成果!我曾经亲手挖掘过钻石!我分析研究过钻石产地的所有地形地貌!如果说有一个人,凭着些许运气,可能找到克服困难的办法,那就是我……对,就是我!"

当天夜里,希培昂不停地反复思考上述问题,不断喃喃自语。

他很快就下定了决心。第二天清晨,希培昂通知托马斯·斯蒂尔,自己以及雇用的卡菲尔人,都不再参与,至少是暂时不再参与采矿点的工作。他甚至与托马斯商定,一旦有人接受自己的份额,他就从采矿点彻底脱身。之后,希培昂把自己关进实验室,开始思考新的方案。

第八章 伟大的实验

此前,整整一年时间里,希培昂曾经研究过坚固物体在气体中的可溶性问题,研究取得非凡的成果。在研究过程中,希培昂发现,某些物体,例如硅石,或者矾土,本来是不溶于水的,但是,在高压水蒸气,以及高温作用下,却溶解了。

从这个现象出发,希培昂的解决办法就是,首先测验一下,看看能否找到可溶的气态的碳,进而获得其结晶体。

然而,在这方面的所有努力均告失败,经过好多个星期的无效尝试,他不得不决定换一组设备。所谓设备,就是个说辞,其实,起主要作用的就是一个炮筒。

根据观察到的类似现象,年轻工程师相信,在山丘矿,钻石形成的过程与硫质喷气孔里硫形成的过程相似。大家知道,硫产生于硫化氢的半氧化过程;在这个过程中,一部分硫化氢变成了亚硫酸,其余部分则变成晶体,附着于硫质喷气孔的内壁上。

希培昂自忖道:"谁知道呢,为什么钻石矿脉不能是真正的碳质喷气孔形成的呢?既然硫化物与碳可以形成混合体,以沼气的形式,与水和冲积沉淀物共生,为什么硫的半氧化过程,不能伴随着碳的半氧化过程,并由此形成过量碳的结晶呢?"

按照这个实验思路,就需要某种物体,在人工模拟的反应过程中,让碳发挥出理论上存在的功能,达到这一步,对于化学家来说,距离成功就不远了。希培昂决定,很快实行这项计划。

首先,需要设计出一套实验设备,利用这套设备制造出相应的条件,让这些条件与设想的天然钻石形成的条件尽可能接近。其次,对这套设备的要求并不复杂,就是制造符合相应的条件,而这些条件在大自然,或者在空气中广泛存在。与人类所做的伟大发现,包括万有引力、指南针、印刷术、蒸汽机,以及电报相比,这套设备一点都不复杂。

希培昂亲自下到矿井深处,寻找挑选理想的矿土,其质量必需特别有利于实验。然后,他把这些土制造成一个厚实的钵,再把钵仔细地安置在一根钢管的内部,这根钢管长度为半米,管壁厚度为5厘米,内径为8厘米。

这根钢管其实就是半截报废的炮筒。希培昂是在金伯利,从一个志愿者连队那里买来的,经过一场与附近卡菲尔部落的战斗以后,这个连队已经解散。在雅各布·旺地嘎尔特的车间里,这根炮筒被按照要求锯断,正好成为希培昂需要的设备部件,即:一个可以承受内部巨大压力的容器。

这个炮筒的一端,预先已经封死,炮筒内部充填了许多铜碎片,以及将近两升的水,然后,希培昂向炮筒内注入大量"沼气";最后,经过细心采样后,把炮筒两头用金属栓塞紧,用螺栓固定,其坚固程度足以扛住任何冲击。

实验设备做好了。剩下的事情就是把它高温加热。为此,需要把设备放进一个巨大的倒焰窑炉①,同时保证炉火日夜不熄,由此达到温度极高的白热化程度,而且炉温连续保持两个星期。

此外,炮筒和窑炉外围都包裹着厚厚一层耐火黏土,目的是尽量保持温度,不让热量散发,直到实验后期,尽可能让温度缓慢下降。

整个实验场地就像一个巨大的蜜蜂蜂巢,或者是爱斯基摩人的小屋②。

玛达齐现在的职责就是为他的主人服务。他一直密切关注实验的各项准备工作,当知道实验的目的是制造钻石后,他的劳动热情随之高涨,积极参与各项活动,并且很快就学会如何维护炉火,技术日臻熟练,最后,他成为维持炉火的专职人员。

很难想象,准备这样一套实验设备,尽管它不太复杂,需要多长时间,克服多少困难。在巴黎,在一个大型实验室,并不需要很长时间来准备一项实验,一旦方案确定,两个小时以后就能开始。然而,对于希培昂来说,在这样一个半野蛮的国度里,要想完成一项实验,即使不能完全兑现设计方案,其准备工作没有三个星期也无法完成。更何况,他获取设备材料的时候,受到各种条件限制,有时候甚至要靠碰运气,例如那半截报废的旧炮筒,甚至实验必需的煤炭也很难搞到。事实上,这种燃料在金伯利非常稀少,为了一吨煤炭,希培昂不得不同时面对三个谈判

---

① 倒焰窑是一种间歇式的窑炉,内部结构特殊,能使火焰由上向下流动。
② 爱斯基摩人生活在北极地区,又称因纽特人,居住的房屋一半陷入地下,门道极低。

对手。

最终,希培昂克服了所有困难,窑炉的火焰第一次燃起,玛达齐予以精心照管,不再让它熄灭。

必须指出,年轻卡菲尔人对自己承担的职责非常自豪。其实,玛达齐以前应该干过烧火的活计,毫无疑问,在他的部落里,他曾经给不止一个厨房、不同规模的炉灶烧过火。

实际上,自从玛达齐来到身边,希培昂不止一次观察到,在其他卡菲尔人中间,玛达齐享有真正的魔法师声誉。这个魔法师的全部家底,就是他从父亲那里继承来的几个处理创口的基础外科秘方,再加上两三套小戏法。但是,前来问诊的卡菲尔人络绎不绝,有的是真病了,有的是自以为病了,有的是来圆梦的,还有的是来排解纠纷。玛达齐有求必应,总能开出应对的处方,或者解释几个兆头,或者送几句警示格言。这些处方有时显得很古怪,警示格言也荒诞可笑,但是,他的那些同胞却从中获得满足。夫复何求?

另外,玛达齐经常待在年轻工程师的实验室里,周围到处摆放着曲颈甑和玻璃瓶,再加上他被委任从事的神秘活计,这些都凭空增加了他的魅力。

这个正直的小伙子在履行职责时,表情庄重,看到他的样子,有时候,希培昂也不禁露出微笑。其实,卡菲尔人的职责很简单,就是司炉兼助手,负责给窑炉添煤,拨旺火焰,清理那些试管,以及坩埚上面的灰尘。然而,玛达齐的庄重表情本身,就蕴含着某些令人感动的东西:一个聪明但外貌粗糙的卡菲尔人,对知识充满渴望,对科学表现出真诚的崇拜。

另外,现在,中国人李经常造访沃金斯农庄,每次与李相处,玛达齐都感到特别高兴,尽管两人出身迥异,但他们之间已经建立起亲密的友谊。两个人都曾经被希培昂从死亡境地解救出来,都对希培昂心存感激。出于同样的原因,两个人互有好感,特别亲近,并且,好感迅速上升为友情。

李和玛达齐两人约定,给年轻工程师送一个昵称,这是个好听而简单的名字,表达了他们对希培昂的真挚感情。他们管希培昂叫"小爸爸",谈起年轻工程师,他们的语气中充满狂热的崇拜与敬仰。

为了表达崇拜之意,李在洗涤和熨烫希培昂的衬衣时,全神贯注,一丝不苟;至于玛达齐,全力以赴执行主人的各项指示,犹如宗教信徒般忠贞不贰。

不过,有时候,这哥儿俩过度热衷于取悦"小爸爸",做得有点儿过分。例如,希培昂在家里吃饭,桌子上摆放了水果和甜食,然而他根本没有订购过这些东西,这些食品的来历不明,因为,在供货商的账单里,也没有出现这些东西。又例如,希培昂送去浆洗的衣服,取回来的时候,发现缝上来历不明的金纽扣。再例如,经常地,希培昂的房间里会神秘地冒出来一些物品,诸如一把漂亮舒适的座椅、一个绣花坐垫、一张豹皮,以及一些贵重的小玩意。

每当希培昂就此询问李,或者玛达齐,他们的回答总是支吾搪塞,含糊其词:

"我不知道!……不是我!……这与我无关!……"

希培昂原本可以安享这些体贴和殷勤,但是,让人为难的

窑炉的火焰第一次燃起，玛达齐予以精心照管，不再让它熄灭。

是，希培昂总觉得这些物品的来历颇为蹊跷。享用这些东西会不会受到惩罚？然而，这些怀疑始终未能得到证实，尽管对这些来历不明物品做了极为细致的调查，但毫无结果。

在希培昂背后，玛达齐和李相互露出令人难以琢磨的微笑，暗自对视了一眼，那神秘兮兮的表情分明在说：

"噢，小爸爸！……他什么也发现不了！"

不过，另外一件事情更令希培昂忧心忡忡。约翰·沃金斯似乎决心要让艾丽丝出嫁，为此，最近一段时间，他的住宅变成了求婚者的殿堂。不仅吉姆·希尔顿几乎每晚到访，成为常客，而且具备条件的所有单身矿工都被吸引到这里，农场主沃金斯认为，要想成为自己的女婿，采矿成功是必不可少的先决条件，而这些矿工个个事业有成，他们被邀请出席晚宴，并且毛遂自荐，供沃金斯女儿挑选。

德国人费里戴尔、那不勒斯人邦达拉西都在求婚者行列，这两个人现在属于旺地嘎尔特矿区最幸运的矿工群体。赞赏永远属于成功者，无论在山丘矿，还是在沃金斯的农庄，对这些矿工都少不了溢美之词。自从陡然获得好几千英镑的财富，费里戴尔比过去更善于自我吹嘘，更加独断专行。至于阿尼巴尔·邦达拉西，摇身一变成为衣帽光鲜的花花公子，戴着灿烂夺目的金项链、金戒指、镶嵌钻石的金别针，一身白色礼服更显得脸色蜡黄，霸气十足。

不过，邦达拉西举止滑稽，自命不凡，只会哼唱低俗的那不勒斯小曲，这么可笑的人物妄想取悦艾丽丝，只能白费心机。艾丽丝当然看不上邦达拉西，而且特别蔑视他，对他来农庄的动机深表怀疑。艾丽丝能做的就是避免倾听邦达拉西说话，对他的那些插科打诨，装腔作势，绝对不予理睬。尽管她对那不勒斯人丑陋的精神状态缺乏了解，很难猜透他言谈背后的阴暗含义，但是充其量，艾丽丝只把他当作路过农庄的普通人，同大多数前来拜访的人一样，令人感到厌烦。对于这些，希培昂都看在眼里，当他看到，自己心目中那么温柔可敬的人，不得不应付那个卑鄙家伙的谈话，内心感到无比痛苦。

令希培昂更为痛苦的是，自尊心强迫他，对眼前发生的一切假装毫不在意，因为，他觉得，不值得在沃金斯小姐面前设法贬低一个卑鄙的对手。而且，他又有什么权利这么做呢？批评人家的依据又是什么？他对阿尼巴尔·邦达拉西一无所知，仅仅出于自己对他的厌恶感，本能地不喜欢这个人。如果承认这一点，只能让人觉得可笑。对此，希培昂有自知之明，但是，如果艾丽丝居然对这样一个人都予以关心，这让他不禁怅然若失。

无论怎样，希培昂再次投入工作当中，全力以赴，没日没夜。新的工作不是制造钻石，而是准备另外10个，甚至20个实验方案，等到制造钻石的实验一结束，马上就要开始实施这些新方案。他花了大量时间，在笔记本上写满笔记，而且，他不再满足于理论数据，以及各种公式，而是经常跑到山丘矿，找来新的岩石和泥土标本，反复多次进行严格而精细的分析，不容许存在任何误差。他感到沃金斯小姐可能抛弃自己，这种危险让他承受了巨大压力，越是这样，希培昂越是下定决心，排除万难，战胜危险。

不过,他从来不愿对年轻姑娘谈起,他自己对正在进行的实验信心不足。沃金斯小姐只知道,在她的建议下,希培昂重新投身化学事业,为此,她深感庆幸。

第九章　意外的惊喜

到了实验应该最终得出结果的那一天,这是一个重要的日子。

窑炉里的火焰已经熄灭两个星期了,实验设备的温度逐渐下降,冷却。希培昂认为,如果在这样的条件下,碳可以形成结晶体,那么,这个过程现在已经完成,因此,他决定打开包裹在窑炉外围的黏土层。

这层黏土非常坚硬,就好像砖窑里烧出来的砖头,必须用镐头大力敲击,才能打开。玛达齐奋力敲击,终于,黏土层被打开,首先暴露出来的是窑炉的上半部,也就是被称作炉罩的那部分,然后是整个窑炉。

此时,年轻工程师的心跳达到了每分钟120次,看着年轻卡菲尔人,在李以及巴尔蒂克的协助下,掀开炉罩。

希培昂一直不太敢相信,实验可能取得成功,其他人也同样满腹狐疑! 但是,终于,经过努力,成功已近在咫尺! 如果成功了,那将多么让人欣喜若狂! 这个黑色的大圆柱体里面,包含着他的全部希望:幸福、荣誉,还有财富。经过几个星期的期盼,它终于重新暴露在眼前!

噢,太可怕了! ……炮筒已经炸裂。

是的！水蒸气和沼气在超高温的作用下，产生了巨大压力，钢管扛不住这压力。即使炮筒筒壁厚达5厘米，依然破裂，犹如一只脆弱的试管。在炮筒的一侧，接近中央的部位，出现了一条张开的裂缝，好像一个巨大的嘴巴，被火焰烧得歪七扭八，黑漆漆的，冲着窘迫不堪的学者不怀好意地冷笑着。

这不是坑人嘛！历经那么多磨难，得出这么个失败结果！事实上，假如，提前采取更好的措施，让实验设备经受住火焰的考验，那样，希培昂还不会觉得如此丢脸！假如这个圆柱体里没有形成碳结晶体，他完全可以接受失败，但是，他无法面对如此令人沮丧的结果！说起来，在一个月的时间里，满怀期望，经过加热又冷却，得到的却是这么个破旧的钢管，只配扔到废品堆里，真是倒霉透了！希培昂真想狠狠地对着钢管踢一脚，但是想到这家伙忒重，只好勉强按捺火气。

希培昂把炮筒遗弃在窑炉里，垂头丧气准备走开，去向艾丽丝宣布这个令人沮丧的结果，恰在此时，他心中萌生一股化学家的好奇，不禁回身凑近炮筒，划着一根火柴，照亮开口，检查内部状况。

他思忖道："毫无疑问，我在里面填抹的泥土，已经像窑炉外壳一样，变成砖头了。"

希培昂想得很有道理。然而，出现了特殊状况，一开始，希培昂也无法解释，炮筒内衬的泥土已经变硬，从内壁脱落，在这些泥土中，出现一团黏土样的东西。这团东西的颜色红中泛黑，直径大小像个橘子，刚好能穿过那个裂缝。希培昂伸手把它拿出来，放到眼前，漫不经心地打量着。他觉得这就是一块从内壁

此时，年轻工程师的心跳达到了每分钟120次，看着年轻卡菲尔人，在李以及巴尔蒂克的协助下，掀开炉罩。

脱落，又受到高温烧灼的黏土，于是，随手扔到一边，但是听到一声脆响，好像一块陶瓷落地的声音。

这东西好像一个封闭的小罐子，里面活动着一枚挺有分量的铃铛。

希培昂想道："真像一个储钱罐！"

但是，他挖空心思，也无法给这个神秘的东西做出解释。

不过，他想把它弄明白，于是找来一把榔头，砸碎了储钱罐。

实际上，这确实是一个储钱罐，而且储藏的是一个无价之宝。错不了！对于眼前出现的这块东西，年轻工程师不会看错，它就是一块钻石，一块包裹在矿脉里的钻石，与其他钻石绝对一样，只不过这块钻石体量巨大，无与伦比，前所未见！

难以想象！这块钻石比鸡蛋还大，形状很像土豆，重量至少得有300克拉。

希培昂瞠目结舌，低声重复道："钻石！……一颗人造钻石！尽管钢管发生意外，解决人造钻石难题的办法，还是让我找到了！……我发财了！……艾丽丝，亲爱的艾丽丝属于我了！"

然后，对眼前发生的一切，他不敢相信。

他满腹狐疑地重复道："但是，这不可能！……这是梦想，是幻觉！……啊！我终于知道努力的方向在哪儿了！"

希培昂欣喜若狂，连帽子都来不及戴，跑了出去，就像当初阿基米德发现了那条著名定律，猛地跳出澡盆一样①。希培昂沿着农庄的道路，如出膛的炮弹，一口气跑出老远，一直跑到雅

---

① 阿基米德是伟大的古希腊学者，相传他在澡盆里发现浮力定律。

恰在此时，他心中萌生一股化学家的好奇，不禁回身凑近炮筒，划着一根火柴，照亮开口，检查内部状况。

各布·旺地嘎尔特的家。

老琢磨工正在忙着检测钻石,这些都是钻石经纪人纳桑送来的,准备请他琢磨加工。

希培昂高声叫道:"噢,纳桑先生,您在这儿太巧了!您看!……旺地嘎尔特先生,您也看看,看我带来了什么,告诉我,这是什么?"

他把石块放到桌上,抱起双臂。

纳桑第一个拿起石块,惊奇得脸色发白,瞪圆双眼,张大嘴巴,然后,把石块递给雅各布·旺地嘎尔特。后者把石块举到眼前,借助窗口射进来的光线,从圆框眼镜上方仔细观看。看完,把石块重新放到桌子上,看着希培昂,语气平静地说道:

"这个,这是迄今世界上发现的最大的钻石。"

纳桑接道:"是的!……最大的钻石!比那些著名的钻石,诸如科依诺尔①、阳光山峰等,都要大上四五倍。要知道,阳光山峰可是英国皇室珍宝的骄傲,它的重量是179克拉!"

老琢磨工接着说道:"比格兰莫哥大两三倍,那颗钻石是已知最大的钻石,重量是280克拉!"

纳桑感到越来越吃惊,叫道:"比沙皇大四五倍,那颗钻石的重量是193克拉!"

雅各布·旺地嘎尔特接着说道:"比摄政王大七八倍,那颗钻石重136克拉!"

纳桑又叫道:"比德累斯顿大20或者30倍,那颗钻石重量只

---

① 世界上最古老而又保存至今的巨大钻石,属于英国皇室所有。

"这个,这是迄今世界上发现的最大的钻石。"

有31克拉！"

然后，他又补充道：

"根据这颗钻石的体积，我估算，它的重量应该不超过400克拉！但是，谁有胆量敢于冒险给这么一颗钻石估价！它根本就是无价之宝！"

雅各布·旺地嘎尔特的神态始终保持平静，他回答道："为什么不呢？科依诺尔的估价是3000万法郎，格兰莫哥价值1200万法郎，沙皇价值800万法郎，摄政王价值600万法郎！……那么算来，保守估计，这颗钻石的价值肯定超过1亿法郎！"

纳桑的神态逐渐恢复正常，感到有必要为这颗钻石的未来，以及潜在的商业价值做个规划，说道："哦！究竟价值几何，还要取决于它的颜色和质量！如果它没有颜色，水色一等，其价值将无法估算！但是，如果它是黄色的，就像大多数格利加兰出产的钻石，其价值就要大打折扣了！……如果不带个人偏好，我还真不知道，这样一颗大钻石最好是什么颜色呢？漂亮的天蓝色，就像期望钻石那样，还是粉色，就像格兰莫哥那样，抑或是翠绿色，就像德累斯顿那样？"

老琢磨工怒气冲冲地叫道："呃，不！……呃，不！我就喜欢不带颜色的钻石！您瞧瞧科依诺尔，或者摄政王！那才是真正的宝石！……与它们相比，其他的都不过是些装饰品！"

希培昂听不下去了，抢着说道：

"先生们，请原谅，现在，我不得不告辞了！"

他重新拿起宝贵的石块，踏上回农庄的路，仍旧一路快跑。

希培昂没有想要敲门，一把推开客厅大门，迎面看到艾丽丝,想都没有想,一把将她搂在怀里,亲吻姑娘的双颊。

沃金斯对这意外的举止非常愤慨,惊叫道:"唉!这是怎么啦?"此时,他坐在桌子旁,面对阿尼巴尔·邦达拉西,正在和这个轻浮的家伙玩儿皮克牌牌戏①。

希培昂也对自己的大胆举动感到吃惊,但依然十分高兴,结结巴巴地说道:"沃金斯小姐,请您原谅!我太幸福了!……我简直乐疯了!……您看!……看看我给您带来了什么!"

他不是把钻石放到桌上,而是随手一掷,丢到两个牌友的中间。

桌旁的两个人与纳桑,以及雅各布·旺地嘎尔特的反应一样,立即就明白了这是怎么回事儿。沃金斯刚刚按照每天的定量,喝了点儿杜松子酒,头脑尚处于基本清醒的状态。

他大声问道:"您找到这个……您本人……在您的采矿点?"

希培昂得意地回答道:"找到?我干得更漂亮!……我亲手制造的它,整个都是我造的!……啊!沃金斯先生,甭管怎样,化学是个好东西!"

希培昂笑着,双手紧紧握住艾丽丝的纤细手指,年轻姑娘对他刚才的激动举止感到意外,也为自己的朋友感到高兴,温柔地微笑着。

希培昂接着说道:"艾丽丝小姐,多亏您,我才做出这项发明!是谁劝我重新投身化学事业?又是谁鼓励我研究制作人造钻石?沃金斯先生,不就是您可爱可敬的女儿吗?噢!我愿意

---

① 纸牌牌戏,供2人玩,另有供3人或4人玩的变种。

像古代的骑士面对自己亲爱的女士一样,向艾丽丝表达敬意,并且宣布,这项发明归功于她!……没有她,我一事无成!"

沃金斯和阿尼巴尔·邦达拉西盯着钻石,然后互相对视了一会儿,摇了摇头,惊愕莫名,目瞪口呆。

约翰·沃金斯说道:"您刚才说,是您亲手制造了这个?……那么,这是一颗假钻石喽?"

希培昂叫道:"假钻石?噢,是的!……一颗假钻石!……不过,雅各布·旺地嘎尔特和纳桑给这颗钻石的保守估价是5000万,也许是一个亿!就算它不过是一颗人造钻石,是按照我发明的方法制造出来的,它也仍然是一颗地地道道的钻石!……您看,它什么都不缺,就连矿脉都在上面!"

沃金斯强调问道:"那么,您打算制造其他类似的钻石?"

"当然,沃金斯先生,我当然要做!我要制造大量的钻石!……我要制造出比这个大十倍,甚至大一百倍的钻石,如果您想要!……如果您真的需要,我可以为您制造出足够数量的钻石,铺满门前的平台,铺满格利加兰的道路!……万事开头难,一旦获得了第一颗钻石,以后再做就会易如反掌,只需简单地解决技术问题就可以了!"

农场主的脸色变得惨白,说道:"但是,倘若果真如此,矿山的所有矿主都将面临破产,不仅是我,整个格利加兰地区都将破产!"

希培昂叫道:"当然如此!难道您希望看到,大家继续在泥土里劳作,寻找那些近乎毫无价值的细小钻石。与其那样,不如更方便地,以工业化的方式制造钻石,而且想做多大就做多大,比做4斤①重的面包还容易!"

约翰·沃金斯反驳道:"但是,这太可怕了!……简直下流无耻!……十恶不赦!……假如您说的这些真的兑现,假如您真的拥有了这个秘密……"

他感到透不过气来,说不下去了。

希培昂冷冷地说道:"您看到了,我不是凭空捏造,大言不惭,因为,我给您带来了我的第一个产品!……我觉得,这颗钻石的个头够大,足以说服您!"

沃金斯终于喘过这口气,回答道:"那么,如果这是真的,梅里先生,在矿区的大街上,现在就会有人向您开枪……这就是我的看法。"

阿尼巴尔·邦达拉西做了一个威胁的动作,补充说道:"这也是我的看法!"

沃金斯小姐站起身,脸色苍白。

年轻工程师耸了耸肩膀,说道:"向我开枪,就因为我解决了50年来一直没能解决的化学难题?这可有点儿过分!"

农场主激动地说道:"先生,这一点儿都不好笑!您想过您那个所谓的发明,它可能带来的后果吗?它可能让所有矿井停工……让格利加兰丧失最值得自豪的产业……让我,正在和您说话的我,沦落成乞丐。"

希培昂坦率地说道:"说真的,我得承认,对这些问题我很少考虑。这些都是工业进步带来的不可避免的结果,纯粹的科学

---

① 此处是指法国古斤,每斤重约半公斤。

119

与此毫不相干！……此外,对于您个人,沃金斯先生,不必担心！凡是我有的,一定也会有您的一份,您一定知道,激励我走上这条研究之路的动机是什么！"

突然,约翰·沃金斯发现,自己能够从年轻工程师的发明里分一杯羹,于是,不管那不勒斯人是怎么想的,他毫不犹豫地改弦更张,就像俗话说的,"把枪托从一个肩膀换到另一个肩膀"。

沃金斯说道:"不论怎样,您说的可能有道理。梅里先生,您是个真诚的小伙子,说话算话！是的！……经过深思熟虑,我发现我们之间有办法达成一致！您干吗要制造那么多钻石呢？这样做肯定会让您的发明贬值！最聪明的做法,应该是小心保护好这个秘密,有节制地利用它,比方说,像这样的钻石,只需制造一个,或者两个,甚至,只要保留第一个成果就够了,因为这颗钻石可以一次性地带来可观的资金,让您成为这个国家最富有的人。这样一来,大家都会高兴,一切照常运转,您也不必成为妨碍大家利益的绊脚石！"

这就是问题的另一个方面,对于这方面,希培昂还没有认真考虑过。但是,突然间,他面前出现了一个二难推理①,令他进退维谷:或者,对自己的发明保守秘密,不将其公之于众,利用这个秘密使自己致富;或者,像约翰·沃金斯说的那样,一夜之间,让所有天然钻石和人造钻石都变得一钱不值,后果就是,放弃财富,导致……什么结果？……格利加兰的全体矿工破产,甚至让巴西和印度的矿工都破产！

---

① 二难推理属逻辑学范畴,这种推理有时反映左右为难的困境。

面临抉择,希培昂有些犹豫,但仅仅是片刻的犹豫。因为,他明白,如果选择诚实、尊严,以及忠实于科学,就意味着永远放弃希望,而这个希望恰恰是他从事此项发明的主要动力。

希培昂为此痛心疾首,更让他痛苦的是,事情来得太突然,转瞬之间,他就从那么美丽的梦境跌入深渊!

他严肃地说道:"沃金斯先生,如果我私自保守这项发明的秘密,就变成了一个伪君子!就好像缺斤短两的商人,在公众面前隐瞒商品的质量!一个学者取得的成果,并不属于他自己!这些成果构成了所有人的共同财产!出于自私和个人利益,保守这个秘密,哪怕是一丁点秘密,都是犯罪,而且是一个人所能犯下的最卑鄙的罪行!我不会这么做的!……不!……我将尽早把制造钻石的方法公之于众,一个星期,甚至一天都不拖延,我获得这个方法纯属偶然,也动了一些脑筋。公布这个方法唯一正确而合理的前提条件,就是首先把它献给我的祖国,法兰西,因为,是我的祖国让我为她服务!……明天,我就向法兰西科学院报告这项制造工艺!再见,先生!您让我看清了一个此前忽视了的责任。沃金斯小姐,我曾经做了一个美丽的梦!……但是,必须放弃,没办法!"

年轻姑娘还没来得及做出任何表示,希培昂已经拿起自己的钻石,向沃金斯小姐和她的父亲致意,然后,走了出去。

第十章　约翰·沃金斯的心思

希培昂带着一颗破碎的心，离开农庄，决心去履行自己认定的职责。他返回雅各布·旺地嘎尔特的家，发现老琢磨工一个人在那里。经纪人纳桑已经匆忙离去，成为第一个在矿区发布这个消息的人，这则新闻将直接触动每一个矿工。

现在，这则新闻还没有激起太大的波澜，因为，截至目前，大家还不知道，那位"先生"——大家平时这么称呼希培昂，亲手制作了一颗人造钻石。但是，"先生"本人却对山丘矿区的流言蜚语颇为忌惮！他着急地向老琢磨工求教，希望了解这颗钻石的质地、颜色，以便把这些写进自己的专题报告，他再次造访旺地嘎尔特，就是为了这个目的。

希培昂坐到老琢磨工身边，说道："亲爱的雅各布，请您帮忙，给这块东西琢磨出一个刻面，好让我们窥视一眼，在矿脉下面，究竟隐藏着什么。"

老琢磨工说道："这太容易了。"一边说着，一边从他的年轻朋友手里接过石块。他补充说道："说实话，您真的选对地方了！"他观察到，在宝石的一侧，有一处微小的凸起，除了这点瑕疵，整个宝石呈现近乎完美的椭圆形。他接着说道："从这个侧面进行琢磨，不会对未来的加工造成危险！"

雅各布·旺地嘎尔特毫不迟疑，立刻开始动工，首先，他从木钵里挑选出一颗重约4至5克拉的钻石原石，把它牢牢固定在一个类似操纵杆的工具上面，然后，用两颗石头互相摩擦外层的薄膜。

他说道："本来，可以顺着纹理切开，但是，面对这么一颗价值昂贵的钻石，谁能有胆量拿榔头给它一下子！"

琢磨的过程漫长而单调，时间长达两个多小时。终于，刻面被琢磨得足够大，可以判断出这块石头的质地了，还需要把刻面放到钢盘上去抛光，这个过程同样需要耗费很长时间。

不过，当所有这些前期工作完成之后，天色还大亮着。希培昂和雅各布·旺地嘎尔特两人满心好奇，凑近钻石，仔细检查琢磨的结果。

在他们眼前，漂亮的刻面呈现出乌黑的煤精①般的颜色，但是，质地清澈，反射出无与伦比的光芒。

这块钻石是黑色的！太奇特了，几乎是孤品，总之，绝对与众不同，假如能给它估价，仅凭这一点，就能使它升值。

雅各布·旺地嘎尔特激动得双手抖动，迎着落日，让钻石反射余晖。

他带着宗教般的虔诚说道："这是一块前所未见，最特殊，最美丽的宝石！一旦琢磨出它的所有刻面，当它反射出光芒，那将是怎样的情景！"

希培昂激动地问道："您是否愿意做这件工作？"

"当然，确切无疑，我亲爱的孩子！对于我多年的职业生涯

---

① 煤精又称煤玉，具有明亮的沥青和金属光泽。

来说,这是荣耀,是一个完美结局!……但是,也许您应该挑选一双比我更年轻、更可靠的手?"

希培昂深情地回答道:"不!我坚信,没有人比您更细心,比您的技艺更高超!我亲爱的雅各布,请您拿着这颗钻石,按照您的意愿琢磨它。您一定能将它变成经典之作!一言为定!"

老人把石块拿在掌中,反复掂量,似乎欲言又止。

终于,他说道:"有件事儿让我不安。您知道,我一般很少担心自己家里放着钻石,但是这么一块昂贵的石头!最低价值5000万,甚至可能更高,被我这双贫穷的手攥着!如此重大的责任,我有点儿承担不起!"

"只要您不说,旺地嘎尔特先生,没有人会知道,至于我,我一定为您保守秘密!"

"噢!谁知道呢!您到这儿来的时候,很可能已经被跟踪了!……在没有把握确定之前,最好留个心眼!……这个地方鱼龙混杂!……不!我恐怕睡不踏实了!"

希培昂回答道:"也许,您说得有道理?"他完全理解老人的犹豫不决。可是,怎么办呢?

雅各布·旺地嘎尔特说道:"我想可以这样!"

他沉默片刻,接着说道:

"听着,我亲爱的孩子。我向您提出的建议,十分微妙,您必须给予我绝对的信任!您认识我很久了,一定不会觉得奇怪,为什么我要如此小心翼翼!……我必须马上出发,带着所有工具和这块石头,躲到某个地方,那里没有人认得我,比方说躲到布隆方丹,或者郝普顿去,在那里找一间小屋子,把自己关起来,在

这块钻石是黑色的！

绝对秘密的状态下工作。只有当我完成了这件作品,才会回来。照这个办法,也许可以躲开用心不良的人!……但是,重复一遍,想出这么一个计划,连我自己都不好意思……"

希培昂回答道:"我认为这个计划很聪明,相信您一定能如期完成!"

"必须考虑到,这项工作耗时很多,我需要至少一个月的时间,在旅途中,也可能遇到一系列变故!"

"没关系,旺地嘎尔特先生,既然您认为这是最好的方案!何况,即使钻石出现意外,也没什么了不起!"

雅各布·旺地嘎尔特看着他的年轻朋友,表情有些骇异,自忖道:

"是不是陡然暴富,令他有些神志不清?"

希培昂明白老琢磨工心里想的是什么,不禁露出微笑,然后,向他解释了钻石的来历,告诉他,从今往后,自己可以随心所欲地制造钻石了。然而,老琢磨工对这个故事将信将疑,或者是出于某种个人原因,他不愿意独自待在这栋孤立的小房子里,守着一颗价值5000万的石头,因此,他仍然坚持立刻动身。

于是,雅各布·旺地嘎尔特收拾起工具和衣物,统统塞进一只旧皮袋,在门上挂了一块石板,上面写着:因故外出。锁上门,把钥匙塞进裤兜,把钻石掖进坎肩,动身出发了。

希培昂陪着老琢磨工,沿着通往布隆方丹的大道走了两三里路,最后,在老人的反复要求下,这才分手告别。

夜幕已经降临,年轻工程师回到家,此时他心中思念的并不是那项发明,而是沃金斯小姐。

希培昂陪着老琢磨工,沿着通往布隆方丹的大道走了两三里路。

尽管如此，希培昂顾不上品尝玛达齐准备的晚餐，坐到工作桌前，开始埋头撰写报告，他打算托下一班邮差，把这封报告寄送给法兰西科学院的常任秘书。报告详细而全面地描述了这次实验，同时，理论性地精细阐述了这次化学反应如何催生了这颗美丽的碳结晶体。

希培昂在报告中写道："这件产品最突出的特点，就是它与天然钻石完全一样，特别是，它也具备天然钻石具有的外部包裹矿脉的特征。"

实际上，对于这一奇特现象，希培昂毫不犹豫地将其归因于炮筒内壁涂抹的矿土层，这些矿土都是从旺地嘎尔特－山丘矿的矿井里精心挑选出来的。这些矿土的一部分从内壁剥落，堆积在结晶体上，形成一个蛋壳，至于矿土剥落并堆积的过程，并不容易解释清楚，不过，毫无疑问，这一点将会在今后的实验中得到澄清。也许，可以设想，在那个过程中，出现了一种全新的化学亲和现象，对此，报告作者建议进行更深入的专题研究。报告并未试图一次性地对这项发明给予全面和最终的理论阐述。报告的目的，首先，及时向学术界通报此项发明，为法兰西确定此项发明的日期；其次，对实验中暂时无法解释、模糊不清的情况，发起讨论，寻求澄清。

希培昂完成了这篇学术论文的开头部分，阐述了这项发明的科学数据，同时希望新的实验数据能对其进行补充，然后就可以提交给相关部门了。忙完这些，希培昂随便吃了点儿东西，上床倒头睡去。

第二天早晨，希培昂走出住处，一边思考问题，一边在矿区各处漫步。一些人用缺乏好感的目光迎接他,看着他从身边经过。希培昂对此毫无察觉,因为,他已经把自己的发明可能导致的后果忘得一干二净。昨天,约翰·沃金斯曾经以严厉的语气向他描述过:经过一段时期后,格利加兰的土地出让权制度,以及出让权的享有者,都将面临破产的困境。这个前景已经在这个半野蛮的地方引起普遍担忧,这里的人们习惯于用自己的双手寻求公正,在这里,对于劳动的保障,以及相关的商业权益的保障,是人们关心的最高信条。一旦人造钻石形成工业化生产,无论在巴西,还是南部非洲,数百万在钻石矿山劳作的人们,以及成千上万赖以为生的人们,都将无可挽回地陷入悲惨境地。也许,年轻工程师可以把实验的秘密保护起来;可惜,在这个问题上,他已经明确宣布:决定公开这个秘密。

另一方面,昨天夜里,约翰·沃金斯睡得迷迷糊糊,梦里总是出现那颗无与伦比、价值亿万的钻石。艾丽丝的父亲反复考虑这个问题:对于希培昂的发明,以及它给钻石开采带来的革命性变化,阿尼巴尔·邦达拉西和其他矿工感到担忧,甚至感到愤怒,这种反应很正常,因为他们就是靠采矿维持生计。但是,沃金斯不同,他就是个农场主,处境完全不一样。当然,如果钻石价格一落千丈,采矿点将被废弃,如果所有矿工都抛弃了格利加兰矿区,他的农场的价值也将一落千丈,农场的产品将难以销售,没有了房客,农场的房子和小屋租不出去,也许,终有一天,他也将不得不抛弃这个荒凉的国度。

约翰·沃金斯自言自语道:"好吧!事情真要发展到那一步,还需要很多年呢!即使采用梅里先生的办法,制造钻石的技术还远未达到实际应用的程度！也许，在他的操作过程中存在许多偶然因素！但不论是否存在偶然因素，现在，他确实已经造出了一颗价值连城的钻石，如果这是一颗天然钻石，它的价格高达5000万，即使是一颗人造钻石，它仍然价值不菲！是的！必须不惜一切代价，把这个年轻人抓到手里！至少在一段时间内，必须阻止他到处宣扬自己的伟大发明！必须让这颗钻石最终属于沃金斯家族，即使它要离开这个家，也必须以巨额金钱为代价！至于如何掌握这颗钻石的制造者，其实很容易，甚至都不需要采取极端手段！艾丽丝不是现成的人选嘛，利用艾丽丝，完全可以迟滞他返回欧洲的旅程！……是的！……只要我满足他的求婚愿望！……甚至，只要我把艾丽丝给他！"

可以肯定，约翰·沃金斯在贪婪和欲望的驱使下，什么都干得出来！面对这件事情，他只看到自己，也只考虑自己！那么，即使这个自私自利的老人想到了自己的女儿，也仅仅是自忖道：

"无论如何，艾丽丝没有什么可抱怨的！这个年轻、疯狂的学者其实不错！他爱艾丽丝，而且，我认为，艾丽丝对他的爱情并非无动于衷！另外，让两颗相爱的心结合，又有什么不好呢……或者，至少，让他们看到相互结合的希望，一直等到这件事情明朗化的时候！……啊！以我的主人圣约翰①的名义，让那个阿尼巴尔·邦达拉西，还有他的那些同伴都见鬼去吧，人人都是自私的，在格利加兰也一样！"

约翰·沃金斯盘算着，他在天平的一头放上女儿的未来，在

---

① 耶稣十二门徒之一。

另一头放上一块结晶碳,琢磨着如何达到理想状态,他高兴地想到,天平的两头可以实现平衡。

于是,第二天,沃金斯做出决策:绝不贸然行事,让事情顺其自然,看清事情的发展方向,然后顺势而为。

首先,他必须去拜访自己的房客,这个很容易做到,因为年轻工程师每天都要来农庄,另外,他还想再看看那颗出色的钻石,在梦里,这颗钻石曾经反复出现。

沃金斯来到希培昂的小屋,此时正值清晨时分,年轻工程师还在屋里。

沃金斯语调轻松地说道:"我的年轻朋友,昨晚可是您做出伟大发明后的第一个夜晚,过得好吗?"

年轻人冷冷地回答道:"很好,沃金斯先生,非常好!"

"怎么?您居然睡着了!"

"与平时一样。"

沃金斯接着说道:"从您的窑炉里冒出来千百万金钱,它们就没有打扰您的睡眠?"

希培昂回答道:"丝毫没有。您应该明白,沃金斯先生,这颗钻石如果是天然的,才可能价值连城,但它是化学家制造的……"

"是的!……是的!……希培昂先生!但是,您确信还能够再造出另一个吗,或者另一些?……回答我?"

希培昂犹豫了,他知道,在这类实验中,有许多失败的先例。

沃金斯继续说道:"您瞧!您无法回答!……因此,在进行新的实验并且取得成功之前,您的钻石将具有巨大的价值!……既然这样,为什么要到处张扬,至少在眼下,一定要强调这是一颗人造钻石呢?"

希培昂回答道:"我再重复一遍,我不会把这么重要的科学发现秘密地保存起来!"

约翰·沃金斯接道:"是的!……是的!……我知道!"他打着手势,让年轻人住嘴,好像生怕隔墙有耳。

"是的!……是的!……我们回头再讨论这个问题!但是,您真的不担心邦达拉西,还有其他人吗?他们不愿意谈论您的发明,因为他们的利益迫使他们回避这个问题!……相信我!……等一等!……特别是请您注意到,我的女儿,还有我,我们都为您取得的成功感到高兴!……是的!……非常高兴!……但是,可否让我再看一眼这颗出色的钻石?昨天,我没来得及好好看看它!……您可否允许我……"

希培昂回答道:"可惜,它已经不在我手里!"

听到这句话,沃金斯立刻变得垂头丧气,叫道:"您把它寄到法国去了?"

"没有……还没有!……在原石状态下,无法判断它的质量!这点您放心!"

"那么,您把它给了谁?以所有英格兰圣人的名义,告诉我,给了谁?"

"我把它交给雅各布·旺地嘎尔特,请他琢磨加工,至于他带着钻石去了哪里,我并不清楚。"

约翰·沃金斯大发雷霆,叫道:"您把这么贵重的钻石委托给一个老疯子?这太荒唐,先生,简直太荒唐了!"

约翰·沃金斯接道:"是的!……是的!……我知道!"他打着手势,让年轻人住嘴,好像生怕隔墙有耳。

希培昂回答道:"既然别人都不知道这颗钻石的来历,在他们眼里,这颗钻石至少价值5000万,那么,您觉得雅各布,或者别的琢磨工能拿这颗钻石怎么样呢?您觉得,他们有可能把这颗钻石偷着卖了?"

沃金斯有些理屈词穷。很显然,这么贵重的钻石确实不那么容易偷偷卖掉。不过,农场主并没有平静下来,而是继续埋怨,是的!……埋怨!……指责希培昂做事不谨慎,不应该把钻石委托给老琢磨工……或者,抱怨老琢磨工怎么还没有带着宝贵的钻石回到格利加兰!

但是,雅各布·旺地嘎尔特提出的加工期限是一个月,沃金斯也太着急了,还是等等吧。

不用说,在此后的日子里,沃金斯家里的常客们,包括阿尼巴尔·邦达拉西、海尔·费里戴尔,还有犹太人纳桑,开始不断地埋怨正直的老琢磨工。他们在指责琢磨工的时候,往往总是背着希培昂,他们还不断提醒约翰·沃金斯,时间过得很快,雅各布·旺地嘎尔特怎么还没回来。

费里戴尔说道:"他为什么要回格利加兰?他可以很容易地匿藏起这颗钻石,它如此贵重,而且根本看不出来是人造钻石。"

沃金斯借用年轻工程师提出的理由回答道:"他必须回来,因为他不可能卖掉这颗钻石!"不过,这个理由现在已经不足以安抚他的忧虑。

纳桑回答道:"这个理由十分充分!"

阿尼巴尔·邦达拉西补充道:"是的!这个理由是很充分。但是,相信我,这个时候,那个老家伙早已远走高飞了!对于他这样的老琢磨工来说,改变一块钻石的模样,让人辨认不出来,简直易如反掌!你们连这颗钻石的颜色都不知道!谁能阻止他把这颗钻石一分为四,甚至为六,或者把它切开,变成许多颗小钻石,而且这些钻石的重量依然可观?"这些谈话把沃金斯的脑袋搞得混乱不堪,他开始相信,雅各布·旺地嘎尔特不会重新现身了。

只有希培昂对老琢磨工的诚实毫不怀疑,始终坚信,他一定会在约定的日子回来。希培昂是对的。

雅各布·旺地嘎尔特回来了,比约定的日子提早48个小时。凭着他的勤奋,以及对这件作品的热爱,经过27天的努力,他完成了这颗钻石的琢磨。老琢磨工是晚上回来的,当天夜里,他在钢盘上对钻石进行抛光,第二天早晨,也就是第29天的早晨,希培昂看到老人出现在自己的小屋。

他对希培昂简短说道:"这就是那颗石头。"然后,把一个小木盒放到桌子上。

希培昂打开盒子,顿觉眼花缭乱。

在一块白色的棉布上,一颗硕大的黑色晶体,形状为棱形十二面,散射着耀眼的光芒,似乎整个实验室都被照亮。墨水的颜色、钻石特有的坚硬透明度、完美的琢磨工艺、精美绝伦的折射度,在所有这些特点的综合作用下,这颗钻石显得美轮美奂,撩人心动。这是真正无与伦比的奇迹,也许是前所未见的奇观。这颗钻石的价值如何姑且不论,单是它散发的珠光宝气就足以摄人心魄。

雅各布·旺地嘎尔特以父亲般的自豪语气,严肃地说道:"它不仅是世界上最大的钻石,而且是最美丽的钻石!它的重量为432克拉!我亲爱的孩子,您可以为自己创造出了一颗杰出的钻石而自豪,您的实验堪称大师之作!"

听着老琢磨工的溢美之词,希培昂无言以对。对他来说,无非就是做了一项稀奇的发明,仅此而已。此前,那么多人奋力追求,但是没有结果,而他,毫无疑问,在无机化学的这个领域,刚刚取得了成功。但是,对于人类,这项人造钻石工艺能带来何种有益的影响?不可避免地,它将在一段时间之后,让所有从事钻石贸易行业的人破产,而且,它也不会使任何人发财致富。

在实验获得成功后的最初几个小时里,年轻工程师曾经极度兴奋,现在,思考着上述问题,他开始从自我陶醉中清醒过来。是的!尽管这颗钻石经过雅各布·旺地嘎尔特的琢磨加工,变得美轮美奂,精美异常,但是现在,在希培昂看来,它不过就是一颗毫无价值的石块,而且很快,它所具备的钻石的稀缺特征也将不复存在。

希培昂紧紧握了一下老人的手,拿起装着那颗无与伦比的钻石的首饰盒,向沃金斯的农庄走去。

农场主待在自己那个低矮的房间里,还在忧心忡忡,心神不定,焦急地盼着雅各布·旺地嘎尔特回来,在他看来,这个可能性已经很小了。他的女儿守在身边,竭尽全力安慰着他。

希培昂推开房门,在门口站了片刻。

约翰·沃金斯一下站起来,着急地问道:"怎么样?"

希培昂回答道:"是这样,诚实的雅各布·旺地嘎尔特已于今天早晨回来了!"

"带着钻石?"

"带着钻石,而且是精心琢磨过的钻石,它现在的重量是432克拉!"

约翰·沃金斯叫道:"432克拉!您把它带来了吗?"

"在这里。"

农场主接过首饰盒,打开,顿时赞叹不已,欣喜若狂,两只眼睛瞪得老大,几乎像眼前的这颗钻石一样闪闪发光!随后,他得到允许,将钻石捏到手中,它那轻盈便携的体态、质感而光彩夺目的外观,以及难以估量的价值,这一切,令沃金斯神魂颠倒,如醉如痴。

沃金斯激动得声音颤抖,对着钻石喃喃自语,就好像面对一个鲜活的生灵:

"噢!好一颗美丽、绝妙、壮观的石头!……你可回来了,亲爱的!……你真太漂亮了!……太有分量了!……你应该价值多少畿尼金币[①]!……人们将怎样对待你,我亲爱的?……把你送到开普,再从那里送往伦敦,让世人观看你,赞赏你?……但是,谁有那么多钱购买你?即使英国女王也没有财力享受如此奢华!……她得用两三年的收入才能买得起!而且还需要议会投票认可,需要全民认捐!……放心吧,这事儿行得通!……你也将前往伦敦塔,睡到科依诺尔身边,而它依在你身旁,简直就像一个孩子!……你到底能值多少钱呢,我亲爱的?"

沃金斯在心里盘算着:

---

① 英国旧金币,值21先令。

"凯瑟琳二世①购买那颗沙皇钻石花了100万卢比现金,外加96000法郎的终身年金②!毫不夸张地说,这颗钻石的开价应该是100万英镑,外加50万法郎的永久公债③!"

随后,他突然想到:

"梅里先生,您有没有想到,应该向贵族院④提出申请,获得这颗贵重钻石的所有权?所有贵重物品都有权向上议院提出备案,这么一颗硕大的钻石,肯定够得上是贵重物品了!……你瞧,啊,我的女儿,你瞧!……这么一颗钻石,简直让人眼花缭乱!"

沃金斯小姐平生第一次认真观看一颗钻石。

钻石躺在白棉布上,她在手里托着,说道:"它确实非常美丽!……它像一块煤炭那样闪光,就像一块炽热的煤炭!"

随后,出于本能,就像任何女孩在这个时候的表现一样,她靠近壁炉,对着壁炉上的镜子,把精美绝伦的宝石举到额头,衬着她金黄色的发丝。

希培昂一反常态,不由自主,殷勤地恭维道:"就像一颗镶嵌着黄金的星星!"

艾丽丝快乐地拍着手,叫道:"真是!……真像是一颗星星!对的,就应该给它起这个名字!我们就把它命名为:南方之星!……希培昂先生,您愿意吗?难道它不是黑色的,就像这个

---

① 即叶卡捷琳娜二世,俄罗斯帝国女皇,1762年至1796年在位。
② 终身年金是指年金受领人可以一直领取,直到死亡为止的约定年金。
③ 永久公债,或称统一债券,政府在发行这种债券时宣告,政府有权决定在合适的时候偿还债务。
④ 贵族院是某些国家两院制议会上议院的名称,曾为英、法、日等国采用。

国家原生态的美丽颜色,闪闪发光,就像我们南方天空中闪烁的群星?"

约翰·沃金斯对起什么名字并不在意,说道:"我同意叫南方之星!"紧接着,看到年轻姑娘轻盈的动作,紧张地惊叫道:"可是,你小心点儿别摔着它!别像玻璃杯似的砸碎了!"

艾丽丝回答道:"真的?……它这么脆弱?"一边说,一边轻蔑地把钻石放回盒子里,"可怜的星星,原来,你就是一颗让人取笑的星星,一个普通的玻璃瓶塞!"

沃金斯气愤地叫道:"一个玻璃瓶塞!小孩子不懂得尊重!……"

年轻工程师说道:"艾丽丝小姐,是您给了我勇气,鼓励我研究制造钻石!因此,多亏了您,今天,这颗钻石才有幸问世!……但是,在我看来,这就是一块石头,一旦人们了解它的来历,它也就没有了任何商业价值!……毫无疑问,您的父亲将允许我把这个奉献给您,作为纪念,因为,您对我的工作产生了令人鼓舞的影响!"

沃金斯对这个提议十分意外,掩饰不住自己的惊奇,说了一声:"呃!"

希培昂继续说道:"沃金斯小姐,这颗钻石属于您了!……我把它奉献给您……送给您!"

作为回答,沃金斯小姐向年轻人伸出一只手,后者轻轻地把它捧在自己手中。

第十一章　南方之星

雅各布·旺地嘎尔特回来的消息,迅速传开。很快,众多参观者拥向农庄,希望亲眼目睹山丘矿最精美的钻石。同样迅速地,人们得知,钻石已经归属沃金斯小姐,而她的父亲才是这颗钻石的真正持有者。与此同时,关于这颗钻石并非天然,而是人造的来历,也极大地刺激了公众的好奇心。

现在,必须注意到,关于这颗钻石的人造出身,外界尚不知晓。这是因为,一方面,格利加兰的矿工们并不傻,不愿意传播这个秘密,因为,这个秘密可能让他们很快破产。另一方面,希培昂也希望排除一切偶然因素,并未对外宣扬此事,他决定,在进行第二次实验,检验这项发明的结果之前,绝不邮寄那份关于南方之星的研究报告。他希望,在第一次实验成功之后,有把握在第二次实验中再次成功。

由此一来,公众的好奇心受到强烈刺激,约翰·沃金斯也无法拒绝满足这种好奇,因为公众的好奇合情合理,更何况,这种好奇也使他的虚荣心得到满足。于是,他在客厅的壁炉台中央,摆放了一个小小的白色大理石柱,上面衬着棉布垫子,南方之星就躺在那里,供公众参观,而沃金斯则坐在沙发里,从早到晚,盯着这颗无与伦比的石头。

吉姆·希尔顿是第一个警告沃金斯的人,他提醒沃金斯注意,这种做法不够谨慎。希尔顿告诉他,在自己家里,放着如此巨额的财富,还要把它展示给公众,简直无异于惹祸上门,自寻麻烦。希尔顿认为,必须前往金伯利,要求派遣一支警力,专门保护这颗钻石,否则,明天晚上,恐怕就不会平安无事。

面对威胁,沃金斯感到害怕了,赶紧遵循希尔顿的合理建议,直到傍晚,看到一队骑警到来,这才松了口气。这队骑警足有25人,都被安顿住在农庄的附属建筑物里。

前来参观的好奇者数量越来越多,随后的几天里,南方之星的名声广为传播,已经超越地区边界,一直传播到最遥远的城市。殖民地的各家报纸连篇累牍,发表文章描述这颗钻石的体积、形状、颜色,以及它的光泽。德班的电报电缆也在传播有关这颗钻石的细节,消息传到桑给巴尔、亚丁,率先抵达欧洲和亚洲,然后传到南北美洲和澳大利亚。摄影记者也来凑热闹,希望有幸拍摄到这颗精美绝伦的钻石倩影。专职画家也来了,以画报社的名义,要求再现钻石的身形。总之,在全世界,形成了一股热潮。

各种传言随之而起。在矿工中间,流传着关于这颗钻石的荒诞故事,人们把神秘归属权的故事附加到钻石身上。有人暗地里小声传言,一颗黑色的石头"只能带来不幸"!一些经验丰富的人摇晃着脑袋声称,宁愿看到这块魔鬼石头出现在沃金斯家里,也不愿意让它在自家出现。总而言之,随着南方之星的声名鹊起,各种谗言,甚至诽谤纷纷不期而至,至于南方之星本身,依然故我,继续……把光芒四射的瀑布抛撒向那些阴暗

141

的诽谤者！①

然而，面对这些谗言与诽谤，约翰·沃金斯可就没那么镇定了，这些飞短流长让他感到非常恼火。他认为，这些传言贬低了南方之星的价值，简直无异于人身攻击。迄今，殖民地总督、临近地区驻军的各级军官、行政官员，以及所有法定社团的头面人物，都已经前来朝拜过他的钻石，而那些公开自由发表的相关评论，简直就是对这颗钻石的亵渎。

为了对这些无稽之谈做出反击，同时满足自己对美食的爱好，沃金斯决定搞一场盛大的宴会，宴会的主题就是这颗钻石，他已经决意把这颗钻石兑换成金钱，不管希培昂怎么想，也不顾自己女儿的愿望，虽然艾丽丝只想把这颗钻石当作珠宝珍藏。

唉！胃口足以影响许多人的思维，举行这场盛宴的消息一旦公布，旺地嘎尔特矿区广为流传的，关于这颗钻石的公众舆论立刻发生变化。那些本来对南方之星说三道四的人们，一下子就改变了口风，转而赞扬道，面对人们强加的不实之词，这颗钻石有多么无辜，然后就会谦卑地希望受到约翰·沃金斯的邀请。

在瓦尔河谷，很长时间里，这场盛大的宴会成为人们的主要话题。那一天，到场的宾客多达80位，餐桌摆放在一个帐篷里，帐篷紧挨着农庄客厅一侧，客厅的那面墙也被临时拆除了。一块用牛脊骨制作的硕大烤肉，取名为"皇家大肉"，被置于餐桌的

---

① 此处借用某部文学作品的名言。

前来参观的好奇者数量越来越多。

中央，侧面放着烤全羊，以及本地出产的各种野味。堆积如山的蔬菜和水果，成桶的啤酒和葡萄酒，一桶挨着一桶，桶口全部打开，丰盛的菜肴一道接着一道，真是一场庞大固埃①式的盛宴。

在约翰·沃金斯座位的背后，南方之星被安置在底座上，周围是一圈点燃的蜡烛，今晚，它是主角，这场盛宴，就是为了给它增光。

宴会的服务生由二十来个卡菲尔人担任，都是为了这场盛宴临时招募来的，在得到他的主人希培昂的同意后，玛达齐负责领导，统一指挥这些卡菲尔人。

沃金斯特意邀请那队骑警出席宴会，以表达对他们执行保护任务的感谢，另外，矿山以及附近的所有重要人物都出席了宴会，包括马蒂斯·普雷托留斯、纳桑、吉姆·希尔顿、阿尼巴尔·邦达拉西、费里戴尔、托马斯·斯蒂尔，以及其他50位宾客。

此外，农庄的所有动物，包括牛、狗，特别是沃金斯小姐的鸵鸟，也都赶来赴宴，享受宴席的残羹剩饭。

艾丽丝坐在父亲的对面，在长桌的另一端，按照习惯向各位来宾致意，不过，她心里隐隐有些惴惴不安，因为希培昂·梅里，以及雅各布·旺地嘎尔特并未出席宴会，尽管艾丽丝理解他们缺席的原因。

年轻工程师一如既往，尽量避免与费里戴尔、邦达拉西之流交往。此外，自从做出那项发明以后，希培昂知道这些人对自己充满敌意，也知道他们对人造钻石的发明者做出过威胁，因为，

---

① 庞大固埃是法国作家拉伯雷代表作《巨人传》里的主人公之一，体形高大，善于畅饮。

144

这项发明将使他们陷入彻底破产的境地。出于这个原因,年轻工程师没有出席宴会。至于雅各布·旺地嘎尔特,尽管约翰·沃金斯极力试图与他和解,但是,老琢磨工高傲地拒绝了他的建议。

宴会已经接近尾声。如果说,今晚的宴会进行得井井有条,那是因为有沃金斯小姐在场,即使最粗鲁的来宾也不得不表现得彬彬有礼,不过,马蒂斯·普雷托留斯仍然一如既往地成为阿尼巴尔·邦达拉西恶意取笑的对象;后者不断戏耍可怜的布尔人,让他感到难堪。例如,吓唬他说,就要在桌子底下燃放焰火了!……又吓唬他说,大家都在等待沃金斯小姐的离席,然后就要让最胖的来宾一口气喝下12瓶杜松子酒!……还吓唬说,为了庆祝本次宴会成功举行,马上举行一场拳击比赛,以及一场手枪对射!……

约翰·沃金斯打断了邦达拉西的恶作剧,作为本次宴会的东道主,他用餐刀柄敲了敲桌子,准备按照惯例发表祝酒词。

现场安静下来。东道主站起身,两手支在桌布上,开始演讲,由于喝了许多酒,他的声音有些含混不清。

他说,作为矿工和移殖民的他,今天将成为此生最值得纪念的一天!……在经历了年轻时的磨难之后,现在,终于在格利加兰这个富饶的国度,在80个来宾的围绕下,为一颗世界最大的钻石而欢庆一堂。这样的快乐令人终生难忘!……他相信,明天,在座的尊贵来宾当中,将有人能够找到一颗更大的钻石!……这就是矿工们充满刺激和诗意的生活!……(全体热烈欢呼)沃金斯接着说道,他衷心祝愿来宾们都能得到这样的幸福！……（全体微笑，鼓掌）他甚至表示确信，不能使他人满意的人，自己也无法得到满足！……作为结束语，他邀请大家举杯，为格利加兰的繁荣，为钻石的市场价格一路坚挺，打败任何竞争对手，最后，为南方之星的幸福之旅，它即将奔赴开普，然后去英国，为了它在那边大放异彩，干杯！

托马斯·斯蒂尔说道："但是，向开普邮寄这么贵重的钻石，会不会不太安全？"

沃金斯回答道："噢！它会受到很好的护送！……那么多钻石都是这么运送的，它们都安全抵达了！"

艾丽丝说道："就连杜里留·德·桑希的那颗钻石，也安全抵达了，不过，如果没有侍从的忠诚护卫……"

吉姆·希尔顿问道："呃！这颗钻石发生了什么样的特殊故事？"

艾丽丝回答道："这个故事是这样的。"她主动开始讲述：

"德·桑希先生是法国的一位绅士，是亨利三世[①]的大臣。他拥有一颗著名的钻石，这颗钻石今天仍以他的名字命名。顺便说一句，这颗钻石曾有过很多危险的经历。这颗钻石早先曾经属于夏尔·勒·德梅海尔[②]，他在南希城下被人刺死的时候，身上带着这颗钻石。一个瑞士士兵在勃艮第公爵的遗体上找到这颗钻石，随后就以一个弗罗林[③]的价格卖给了一位贫穷的教士，教士又以五六个弗罗林的价格卖给了一个犹太人。当德·桑希

[①] 法国瓦卢瓦王朝国王，1574年至1589年在位。
[②] 法国勃艮第公爵。
[③] 古代佛罗伦萨的金币。

先生拥有这颗钻石的时候,王室财政极度拮据,德·桑希同意抵押这颗钻石,以便把钱借给国王。抵押放款人住在梅斯①。因此,必须委托一位侍从,让他把钻石送去。

"当时有人问德·桑希:您就不怕这个人带着钻石逃到德国去?

"德·桑希回答道:我相信这个人!

"尽管如此,这个人,以及他携带的钻石,都没有到达梅斯。因此,整个宫廷里的人都使劲儿嘲笑德·桑希。

"德·桑希回答这些嘲笑道:我坚定相信我的侍从,他一定被人暗算谋杀了!

"事实上,经过寻找,人们在路旁沟渠里发现了侍从的尸体。

"德·桑希说道:打开他的肚子,钻石一定在他的胃里!

"人们按照他的话做了,德·桑希的预言得到验证。

"这位英雄地位卑贱,历史都没有记住他的名字,但是,他恪尽职守,捍卫荣誉,至死忠贞不渝。一位年老的编年史作者说过,这位侍从的光辉事迹,令那颗钻石黯然失色。"

艾丽丝结束了故事,补充道:"我相信,如果南方之星在旅途中,遇到同样情况,肯定能激发同样的忠勇行为!"

全场欢呼,对沃金斯小姐的话表示赞同,80只臂膀同时举起80只酒杯,全体目光一齐投向壁炉,准备向无与伦比的钻石致敬。

然而,底座上的南方之星不见了,而就是刚才,它还在约翰·

---

① 法国洛林大区中心城市,摩泽尔省的省会。

沃金斯的背后熠熠生辉!

看到80张面孔惊愕得目瞪口呆,宴会的东道主感到奇怪,立即转身探察究竟。

他刚看了一眼,立即瘫倒在沙发上,就好像遭到雷击。人们拥到他身边,松开领带,往他头上浇水……沃金斯终于从颓丧中清醒过来。

"钻石呀!……"沃金斯拼命嘶吼道,"钻石!……谁拿走了钻石?"

骑警队的队长立即布置警力,封锁大厅所有出口,命令道:"先生们,任何人不得外出!"

所有来宾呆若木鸡,面面相觑,低声交换看法。就在5分钟之前,他们中的大部分人还看到,至少是认为自己看到那颗钻石。但是,眼前的事实就是:钻石失踪了。

托马斯·斯蒂尔生性率直,建议道:"我要求,所有人必须经过搜身才能出去!"

全体来宾异口同声回答道:"是的!……是的!……"

这个建议似乎给约翰·沃金斯带来一点儿希望。

于是,警长让来宾挨个儿站在墙边,按照要求,开始亲自示范。他把自己的口袋统统翻过来,脱掉鞋子,随便让一个人过来,拍打自己的衣服。然后,他用同样的方法,挨个儿检查自己警队的每个队员。最后,来宾们排着队,一个接着一个走到他的面前,接受仔细检查。

这些检查毫无结果。

接着,对宴会厅的每一个角落,甚至最隐蔽的角落,进行极为精细的搜查……钻石依然毫无踪迹。

警长感到十分失望,说道:"现在,就剩下为宴会服务的卡菲尔人了!"

有人答道:"毫无疑问!……一定是卡菲尔人干的!他们向来喜欢偷东西,一定干得出这事儿!"

然而,在约翰·沃金斯发表祝酒词之前不久,可怜的卡菲尔人就已经出去了,因为那个时候,大厅里已经不需要他们的服务。他们享用了宴会剩下的菜肴,然后待在大厅外面,围着露天篝火,蹲成一圈,准备按照卡菲尔人的习俗,举行一场演唱会。葫芦制作的吉他,用鼻子吹奏的笛子,各式各样的达姆鼓,这些乐器的声音此起彼伏,南部非洲土著的音乐会向来震耳欲聋。

这些卡菲尔人被带进大厅,还没弄明白是怎么回事儿,就开始被人搜查他们身上单薄的衣衫。他们只知道,有一颗价值连城的钻石被偷了。

与前面的搜查一样,这番搜查依然徒劳无功,毫无结果。

来宾当中,有一个人肯定地说道:"如果小偷在这些卡菲尔人中间——他应该就在其中——他有足够的时间把赃物隐藏到可靠地点!"

警长说道:"这一点很明显。要想让小偷坦白承认,恐怕只有一个办法,那就是借助卡菲尔人族群里的一个预言者。这个办法有时候能奏效……"

玛达齐一直与自己的同胞在一起,他说道:"如果您允许,我可以试一试!"

他的毛遂自荐立即被接受了,来宾们围在卡菲尔人身边,随后,玛达齐驾轻就熟开始调查。

一开始,他拿出随身携带的牛角制作的鼻烟壶,从里面吸了两三口鼻烟。

准备工作完成后,他说道:"现在,我要用魔杖开始调查!"

他走到附近的灌木丛旁,折了20来根小木棍儿,仔细测量它们的长度,剪切多余部分,让所有木棍儿一般长,每根木棍儿大约长12英寸。然后,他把木棍儿分发给卡菲尔人,让他们站成一排,同时,他还给自己留了一根小木棍儿。

他以庄重的口气对同胞们说道:"你们现在都走开,随便去哪儿,大约一刻钟之后,听到达姆鼓声,就回来!如果小偷在你们中间,那么,他手中的小木棍将长出三指宽的一截。"

卡菲尔人散开了,很明显,这番话令他们感到震撼,他们都知道,按照格利加兰法律的处理程序,一旦犯事,就会立即被抓起来,没有辩解的机会,很快就被吊死。

至于在场的来宾,大家饶有兴致地观看这场表演,包括每个细节,理所当然地开始议论纷纷,各抒己见。

一位来宾反对道:"如果小偷在他们中间,那他根本就不会回来!"

另一位来宾说道:"那么!正好可以把他辨认出来!"

"哦!他可比玛达齐狡猾,只要把自己那根木棍儿截去三指宽的一截,不就看不出来了嘛!"

"也许,这恰恰就是预言者希望看到的结果,傻乎乎地把自己的木棍儿截短,正好让罪犯露出马脚!"

就这样,15分钟过去了,玛达齐猛地敲响达姆鼓,召唤那些

他们享用了宴会剩下的菜肴,然后待在大厅外面,围着露天篝火,蹲成一圈。

接受裁判的人。

他们全都回来,最后一个也回来了,站在玛达齐面前,交出自己的小木棍儿。

玛达齐接过木棍儿,集中成一簇,看到,所有的木棍儿全部一般齐。他把木棍儿放到一旁,准备宣布检查结果,证明他的同胞都很诚实,但是,就在他收集木棍,测量木棍的时候,旁人把他留给自己的那根木棍儿递过来,进行比较。

所有收集回来的木棍儿,全部都比玛达齐留给自己的那根短三指宽的一截!

这些可怜的家伙原本以为,采取这个办法就能避免自己的小木棍儿变长,因为他们都很迷信,对玛达齐的话信以为真。这个事实恰恰证明,他们全都不是善良之辈,毫无疑问,全都在白天干活的时候,偷过钻石。

这个结果出人意料,在场观众一齐哄堂大笑。玛达齐垂头丧气,羞愧难当,这个办法在他的家乡往往很有效,但是在文明世界的生活里,却变得毫无作用。

约翰·沃金斯躺在沙发里,伤心欲绝,警长过来向他敬礼,说道:"先生,看来,我们只能自认无能为力了!明天,我们将悬赏,凡提供小偷线索者,将予以重奖,也许,我们能交好运!"

阿尼巴尔·邦达拉西叫喊道:"小偷!为什么就不能是他自己呢,刚才您让他负责甄别其他人的那个?"

警长问道:"您想说谁?"

"当然……就是玛达齐,他扮演预言者,就是希望转移对他的怀疑!"

于是,大家扭头去注意玛达齐,恰好看到他做了一个怪诞的鬼脸,急速离开大厅,向自己小屋的方向奔去。

那不勒斯人叫道:"是的!他刚才与他的同胞一起,在宴会厅服务!这人十分狡猾,不知道为什么,成为梅里先生最喜欢的骗子!"

沃金斯小姐准备保护希培昂的仆人,大声说道:"玛达齐是诚实的,我敢担保!"

约翰·沃金斯反驳道:"哦!你如何知道?是的!……他完全有可能把手伸向南方之星!"

警长接着说道:"他跑不远!过一会儿,我们就能搜到他!如果钻石在他那里,将按照钻石重量的克拉数,抽他一顿鞭子,如果432鞭还没抽死他,就把他吊死!"

由于恐惧,沃金斯小姐浑身颤抖。全体宾客陷入半野蛮状态,对警长宣布的令人厌憎的判决,鼓掌欢呼。这些不知内疚、毫无怜悯之心的莽汉,已经无法克制。

片刻之后,沃金斯和他的客人们来到玛达齐的小屋前,那里门户洞开。

玛达齐已经不在那里;整个晚上,人们都没有等来他。

第二天清晨,玛达齐依然没有回来,人们不得不确认:他已经离开旺地嘎尔特-山丘矿。

玛达齐已经不在那里。

第十二章　准备出发

第二天清晨,希培昂·梅里听说了昨晚宴会期间发生的事情,他的第一反应,就是坚决反对关于自己仆人的严重指控。他绝不认可玛达齐是这场失窃案的案犯,在这个问题上,希培昂与艾丽丝的看法完全一致。事实上,他宁愿怀疑阿尼巴尔·邦达拉西、海尔·费里戴尔,甚至纳桑,或者其他什么人,希培昂认为,他们才是不可靠的!

然而,一个欧洲人确实不大可能犯下此类罪行。对于所有不知道这颗钻石来历的人来说,南方之星是一颗永恒不朽的钻石,所以其价值极其昂贵,让人很难脱手卖掉。

尽管如此,希培昂依然确信:"玛达齐不可能是窃贼!"

不过,希培昂还是回想起某些可疑之处,例如,玛达齐曾经犯过几次小偷小摸的错误,有些错误甚至发生在工作中。作为玛达齐的主人,希培昂曾经多次训诫他,然而,他已经养成了习惯,在"你的还是我的"这个问题上,过于放纵,始终没有改掉恶习。确实,玛达齐的恶习仅限于一些不值钱的小玩意,但是这些已经足以构成犯罪记录,让玛达齐的诚信尽失。

况且,确实有些情况值得推敲,例如,就在钻石神奇消失的那一刻,卡菲尔人到过宴会大厅;另外,出事后不久,玛达齐就从自己的小屋里消失了,这个情况确实奇怪;最后,他的逃跑,也许这一点最有说服力,因为,毫无疑问,玛达齐已经离开这个地区。

事实上,希培昂完全无法相信自己的仆人有罪,因此,整整一个早晨,他都在等待玛达齐重新出现,可惜,未能如愿,他的仆人再也没有回来。人们甚至还发现,玛达齐的口袋也不见了,那个口袋装着他的积蓄,还有一些物品和工具,而这些恰恰是穿越南部非洲荒野地区必不可少的东西。根据这些迹象,已经可以确定玛达齐出逃了。

也许,玛达齐的所作所为,比钻石的失踪更令希培昂感到伤心,将近十点钟的时候,他动身前往约翰·沃金斯的农庄。

他看到,在农庄里,正在举行一个规模不小的会议,与会者包括阿尼巴尔·邦达拉西、吉姆·希尔顿,以及费里戴尔。希培昂到达的时候,首先遇见艾丽丝,她也刚刚走进大厅,那里,她的父亲和三位常客正在议论纷纷,商量应该去哪里找回失窃的钻石。

约翰·沃金斯满腔怒火地叫道:"必须追捕他,这个玛达齐!把他抓住,如果钻石不在他身上,那就剖开他的肚子,看看是不是吞下去了!……啊!我的女儿,昨晚你给我们讲述了这段历史,讲得太好了!……继续寻找,一直追到他的肚子里,这个混蛋!"

希培昂嘲弄地说道:"但是,要想吞下这么大的一块石头,玛达齐先得有一个鸵鸟般的胃。"他的口气让农场主很不爽。

约翰·沃金斯反驳道:"梅里先生,卡菲尔人的胃什么都能装得进去,不是吗?在这种时候,遇上这种事儿,您还能笑得出来!"

希培昂非常严肃地说道："沃金斯先生,我并未感到好笑！但是,我为这颗钻石感到遗憾,因为您曾经承诺,将这颗钻石献给艾丽丝小姐……"

沃金斯小姐补充道："对此,我非常感激,希培昂先生,我一直觉得我仍然拥有这颗钻石。"

农场主叫道："看看吧,这就是女人的智力！非常感激,就好像仍然拥有这颗钻石,这颗举世无双的钻石！……"

吉姆·希尔顿指出："实际上,这根本就是两回事！"

费里戴尔补充道："噢！就是两码事儿！"

希培昂回答道："相反,这完完全全就是一回事儿！而且,既然我能造出这颗钻石,就能再造出另一颗！"

阿尼巴尔·邦达拉西盯着年轻人,用威胁的口吻说道："噢！工程师先生,我奉劝您,最好还是不要再做那个实验了……为了整个格利加兰的共同利益……也为了您自己的利益！"

希培昂反驳道："说真的,先生！在这方面,我不认为应该向您申请批准！"

沃金斯叫道："哎！现在正是讨论这个问题的时候！梅里先生仅仅是有把握让新实验取得成功,但造出来的第二颗钻石是什么颜色,什么重量,其价值能否赶上第一颗？他是否确定能再造出另一颗钻石,即使其价值低于第一颗？他是否敢于确定,在那个成功的实验里,没有存在极大的偶然性？"

年轻工程师不得不承认,约翰·沃金斯说的确实很有道理。此前,希培昂也曾产生疑惑,与沃金斯所说不谋而合。毫无疑问,根据现代化学提供的数据,年轻工程师的实验可以得到完美解释;但是,在第一次成功的实验里,是否存在很多偶然因素?如果再做一次实验,他是否有把握再次成功?

根据目前情况,重要的是不惜一切代价抓住窃贼,更重要的是,找回失窃的东西。

约翰·沃金斯问道:"截至目前,还没有发现玛达齐的任何踪迹?"

希培昂答道:"毫无踪迹。"

"矿区周围都搜遍了吗?"

费里戴尔答道:"是的,都已经搜遍了!也许,昨天夜里,这个混蛋就消失了,很难确定他逃走的方向,这个可能性很小!"

农场主接着说道:"警长搜查过他的小屋吗?"

希培昂答道:"搜过,什么都没找到,无法判断逃亡者的踪迹。"

沃金斯叫道:"啊!我出50万英镑,悬赏捉拿他!"

阿尼巴尔·邦达拉西回答道:"我很理解您!但是,我担心,很可能永远也找不回您的钻石,也抓不住那个窃贼了!"

"为什么?"

阿尼巴尔·邦达拉西接着说道:"因为,玛达齐不笨,他一旦开始逃跑,就不会半途停下来!他将经过林波波河,进入荒漠地区,一直奔向赞比西[①],或者一直跑到坦葛尼喀湖[②],如果需要,甚至一直跑到布须曼人那里!"

---

① 属于赞比亚的一个地区。
② 坦葛尼喀湖是非洲中部的一个淡水湖,位于东非大裂谷区的西部。

听到那不勒斯人的这番话,希培昂盯着他,自忖,这个奸诈的家伙说的是心里话吗?他是不是就想自己去追寻玛达齐,所以竭力让别人打消这个念头?

不过,沃金斯可不是那种借口事情难办,就轻言放弃的人。他宁愿倾家荡产,也要重新拥有这颗无与伦比的钻石。透过敞开的窗户,沃金斯极目远眺,目光焦灼,充满怒火,他的视线一直投向青翠的瓦尔河畔,就好像能够看到那个远在天边的逃亡者。

沃金斯叫道:"不!这事儿没完!……我要我的钻石!……必须抓住这个无赖!……啊!要不是这痛风病缠身,追捕之路如此漫长,我就要亲自去抓!"

"父亲!……"艾丽丝试图让他恢复平静。

约翰·沃金斯环视四周,继续叫道:"看一看,谁愿意干?谁愿意前去追捕卡菲尔人?……我承诺,一定重金酬谢!"

看到没有人出声,他继续说道:

"这样,先生们,你们4位年轻人都期盼娶到我的女儿!那好吧!去追捕那个窃贼,带回我的钻石!我沃金斯承诺,谁带回我的钻石,我的女儿就是谁的!"现在,说到那颗钻石,沃金斯张口闭口都是"我的钻石"。

吉姆·希尔顿喊道:"同意!"

费里戴尔宣称:"我接受!"

阿尼巴尔·邦达拉西带着一脸坏笑,轻声说道:"谁不愿意试一试,赢得这么珍贵的赏金?"

艾丽丝满脸通红,看到自己变成这样一场赌博的赌注,感到极度羞辱,特别是这一切当着年轻工程师的面,她徒劳地极力掩饰窘状。

希培昂走到艾丽丝面前,恭敬地躬身,低声说道:"沃金斯小姐,我很想参与进来,但是,能否得到您的允许?"

艾丽丝立即答道:"您可以,并且,我向您致以最良好的祝愿,希培昂先生!"

希培昂转身面向约翰·沃金斯,高声说道:"那么,我随时准备追寻到海角天涯!"

阿尼巴尔·邦达拉西说道:"说真的,您也不必跑那么远,不过,我认为,玛达齐将带着我们跑不少路!按照他的奔跑速度,明天,他将到达波切佛斯通①,我们还没有离开家呢,他就可能跑到高原上去了!"

希培昂问道:"谁能阻止我们在今天,现在就出发呢?"

那不勒斯人反驳道:"噢!如果您心里这么想,那我告诉您,阻止您的肯定不是我!不过,我认为,不能毫无准备就上路!至少需要准备一辆好车,12头牛用来拉车,还有两匹骑乘的马,要想完成我预想的远征,这些都是必不可少的。而所有这些,只有到波切佛斯通才能找到!"

这一次,阿尼巴尔·邦达拉西是认真的吗?还是仅仅为了让竞争对手丧失信心?对此很难确认。能够确认的是,他说的绝对有道理。如果没有这些交通工具,没有物资储备,要想深入到格利加兰北边的地区,简直就是痴人说梦!

但是,希培昂也知道,一辆全套装备的牛车的最低价格大约

---

① 波切佛斯通是南非的城镇,位于该国东北部,由西北省负责管辖,距离约翰内斯堡约120千米,也被译为波切夫斯特鲁姆。

是8000至10000法郎,而他兜里只有4000法郎。

吉姆·希尔顿就像一头苏格兰种南非牛①,颇有经济头脑,他突然说道:"我有个主意,为什么我们4个人不能联手进行这次远征?这样一来,每个人的运气都不比别人差,而且,成本也可以分摊!"

费里戴尔说道:"我觉得这个办法可行。"

希培昂毫不犹豫地回答道:"我同意。"

阿尼巴尔·邦达拉西想了想,说道:"如果这样,必须事先说好,每个人保持相对独立,一旦某个人认为有必要,可以自由离开同伴,以便去抓捕逃亡者!"

吉姆·希尔顿回答道:"这是自然!我们合伙购买车辆、拉车的牛,以及储备物资,但是,每个人都可以离队,只要他认为合适就行!如果谁离开了,并且第一个达到目的,那就算他走运!"

希培昂、阿尼巴尔·邦达拉西,以及费里戴尔同声说道:"同意!"

约翰·沃金斯问道:"你们什么时候出发?"他知道,这个联合体将使他找回钻石的机会增加4倍。

费里戴尔回答道:"明天,乘坐去波切佛斯通的驿车。乘坐驿车已经是最快的交通方式了。"

"同意!"

然而,艾丽丝把希培昂叫到一边问道,他是否真的认为玛达齐就是这场窃案的窃贼。

---

① 南非牛是南非的本地品种,属于桑格牛类型。

年轻工程师回答道:"沃金斯小姐,我不得不承认,既然玛达齐逃跑了,那么,所有的猜疑都指向了他!但是,我似乎可以确定,阿尼巴尔·邦达拉西才像那个与钻石失踪脱不了干系的人!该死的家伙……我加入了一个多么杰出的团伙!……呃!事已至此,走一步算一步吧!无论如何,这么做,至少能掌控一下,可以监视他的行为,总比任其单独行动要好!"

很快,四位求婚者告别约翰·沃金斯,以及他的女儿。在当前情势下,告别仪式自然十分简短,大家只是握了握手,互道珍重。至于四个竞争对手之间能说什么呢?他们结伴而行,但却互相盼着对方去见鬼。

希培昂回到家,见到李和巴尔蒂克。自从希培昂收留这个年轻卡菲尔人做仆人,他始终表现得十分忠诚。此时,中国人李和巴尔蒂克正靠着门框聊天。年轻工程师告诉他们,自己将要与费里戴尔、吉姆·希尔顿,以及阿尼巴尔·邦达拉西结伴,一同出发去追寻玛达齐。

两个人互相交换了一下眼色,仅仅一下,一句话都没说,不约而同想到了逃亡者。

两人同声说道:"小爸爸,带上我们一起去吧,求您了!"

"带你们一起去?……为什么呢,请告诉我?"

巴尔蒂克说道:"为了给您准备咖啡,给您做饭。"

李补充说:"为了给您洗衣服。"

紧接着,两人异口同声说道:"为了阻止坏人加害您!"

希培昂感激地看了他们一眼,回答道:

"好吧!我带你们两个一起去,既然你们愿意。"

安排好之后,希培昂去向雅各布·旺地嘎尔特告辞,后者不赞成,甚至反对希培昂参加此次远征,友好地握住他的手,祝他旅途平安。

第二天早晨,希培昂带着两个忠实的追随者,向旺地嘎尔特矿区走去,准备乘坐驿车赶往波切佛斯通。年轻工程师抬眼望向沃金斯农庄,那儿还沉睡在晨光里。

难道是幻觉?希培昂似乎看到,在一扇窗户的后面,隔着白色的窗纱,一个轻盈的倩影,看着他逐渐走远,挥手向他告别。

第十三章　穿越德兰士瓦

刚刚到达波切佛斯通，四位旅行家就得知，前一天，有一个年轻卡菲尔人经过这座城市，根据描述，这个卡菲尔人很像玛达齐。这个消息是个好兆头，预示此行将获得成功。但是，这则消息也显示，毫无疑问，此次远征的路途将很遥远，因为，这个逃亡者在波切佛斯通搞到一辆轻便小车，拉车的是一只鸵鸟，这样一来，抓捕行动将变得更加困难。

事实上，没有什么动物比鸵鸟更善于行走，比它们更有耐力，跑得更快了。必须补充说明，能拉车的鸵鸟很难找到，即使在格利加兰也很稀少，因为训练它们是件很难的事情。正是由于这个缘故，在波切佛斯通，无论希培昂，还是那几个旅伴，都没能搞到拉车鸵鸟。

不过，可以看得出来，凭着现有条件，玛达齐将一直奔向北方，因为，他携带的物资储备足够喂饱10匹驿马。

因此，现在能做的，就是准备好，以最快的速度去追踪他。事实上，逃亡者已经提前出发很长时间，而且，他的速度也比追踪者准备采取的驿车方式要快得多。不过，鸵鸟的力气毕竟有限。玛达齐总要被迫停下来，并可能因此损失赶路的时间。在最坏的情况下，到这次旅行临近终点的时候，他们可以追上他。

希培昂开始为远征准备物资,很快,他就庆幸自己带了李和巴尔蒂克一起出来。在当前情况下,准备行装不是一件小事,需要做出判断,选购真正有用的物资。这时,在荒漠地区生存的经验变得非常重要。尽管希培昂对微分学和积分学很有研究,但此时却全无用武之地,对南部非洲大草原的生活,以及如何使用"牛拉货车",他缺乏基本常识,对于当地人常说的"沿途车辙痕迹",更是一无所知。而且,他的旅伴们似乎也不准备提供咨询和帮助,相反,他们巴不得让年轻工程师陷入窘境。

在准备带防水篷的车子、拉车的牛,以及各种物资的时候,事情进展相对顺利。毕竟涉及共同利益,这些都经过吉姆·希尔顿的精心挑选,完美无缺。但是,到了每个人配备个人装备的时候,情况就不是这样了。例如,在买马的时候。

在马市上,希培昂看中了一匹非常漂亮的三岁小马,精力充沛,而且售价相当低廉;他骑上去试了试,觉得这马很驯服,于是和卖马的商人谈妥价格,正准备付钱的时候,巴尔蒂克把他拉到一边,说道:

"怎么,小爸爸,你要买这匹马?"

"当然了,巴尔蒂克,我从来没有见过这么漂亮的马,而且价格如此低廉!"

年轻卡菲尔人回答道:"千万别买,就算送你也别要!在德兰士瓦的旅途上,这匹马扛不过8天!"

希培昂问道:"你说什么?你是不是也想和我玩预言者那一套?"

"不是的,小爸爸,但是,巴尔蒂克熟悉荒漠,愿意提醒你,这匹马没有被'腌过'。"

"没有被'腌过'？你是不是希望让我买一匹大肚子的马？"

"不是的,小爸爸,没被'腌过'的意思就是这匹马还没有得过草原病。在路途中,它必然会得那种病,即使侥幸没死,也没有用了！"

听了仆人的警告,希培昂吃惊地问道:"啊！这是一种什么病？"

巴尔蒂克回答道:"得了这种病,会发高烧,还会咳嗽。所以,必须购买已经得过这种病的马,它们的外貌很容易辨认,这类马只要得过草原病,并且死里逃生,就很少第二次再得这种病！"

既然有这种潜在危险,那就没什么可犹豫的了。希培昂立刻中止刚才的商业谈判,转而向旁人打听求教。所有人都确认了巴尔蒂克刚才的那番话。因为在当地,这是一件众所周知的事情,所以反而没人来提醒他。

希培昂发现自己缺乏经验,因此,变得格外小心谨慎,特意在波切佛斯通找到一位当地的兽医,请他提供帮助。

在这位专家的帮助下,几个小时以后,终于找到了适合此次远征的马匹。这是一匹灰色的老马,瘦骨嶙峋,瘦得就剩一根尾巴了。但是,一眼就能看出,这匹马至少已经"腌过",尽管它的脚步有点儿蹒跚,但是,很明显,在瘦弱的外表下,它的身体状况还很不错。它的名字叫唐普拉,在当地,这匹马素以耐劳著称。作为品鉴马匹的资深人士,巴尔蒂克也对唐普拉十分满意,连连称赞。

"怎么,小爸爸,你要买这匹马?"

巴尔蒂克被指定负责把牛套到车上，并且驾驭牛车，他的同伴李则负责提供协助。

希培昂购买自己的马匹花了大价钱，打算骑着唐普拉上路，对于这一点，巴尔蒂克和李都很放心。

武器的问题同样十分微妙。希培昂选好了自己的武器，这是一支很棒的来复枪，名叫马提尼·亨利式步枪①，还有一支雷明顿卡宾枪②，它的造型简洁，貌不出众，但是打得很准，装填子弹也很方便。不过，如果没有李的提醒，希培昂差点忘了购买一定数量的开花弹。他本来以为，只需带上相当于500至600发子弹的火药和铅弹就够了，但是，又吃惊地听说，这个地区经常有猛兽出没，当地土著也不是善类，因此，谨慎的做法是，给每支枪至少配备4000发子弹。

希培昂还给自己准备了两支手枪，而且配备的都是开花弹，除此之外，在他的武器库里，还增添了一把漂亮的猎刀，这刀在波切佛斯通的武器商店橱窗里挂了5年，无人问津。

这次是李极力坚持买下这把刀，并且保证说，这才是最有用的武器。它的刀身又短又宽，很像法国陆军配发的军用刺刀，李还亲自负责维护这把刀，保证刀身洁净，刀刃锋利，李对刀的关爱，说明他与自己的同胞一样，对冷兵器情有独钟。

除此之外，李还随身携带了那只红木箱。里面放着一堆装满神秘物品的盒子，一根长约60米的柔软细绳子，不过，这绳子非常结实，水手们习惯把这类绳子叫做"缆绳"。如果有人问李，

---

① 马提尼·亨利式步枪为后膛金属弹步枪，1871年成为英国军队制式步枪。
② 雷明顿是著名的武器制造公司，该公司的卡宾枪生产于19世纪下半叶。

带这绳子有什么用,他总是含糊其辞地回答道:

"在荒漠里,与其他地方一样,不是也需要晾衣服?"

中午时分,所有的东西都买齐了。防水垫子、羊毛被褥、日常用具、数量可观的罐装食品、备用牛轭、绳索,以及备用皮带,这些东西都堆在车厢后部,好像是个杂货铺。车厢前部铺了一层干草,供希培昂和旅伴们睡觉休息。

吉姆·希尔顿结束了集体采购任务,付清账单,所有物品经过精心挑选,都是此次旅行的必需品。作为移殖民,他具有丰富的经验,但是,似乎别人没能分享到这些经验。因为,吉姆·希尔顿本来想发挥同伴友情,赢得自己在团队中的地位,还想向同伴介绍德兰士瓦的风俗习惯。

但是,阿尼巴尔·邦达拉西不断干扰,数次打断他的话。

他低声对希尔顿说道:"您把这些知识教给法国佬有什么用?您真有心让他拿到这次竞争的头彩?我要是您,就把自己知道的烂在肚子里,一个字都不说!"

吉姆·希尔顿衷心佩服地看着那不勒斯人,回答道:

"您说得太对了……太对了!我怎么就没想到呢!"

希培昂好心提示费里戴尔,把自己了解到的本地马匹的情况尽数相告,但是,回答他的是高傲轻蔑,固执己见。德国人根本听不进希培昂的建议,一意孤行,买了一匹最年轻、最活泼的马,和先前希培昂选中又放弃的马一样,特别是,还给自己买了渔具,借口是早晚大家得吃腻了猎物。

终于,准备工作就绪,可以上路了,后面我们将介绍旅行队的排列顺序。

大车由十二头棕红色与黑色的牛拖拽,一开始,由巴尔蒂克负责驾驭,他一会儿跟着这群犍牛奔走,手里挥舞着戳牛用的刺棒,一会儿,跳上车辕,休息片刻。他端坐在位子上,身体随着道路的起伏,颠簸摇摆,任由车子前行,似乎很享受这种运动方式。四位骑士并排在大车后面拱卫。有时候,他们会散开,或是开枪射杀一只山鹑,或是辨认道路。在好几天的时间里,这只小小的旅队就按着这种方式前进,很少改变。

　　经过短暂磋商,他们达成一致,队伍笔直奔向林波波河①。所有迹象都显示,玛达齐应该就是走的这条道路。实际上,如果玛达齐的目的是尽早远离英国属地,他也不大可能走别的路。相比这些追踪者,玛达齐在两个方面占有优势。首先,他对这个地区极为熟悉;其次,他的旅行装备十分轻便。另外,他清楚自己要往哪里去,并且选择捷径。还有,他在北部地区认识很多人,有能力随时寻求帮助和庇护,找到食物和住所,甚至,在必要的时候,还能找到帮手。几个合作伙伴不能确定,玛达齐会不会利用自己在土著人中间的影响力,鼓动他们阻挠追踪者,甚至鼓动他们搞武装袭击?希培昂和旅伴们越来越感到,如果他们都希望在他们中间,最终有一个人能摘到胜利的果实,那么,在这次远征期间,大家必须团结一致,相互支持。

　　他们即将从南向北穿越的德兰士瓦,是南部非洲的一片广

---

① 林波波河又称鳄河,发源于约翰内斯堡附近的高地,向北流至南非与博茨瓦纳边界后向东北流,流至南非与津巴布韦边界后向东流,至帕富里附近入莫桑比克境内,东南流入印度洋。

大车由十二头棕红色与黑色的牛拖拽。

阔地区，面积至少有3万公顷，整个地区伸展在瓦尔河与林波波河之间，东边是德拉根博哥山脉、英国殖民地纳塔尔、祖鲁人居住区，以及葡萄牙人的属地。

德兰士瓦整个地区都被布尔人殖民了，这些原先的荷兰公民从开普过来，经过15至20年，在这个地区散布了超过10万白种人，大都从事农业，这个地区理所当然地激发了英国人的觊觎之心。1877年，德兰士瓦变成了开普的属地。然而，布尔人顽固地要求独立，不断奋起反抗，因此，这块美丽的土地究竟何去何从，尚在未定之数。

这块土地是非洲最美丽、最富饶的地区之一，也是空气和气候最宜人的地区之一，因此，这个地区吸引了周围邻居不怀好意的关注，尽管还没有证据证明其觊觎之心。这里刚刚发现了金矿，这个发现同样影响着英国对德兰士瓦的政策。从地理学角度分析，人们把这个地区，包括这个地区居住的布尔人，分成三个主要区域：高原地区，即无树地区；丘陵地区，即草原地区；以及荆棘地区，即灌木丛地区。

高原地区位于德兰士瓦的最南部。这个地区到处是崇山峻岭，在西边与南边隔着德拉根博哥山脉。这里是德兰士瓦的矿区，气候寒冷干燥，尤其在奥贝尔兰德-贝尔努瓦，气候更为寒冷。

丘陵地区以农业为主，位于高原地区的北边，在丘陵的山谷里，溪水潺潺，绿树成荫，大多数荷兰人居住在这里。

最后是灌木丛地区，也叫荆棘地区，这里是最好的狩猎区，到处是广阔的平原，一直向北，伸展到林波波河畔，并且向西延伸,一直到卡菲尔人和茨瓦纳人①地区。

波切佛斯通就位于丘陵地区,这队旅行者从这里出发,首先沿着对角线方位,穿越这个地区的大部分区域,之后抵达荆棘地区,从那里再向北,就是林波波河。

在德兰士瓦的第一段旅程,当然是最容易穿越的。这个地区算得上是半开化地区。在这段旅途中,他们遇到的最大事故,无非是一只车轮子陷入泥坑,或者是一头牛生了病。路途中,野鸭子、山鹑,以及狍子随处可见,每天午饭和晚饭,都能吃上丰盛的野味。夜晚,通常会到农庄投宿,这里的居民每年有四分之三的时间与世隔绝,很乐意真诚接待前来投宿的旅客。

一路上遇到的布尔人都一样,好客、殷勤,而且无私。确实,按照本地习俗,旅客应该为自己和自己的牲口所受到的款待,向主人支付酬金。但是,支付酬金几乎总是遭到婉拒,甚至,在客人离开的时候,主人还坚持要求旅客收下许多面粉、橘子和桃子。作为交换,旅客也会留下一点儿东西,以表谢意,这些东西都是些用品,或者狩猎工具,例如一根鞭子、一根马衔索、一只火药壶,不管这东西价值几何,主人都会对收到东西非常感激。

这些诚实的人在偏远孤寂的地方,过着相当平静的生活;他们的日子过得很安逸,他们和家人依靠饲养的牲畜过活,种植的农田面积也不大,雇用卡菲尔人或者霍屯督人耕种,粮食和蔬菜都自给自足。

他们的房子也很简单,黏土构筑的墙,房顶铺着厚厚的茅

---

① 茨瓦纳人是南部非洲民族,主要分布在奥兰治河以北的内陆高原和德拉肯斯山脉的西部,属尼格罗人种班图类型。

草。房屋的土墙经常被雨水冲刷,出现破损,就再用泥土修补。修补土墙的时候,全家人一齐动手,准备好一大堆黏土,搅拌揉搓成泥,然后,大姑娘小伙子一齐动手,把泥巴捏成团,像雨点一样拽到墙上,一顿狂轰滥炸之后,破损的墙面就修理好了。

房屋里面,只有很少一点家具,木凳、粗木桌子、大人使用的床,至于孩子们,就直接睡在地上铺着的羊皮上。

但是,在这样原始的生存状态下,艺术仍然有着生命力。几乎每个布尔人都是音乐家,都会演奏小提琴,或者笛子。他们酷爱跳舞,只要有机会就聚在一起,有时候甚至是方圆20里的聚会,他们最喜欢的消磨时光的方式,就是跳舞,一旦跳起舞来,不知疲倦,无休无止。

布尔人的女孩子都很谦虚,身着简朴的荷兰农妇的装饰,大都非常漂亮。她们往往很年轻就结婚,给未婚夫带来的嫁妆,不过是十来头牛,或者山羊,一挂大车,或者其他类似的财富。做丈夫的责任,就是修筑一栋房屋,在房屋周围开垦出几十亩土地①,如此一来,一个家庭就建立了。

布尔人都很长寿,世界上任何地方,都没有如此众多的百岁老寿星。

有一个无法解释的特殊现象,就是布尔人几乎普遍患有肥胖症,从成年起,肥胖症在人群中的比例异乎寻常地高。另外,布尔人普遍人高马大,这个特征在法国裔,以及德国裔的移殖民身上也很明显,在纯荷兰裔移殖民那里更明显。

---

① 这里作者使用的是旧时的土地面积单位,大约相当于2000至3000平方米。

总之,希培昂一行的旅途进展顺利。一路上,远征队总能得到有关玛达齐的消息,即使在每晚住宿的农庄里,也能听到这样的消息。到处都有人看到过玛达齐的身影,看到他驾驶着鸵鸟小车疾驰而过,一开始,看到的时间是两三天以前,后来是五六天以前,再后来是七天以前。很明显,远征队是在沿着他的足迹追踪,更明显的是,他比追踪者的速度要快很多,跑得也更远。

希培昂和三个旅伴听到这些消息都很高兴。他们开始逐渐放松,一路做一些自己喜欢的事情。年轻工程师收集矿石标本。费里戴尔收集植物标本,并试图根据植物外表特征,辨认这些标本的属性。阿尼巴尔·邦达拉西继续虐待巴尔蒂克和李,同时,到了休息的时候,吃上美味的意大利通心面,又恳求他们原谅自己的恶作剧。吉姆·希尔顿负责给旅行队补充野味;每半天时间里,他总能打到十来只山鹑,好多鹌鹑,有时候还能打到一头野猪,或者一只羚羊。

一程接着一程,他们终于来到灌木丛地区。从这里开始,很快,农庄变得越来越稀少,最后,终于消失不见。他们走到了文明世界的尽头。

从现在起,他们必须每晚露宿野营,燃起熊熊篝火,人和牲畜围在火堆旁睡觉,还得提高警惕,防范周围。

路途的景色变得越来越蛮荒。草原地区青翠的河谷,逐渐被黄色沙土覆盖的平原取代,到处是带刺的灌木树丛,相隔很远,才出现一处带溪水的泥塘。有时候,不得不绕个大弯,才能避开一片真正的带刺树林,或者荆棘。这是一些灌木林,高度在3至5米,生长着浓密的平行枝条,枝条上长满了硬刺,每根刺有三四个拇指那么长,像匕首一样锐利。

这里是荆棘地区的外围,地名叫做里昂沃德,或者叫狮子草原,尽管这个名字令人生畏,但是,似乎名不副实,因为,经过三天的旅行,他们并没有看到这些猛兽,也没有发现它们的踪迹。

希培昂自忖道:"毫无疑问,这是一个古老的名字,如今,狮子们早已撤退到更荒僻的地方了!"

但是,当他把这个想法告诉吉姆·希尔顿时,后者却笑了起来,说道:

"您觉得没有狮子吗?那只是因为您还没有学会发现它们!"

希培昂反唇相讥道:"好啊!在一片光秃秃的平原,怎么会看不见一头狮子!"

吉姆·希尔顿说道:"我和您打个赌,赌10个英镑,一个小时之内,我就能指出一只您视若无睹的狮子!"

希培昂说道:"我从不赌博,这是我的原则,但是这次,我倒可以试试,体验一下。"

旅行队继续前行,大约25分钟,或者30分钟过后,大家已经把狮子的事情忘到脑后,突然,吉姆·希尔顿叫道:

"先生们,请看那个蚂蚁窝,就是右边耸立的那个!"

费里戴尔回答道:"说得漂亮!两三天以来,除了蚂蚁窝,还没看到过别的东西!"

实际上,在荆棘草原上,最常见的就是这些黄色的大土包,这些都是由无数只蚂蚁堆积而成。所有这些彼此相隔不远的土包,以及一丛丛稀疏的荆棘,或者一簇瘦弱的含羞草,点缀着景色单调的平原。

吉姆·希尔顿无声地笑了,接着说道:

"梅里先生,如果您愿意驱马小跑几步,接近那个蚂蚁窝,那儿,就是我手指的那个,我向您保证,您一定能看到想看的东西!不过,别靠得太近,否则,您将遇到大麻烦!"

希培昂双腿一夹,纵马向吉姆·希尔顿所说的蚂蚁窝方向走去。

等到希培昂走远了,德国人说道:"那里待着一窝狮子!这些您称为蚂蚁窝的土包,每十个里头,就有一个后面藏着狮子!"

邦达拉西叫道:"哎呀!您真应该叮嘱他,叫他不要靠近!"

看到巴尔蒂克和李正在旁边听他说话,邦达拉西赶紧换了一个说法道:

"法国佬应该吓一大跳,我们就等着看笑话吧!"

那不勒斯人说错了。希培昂可不是一个随便能被吓一大跳的男人。在距离目标200步远的地方,他已经看清楚那个可疑的蚂蚁窝是个什么东西。那是一只硕大的公狮子、一只母狮子,以及三只狮崽子,它们在地上趴成一圈,就像一群猫,正在那里安静地睡觉。

听到骑士的马蹄声,公狮子睁开眼睛,抬起硕大的脑袋,打了一个呵欠,露出两排巨齿,那张血盆大口,足以囫囵吞下一个十岁的孩子。随后,他看着停在距离自己20步远的骑士。

幸运的是,这头猛兽现在不饿,否则,它绝不会表现得如此无动于衷。

希培昂的手里端着卡宾枪,等了两三分钟,看着这头心情平静的狮子先生。不过,当他看到公狮子并未表现出敌意,觉得没必要打搅这一家的平静生活,于是,掉转马头,驱马迈着侧对步①,回到同伴身边。

看到希培昂的镇定自若与勇敢无畏,旅伴们对他的归队报以热烈欢呼。

希培昂简短说道:"希尔顿先生,看来我的赌注输掉了。"

当天晚上,队伍抵达林波波河畔,在河的右岸扎营休息。在那儿,费里戴尔不顾吉姆·希尔顿的劝阻,坚持要去河边钓点儿鱼回来油炸。

吉姆·希尔顿说道:"哥们儿,这样太危险了!要知道,在荆棘地区,太阳落山以后,既不能在水边停留,也不能……"

德国人以他那个民族特有的固执回答道:"别!别!我才不信呢!"

阿尼巴尔·邦达拉西叫道:"哎!不就在水边待一两个小时嘛,能有什么麻烦事儿?我打猎守候鸭子的时候,经常在那儿一待就是半天,全身上下都湿透了。"

吉姆·希尔顿一边反驳道:"那根本就不是一回事儿!"一边坚持阻止费里戴尔去河边。

那不勒斯人回答道:"这些都是废话!……亲爱的希尔顿,与其劝阻咱这哥们儿去钓鱼,给咱们准备一道菜,您还不如帮我找一找装碎干酪的罐子哪,我要用它吃通心面。吃点儿鱼至少能改善一下伙食!"

---

① 马匹同侧两腿同时举步的步伐。

希培昂双腿一夹,纵马向吉姆·希尔顿所说的蚂蚁窝方向走去。

费里戴尔不顾劝阻,动身去了河边,立刻开始动手钓鱼,直到夜幕降临,这才返回宿营地。

吃晚饭时,固执的渔夫胃口很好,和大家一样,对钓来的鱼赞不绝口,不过,当他钻进车篷,躺到旅伴身边时,开始抱怨自己身上不断发抖。

第二天,一大早,大家都起身,准备出发,费里戴尔却发起了高烧,浑身无力,连马都上不去了。不过,他仍然要求大家上路,自己躺在车厢里的干草上,坚持说自己身体很好,没问题。大家听从了他的要求。

中午时分,他开始说胡话。

下午三点钟,他死了。

他患的是最凶险的恶性疟疾。

面对突然降临的死亡,希培昂不得不想到阿尼巴尔·邦达拉西的恶意怂恿,他在整个事件中负有最严重的责任。然而,没有人想到这一点,只有他想到。

吉姆·希尔顿只是用哲学家的语气说道:"看到了吧,我早就说过,夜幕降临后,不能到水边瞎逛!"

旅行队停顿一会儿,埋葬了遗体,以免它遭到猛兽的啃噬。

这是一具对手的遗体,甚至差不多是敌人的遗体,然而,希培昂深深地感到震撼,为这具遗体尽最后的责任。因为,在任何地方,死亡都是一件令人敬畏、庄严的事情,在荒漠之中,更显示出一种特殊的庄重。面对大自然,人们更能深刻体会到,死亡才是无可避免的最终结局。远离家庭,远离亲人,他的灵魂凄凉地飞向他们。希培昂想到,也许,明天,他也将在苍茫无际的荒原里倒下,永远不再站起来,他也将委身于黄沙之下,身上放一块光秃秃的石块,在离去的最后时刻,身边既无姐妹母亲的眼泪陪伴,也无朋友的叹息。同伴的命运让他悲哀怜悯,想起自身的处境,他不禁觉得,似乎埋葬进这座坟墓的,是他自己!

葬礼之后第二天,拴在车后的费里戴尔的马也患上了草原病。只好把它抛弃。

这匹可怜的畜生,只比它的主人多活了几个小时!

第十四章 在林波波河以北

为了渡过林波波河,他们花了三天时间,寻找并测试可以涉水过河的地点。此外,他们发现,有几个马卡拉卡人①不怀好意地在河边转悠,他们怀疑,这几个人是特意前来误导远征队的。

马卡拉卡人是卡菲尔人里地位最卑微的可怜家伙,受到高等族群茨瓦纳人的奴役,他们被强迫从事无偿劳动,受到严酷虐待,甚至,茨瓦纳人不允许他们吃肉,违者处死。如果在路途遇到野猪,不幸的马卡拉卡人可以随意将其杀死,但前提条件是,猎获物必须送给他们的领主,也就是他们的主人。后者仅仅把猎物的内脏赏赐给他们,就像欧洲的猎人对待自己的猎犬一样。

一个马卡拉卡人可以穷到一无所有的境地,连一间草房,甚至一个葫芦都没有。他浑身上下几乎赤裸,面容憔悴,瘦骨嶙峋,肩上斜挎着一串水牛肠子,老远看去,好像是一串猪血香肠,而实际上,那是他储藏饮用水的原始皮袋。

巴尔蒂克很快显露出自己的商业才能,仅仅几个招数,他就从这些可怜人嘴里套出实情,原来,尽管穷得一塌糊涂,他们却拥有几根鸵鸟羽毛,精心隐藏在不远的矮树丛里。巴尔蒂克立

---

① 卡菲尔人里的低等级族群。

为了渡过林波波河,他们花了三天时间,寻找并测试可以涉水过河的地点。

刻建议收购这些鸵鸟毛,并且约定当晚见面成交。

希培昂惊奇地问道:"收购鸵鸟羽毛,你有钱给他们吗?"

巴尔蒂克咧着大嘴笑了,掏出一把铜纽扣,让希培昂看,这是他用了一两个月的时间收集的,藏在一个小布袋里。

希培昂回答道:"这些又不是真正的货币,我不允许你用十来枚旧纽扣,从这些可怜人手里买东西!"

但是,要想让巴尔蒂克明白,他的交易方法是不对的,这几乎不可能。

巴尔蒂克说道:"如果马卡拉卡人接受了我的纽扣,作为交换,把鸵鸟毛给我,谁能说三道四?您很清楚,他们采集鸵鸟羽毛没花一分钱!他们甚至都没有权利拥有这些羽毛,只能悄悄地拿出来交易!而纽扣呢,正相反,那是有用的东西,比鸵鸟羽毛更有用!我不过就是拿两个,或者十来个纽扣,换取相应数量的鸵鸟毛,您为什么要禁止我呢?"

这番道理似是而非,其实是强词夺理。年轻卡菲尔人没有看到,马卡拉卡人之所以接受他的铜纽扣,并不是认为它有用,因为这些人身上连衣服都没有,而是因为,他们以为这些金属圆片具有价值,因为它们与钱币的样子很像。因此,这次交易里存在着真正的欺骗行为。

不过,希培昂不得不承认,对于这个聪明的野蛮人来说,在这件交易里,纽扣与货币的区别太微小了,他弄不明白,但是,要想与巴尔蒂克达成相互理解,中止交易,那难度又太大了。于是,希培昂只好听之任之,不闻不问。

到了晚上,借助火把的亮光,巴尔蒂克的商业行为继续进行。显然,马卡拉卡人也害怕被交易对方欺骗,为此,他们不相信白人手里的火把,自己带来一簇玉米秸,插到地里,用火点燃。

这些土著先把鸵鸟羽毛拿出来展示,然后,开始检验巴尔蒂克的纽扣。

检验过程中,他们之间爆发了一场激烈的争论,一帮人比手画脚,大呼小叫,争论的焦点是这些金属圆片的性质以及价值。

他们说话速度极快,谁也听不清说的是什么;但是,从他们满脸通红、挤眉弄眼的样子,以及极为严肃、怒气冲冲的表情,可以确定,这场争论对于他们非常重要。

突然,一个人物意外现身,立刻中止了这场激烈的争论。

这是一个身形高大的黑人,披着一件质地粗糙的红色棉布大氅,神色庄重,额头戴着用羊肠子做的类似王冠形状的饰物,与卡菲尔武士通常头戴的饰物相仿;只见他从矮树丛后走出,来到刚刚发生交易争论的地方;用手中长矛的木柄大力击打马卡拉卡人,这些人从事非法交易,被抓了一个现行。

这群可怜的野蛮人嘴里叫着:"罗拜普!……罗拜普!……"像一群耗子似的,一哄而散。

然而,周围附近的矮树丛里,突然冒出来一群黑人武士,把马卡拉卡人包围,截断逃路,抓了回来。

罗拜普叫人把纽扣拿过来;借助玉米秸的火光,仔细观看,感到非常满意,把它们放进自己的皮袋里。随后,他走向巴尔蒂克,从他手里夺下鸵鸟羽毛,就像纽扣一样据为己有。

面对这个场面,几个白人一直在旁观看,无法确定自己是否应该介入,直到罗拜普向他们走过来,这才打破僵局。罗拜普在距离白人几步远的地方站住,以蛮横的口气开始说话,说了半天,几个白人却完全听不明白。

幸亏吉姆·希尔顿能听懂几句茨瓦纳语,终于弄懂了这篇讲话的大致意思,然后转告同伴。这篇讲话的含意就是,你们允许巴尔蒂克与马卡拉卡人做买卖,卡菲尔人的头领谴责这种行为,因为马卡拉卡人是不能拥有任何东西的。最后,他宣布,没收这些私下买卖的商品,然后,询问白人,对此有何不同意见。

面对周围的黑人武士,几个同伴赞成采取一致行动。阿尼巴尔·邦达拉西愿意暂时让步,避免和茨瓦纳酋长闹僵。吉姆·希尔顿与希培昂都认为上述规定挺好,表示愿意息事宁人,担心惹恼了高傲的罗拜普,万一他得寸进尺,有可能发生不可避免的争执。

几个人低声交换意见,经过迅速磋商,大家一致同意,放弃铜纽扣,把它们让给茨瓦纳酋长,但是,应该讨回鸵鸟羽毛。

于是,吉姆·希尔顿一边打着手势,一边借助仅有的几个卡菲尔词汇,热情地向罗拜普解释上述意见。罗拜普先是摆出外交姿态,然后开始犹豫不决。与此同时,他看到了阴影里闪闪发光的欧洲人的枪口,于是决定把鸵鸟羽毛还给白人。

事实上,茨瓦纳酋长很聪明,很快,他的态度就变得缓和了。他从自己硕大的烟壶里拿出烟丝,主动递给三个白人,以及巴尔蒂克和李,然后坐到篝火旁。那不勒斯人递给罗拜普一杯烈性酒,终于让他变得和蔼可亲;然后,经过一个半小时双方几乎沉默不语的会晤,罗拜普重新站起来,邀请旅行队明天到村里做客。

旅伴们接受了邀请，大家握手致意，随后，罗拜普高傲地离去。

茨瓦纳酋长走后不久，大家纷纷躺下入睡，只有希培昂裹在毯子里睡不着，仰望天上的星星，想着心事。这天晚上没有月亮，天穹中繁星密布，闪烁发光。年轻工程师没有注意，篝火已经熄灭了。

希培昂想到了亲人，此时，他们肯定想不到，自己正在南部非洲的荒野里经历风险；他还想到亲爱的艾丽丝，此时，也许她也在仰望星空；最后，他还想到了所有亲近的人们。希培昂的思路信马由缰，在万籁俱寂的荒原上，进入富有诗意的梦幻境界，就在即将进入梦乡的时候，突然，从圈放牛群的地方传来一阵骚动，同时传来牛蹄踏步声，希培昂惊醒了，立刻站了起来。

希培昂在黑暗之中，辨认出一个身影，个头比牛矮，比牛更敦实，无疑，就是它引发了牛群的躁动。

希培昂来不及辨认那是个什么东西，随手抓起一根鞭子，小心翼翼地向牛圈走去。

他没有弄错。牛群中间，果然蹲着一只动物，这个不速之客搅扰了正在睡觉的牛群。

希培昂迷迷糊糊，对自己的行为还来不及深思熟虑，举起鞭子，朝着估计的方向，狠狠打在闯入者的鼻子上。

遭到这一击，闯入者发出可怕的咆哮声！……这是一只狮子，年轻工程师刚刚把它当成一只普通的野狗。

希培昂赶紧把手伸向腰间，从腰带上拔出手枪，同时，快速向侧面闪身，躲开扑过来的狮子，就在此时，狮子一扑不中，再次扑向他伸直的手臂。

希培昂感觉到锋利的爪子划开自己的皮肉,同时,他与可怕的猛兽滚倒在尘埃之中。突然,一声剧烈的枪响。狮子的身体猛地抽搐起来,随后,四肢僵直,倒在地上一动不动。

希培昂始终没有惊慌失措,他利用自己还能活动的另一只手,对准猛兽的耳朵扣动了手枪扳机,一颗开花弹打碎了狮子的脑袋。

这个时候,其他人从睡梦中惊醒,先是听到咆哮声,随后听到一声枪响,纷纷来到打斗现场。希培昂半个身子被硕大的狮子压住,大家把他拖了出来,检查一遍身上的伤口,幸亏只是皮肉伤。李用浸透烈性酒的布条,给希培昂简单包扎了一下,然后把他放到车厢最好的位置躺下,巴尔蒂克自愿通宵值班放哨,很快,大家重新进入梦乡。

天刚刚放亮,吉姆·希尔顿的叫声就把大家吵醒了,他恳求同伴们过去帮他一把,同时宣布,又发生了一件事故。吉姆·希尔顿和衣躺在车厢前部,横在床单上,一动不敢动,用极为恐怖的语气说道:

"我的裤子里面,有一条蛇,缠在右腿膝盖上!大家都别动,否则,我就完了!不过,大家想想应该怎么办!"

由于恐惧,他的双眼瞪得老大,脸色苍白,毫无血色。事实上,在他的右膝部位,隔着衣服的蓝色帆布,可以辨认出一个古怪的物体,好像一条缆绳,缠绕在腿上。

情况很严重。正如吉姆·希尔顿所说,只要动一动,这条蛇就会咬他一口!

希培昂迷迷糊糊,对自己的行为还来不及深思熟虑,举起鞭子,朝着估计的方向,狠狠打在闯入者的鼻子上。

但是，就在大家纷纷感到焦虑，但却无计可施的时候，巴尔蒂克决定采取行动。首先，他悄无声息地抽出主人的猎刀，好像蠕虫般挪动，几乎令人毫无察觉地靠近吉姆·希尔顿。然后，他把头低下，眼睛与蛇几乎处在同一水平，停留了几秒钟，似乎在仔细研究这条危险的爬行动物的体位。无疑，他正在试图认准蛇头的位置。

突然，他疾速抬起身，挥臂猛地一抡，猎刀干脆利落地划过吉姆·希尔顿的膝盖。

巴尔蒂克咧嘴，露出满口牙齿笑道："您可以让蛇掉下来了！……它死了！"

吉姆·希尔顿机械地服从，晃动右腿……爬行动物掉落在他脚面。

这是一条黑脑袋的蝰蛇，粗细与拇指相仿，哪怕只被它咬上一小口，那也必死无疑。年轻卡菲尔人非常精准地斩掉了这条蛇的脑袋。吉姆·希尔顿的裤子上，仅仅留下一个大约6厘米长的口子，他的肌肤却毫发未损。

令人感到奇怪的是，吉姆·希尔顿并没有想到应该感谢救命恩人，这引起希培昂的强烈不满。现在，吉姆·希尔顿好像没事儿人一样，把刚才的那次干预行动看作理所当然。根本没有想到，应该去握一下那个卡菲尔人的黑爪子，对他说一句："您救了我的命。"

他只是简短地告诉希培昂："您的刀磨得真够锋利！"而此时，巴尔蒂克刚刚把猎刀插入刀鞘，对刚才自己的举动，也没觉得有什么了不起。

吃早餐了,大家很快就把昨夜发生的事情忘到脑后。今天的早餐就是一只鸵鸟蛋,用黄油煎炒,五个旅伴吃得非常满意。

希培昂的伤口隐隐作痛,还发了一点儿低烧。不过,他依然坚持陪同阿尼巴尔·邦达拉西和吉姆·希尔顿前往罗拜普的村子拜访。宿营地就交给巴尔蒂克和李看守,李同时负责剥掉那头狮子的皮,这头真正的猛兽嘴脸倒有点儿像狗。三位骑士上路了。

茨瓦纳酋长在村口等待他们,他的那群武士围站在旁边。在武士们身后,第二层人群都是妇女和孩子,凑成一堆好奇地看着外来人。不过,在这些黑人妇女中间,也有几个人无动于衷,漠不关心。她们坐在半穹顶的茅草屋前,继续忙碌着手里的活计。两三个女人正在用长长的带纤维的野草制作细线,然后再编织成绳索。

村子总体显得很贫穷,尽管有些茅屋盖得还不错。罗拜普的房屋差不多位于村子的中央,比别的房子大,屋里地上铺着草席。

酋长把客人让进屋里,指给他们三个木凳,然后,自己坐在他们对面,他的卫士们呈扇形站在他的身后。

一开始,大家按照惯例,互相表示客气。客套仪式包括喝一碗东道主自家制作的发酵饮料;不过,为了表示礼貌,显示诚意,东道主总是先把自己的厚嘴唇浸在碗里一下,然后,再把碗递给外来者。如果经过主人的殷切邀请,客人不喝这碗饮料,那就犯了侮辱主人的死罪。因此,三位白人端起卡菲尔人的啤酒,一饮而尽,阿尼巴尔·邦达拉西做了一个鬼脸,暗自说道:"我宁愿喝一杯麝香葡萄酒①,也不愿喝这个茨瓦纳人的蹩脚汤药!"

随后,大家谈起生意。罗拜普希望购买一支枪。尽管他愿意支付150斤②象牙,外加一匹相当不错的马匹,但是,白人们不可能让他如意。事实上,殖民地的法规在这一点上非常严格,明确禁止欧洲人向边境地区的卡菲尔人转让枪支,除非得到总督本人的特许。作为补偿,罗拜普的三位客人给他带来一件法兰绒衬衣、一条钢锁链,还有一瓶朗姆酒,这些礼物如此耀眼夺目,首领的欢喜之情溢于言表。

随后,茨瓦纳酋长表示,随时准备向来客提供任何咨询,为了表达得更清楚,请吉姆·希尔顿代为转达。

开始是5天前,一个旅行者经过村庄,其外貌特征与玛达齐完全一致。这是两个星期以来,远征队首次获得有关逃亡者的消息。这个消息受到热烈欢迎。年轻卡菲尔人可能在渡过林波波河的时候,为了寻找涉水地点,损失了几天时间。现在,他正向北方山区逃亡。

从这里到北部山区,还需要走很多天吗?

7天,或者8天。

希培昂和他的同伴必须深入这个地区吗?罗拜普是这个地区统治者托纳伊阿的朋友,也许可以帮忙。

能够成为本地统治者的朋友,罗拜普感到自豪!是啊,伟大的托纳伊阿在卡菲尔地区战无不胜,谁不愿意成为这位征服者的朋友呢,而且是最要好的朋友,忠实的同盟者。

---

① 意大利南部出产的用麝香葡萄酿制的酒。
② 这里是指法国古斤,每斤约等于半公斤。

茨瓦纳酋长在村口等待他们,他的那群武士围站在旁边。

托纳伊阿欢迎白人吗?

当然,与本地区所有头领一样,托纳伊阿也知道,如果有一个白人遭到侮辱,所有白人都会为他报仇。与白人作对有什么好处?白人手里有枪,而且只有白人手里有枪,所以他们总是最强悍的。最好的办法,就是与白人和平共处,很好地欢迎他们,与他们的商人公平地做生意。

概括起来,以上就是罗拜普提供的咨询。其中只有一条最重要:为了渡过林波波河,玛达齐损失了好几天时间,而且,远征队一直在沿着他的足迹追踪。

回到营地,希培昂、阿尼巴尔·邦达拉西,以及吉姆·希尔顿发现,巴尔蒂克和李都端着枪,高度警惕。

他们叙述道,有一大群卡菲尔武士到访,他们与罗拜普不是同一个部落,这些人首先包围了营地,然后开始一场真正的审讯。问他们到此地做甚?是不是前来窥察茨瓦纳人,收集相关情报,了解茨瓦纳人的数量、战力,以及他们的武器情况?这些武士还说,外地人不应该来到这种地方!理所当然,在外地人侵入他的领土之前,伟大的托纳伊阿国王不会有所表示;但是,如果外地人试图侵入他的领地,那么,国王不会置若罔闻。

以上就是这些卡菲尔武士表达的大致意思。

中国人对此次到访无动于衷,保持理智。巴尔蒂克一向镇定自若,任何情况下都能保持冷静,但是此刻,似乎感受到了真正恐怖的威胁,对此,希培昂无法做出合理解释。

巴尔蒂克眨巴着大眼睛,说道:"这些武士特别坏,他们讨厌白人,他们想'弄死白人'!……"

每当半开化的卡菲尔人想要表达对惨死的想法，往往都会使用这种词汇。

怎么办？是否应该重视这个事件？不，当然不用。尽管这些武士的数量多达三十来个，但是，根据巴尔蒂克和李的描述，他们手中没拿武器，既没有对巴尔蒂克和李做出不好的举动，也没有流露出任何抢劫的意图。毫无疑问，他们发出的威胁，只是空口说白话，就像野蛮人经常对付外来者那样。只要客客气气地对待伟大首领托纳伊阿，对三位白人深入本地的动机，做出合理的解释，就可以打消他的所有疑问——如果他有疑问的话——消除敌意。

大家达成一致，同意继续上路。三位旅伴希望尽早追上玛达齐，从他那里找回被窃的钻石，早把别的顾虑抛在脑后。

第十五章　阴　谋

经过一个星期的旅行,远征队到达一个地方,这里与此前经过的地区,包括从格利加兰边界出发,一直到日前经过的所有地区截然不同。这个地方靠近山脉,迄今搜集到的所有关于玛达齐的信息都显示,这条山脉很可能就是他一心向往的目的地。随着地势逐渐抬高,许多溪水顺着山坡流下来,一直流入林波波河,周围的植物和动物种类也发生变化,种种迹象表明,他们已经进入与平原完全不同的地区。

太阳落山前不久,第一道山谷向三位旅行者敞开胸怀,一派清新秀丽的景色呈现在眼前。

一条河流在山谷中奔淌,河水清澈见底,两岸是绿油油的草场,宛如绿宝石般苍翠欲滴。树枝上果实累累,各种颜色的树叶五彩缤纷,山谷的斜坡犹如树叶铺就的地毯,把整个山谷包裹起来。此时,山谷里还能看到阳光,在高大的猴面包树的阴影里,一群群红色的羚羊,还有大群的斑马和野牛,都在安静地埋头吃草。远处,一头白犀牛迈着沉重的步伐,穿过一片宽阔的林间空地,慢慢走向水边,快乐地打着响鼻,一心想着把水搅混,在里面翻滚它那肥大的身躯。大家听到一只猛兽的咆哮,它正躲在矮树丛里,打着哈欠。一头野驴大喊大叫,成群的猴子在树上追逐

此时，山谷里还能看到阳光，在高大的猴面包树的阴影里，一群群红色的羚羊，还有大群的斑马和野牛，都在安静地埋头吃草。

打闹。

　　希培昂和两个旅伴从未见过这般景色,不禁在丘陵坡顶停住脚步,仔细观赏。他们发现自己来到了一片处女地,在这里,野生动物仍然是无可争议的主人,它们自由自在,快活享受,丝毫没有觉察到危险。在非洲大地的这个角落,野生动物的数量如此众多,而且生活得平静安乐,更令人感到惊奇的是,这里野生动物的种类多得出奇。真的可以把这里形容为一幅难得的油画,一位画家在有限的画框内,集中画满了动物世界里所有主要的种类。

　　此外,这里很少有居民。当然,有卡菲尔人,在这片广阔的区域里,他们完全被分散了。迄今,这里人迹罕至。

　　出于学者和艺术家的本能,希培昂欣喜若狂,非常享受这种重回史前时代的感觉,尽管那个时代生活的是大懒兽①,以及其他古老生物。

　　他高声叫道:"这里没有大象,有了它,这个盛大的节日就圆满了!"

　　话音未落,李伸出手臂指给他看,在一处宽敞的林间空地上,有好几个灰色的身影。由于距离太远,看上去好像石块,一动不动,颜色也与岩石无异。事实上,那就是一群大象。草地辽阔,足有数里②之遥,斑斑点点,到处分布着各种动物。

　　在准备宿营地的时候,希培昂问中国人:"这么说,你认出大象了?"

---

① 大懒兽是最大的地懒,见于更新世中美洲和南美洲。
② 这里是指古代的长度单位。

李眨了眨小斜眼睛,简短回答道:

"我曾经在锡兰岛①生活过两年,干的就是狩猎助理。"李对自己过去的经历一向很少谈及。

吉姆·希尔顿叫道:"啊!要是我们能打到一两头大象就好了!这可是一场有趣的狩猎……"

阿尼巴尔·邦达拉西补充道:"是的,这场狩猎的猎获物比火药可值钱多了!两根象牙可是漂亮的战利品,在我们的车厢后部,可以装几十根!……哥们儿,您知道吗?有了这些象牙,足够支付此次旅行的费用!"

吉姆·希尔顿叫道:"这可是个好主意!明天早晨重新上路之前,为什么我们不去试一试呢?"

他们就此展开讨论。最后,大家决定,明天凌晨,天露微光的时候出发,到今天发现大象的地方,也就是山谷的侧面,去捞点财富。

事情谈妥了,急忙吃完晚饭,大家都缩进大车篷里,今晚轮到吉姆·希尔顿值守,他应该待在火堆旁。

大约半夜两点来钟,吉姆·希尔顿独自一人,开始有点儿昏昏欲睡,突然感到有人轻轻推自己的胳膊肘。他睁开双眼,阿尼巴尔·邦达拉西过来坐在身边。

那不勒斯人说道:"我睡不着,于是想过来陪陪您。"

吉姆·希尔顿伸了伸双臂,回答道:"您太客气了。要是我,可舍不得这几个小时的睡觉时间!如果您愿意,我们可以商量

---

① 即今斯里兰卡,旧称锡兰,位于印度洋上的热带岛国。

一下！我去车篷里，到您的位子上睡觉，您留在这里替我守着！"

阿尼巴尔·邦达拉西用低沉的嗓音说道："别！……别动！……我跟您说点儿事情！"

他看了看四周，确信没有别人，接着说道：

"您打过大象吗？"

吉姆·希尔顿回答道："打过，两次。"

"好的！您知道这是一场多么危险的狩猎！大象非常聪明，非常谨慎，非常有攻击力！在人与大象的较量中，经常出现对人不利的情况！"

吉姆·希尔顿回答道："是的！您说的是那些笨人！只要拿着一支好卡宾枪，里面装填了开花弹，那就没有什么好害怕的！"

那不勒斯人说道："这正是我想到的。然而，总会发生意外！……试想一下，如果明天，法国佬遇到意外，那对科学事业可就太不幸了！"

吉姆·希尔顿重复道："那真太不幸了！"

他面露恶意地笑了笑。

看到同伴的坏笑，阿尼巴尔·邦达拉西受到鼓励，接着说道："这场意外对我们来说，没有那么不幸！无非就只剩下我们两个追踪玛达齐，以及他手里的钻石！……而且，对于两个人来说，分配的时候更好商量……"

两个男人沉默了一会儿，眼睛盯着篝火，思索着罪恶的阴谋。

那不勒斯人重复道："是的！……两个人总好商量！三个人，就难办了！"

他们又静默了一会儿。

突然,阿尼巴尔·邦达拉西猛地抬起头,向周围的黑暗里盯着看。

他压低声音问道:"您没看见什么吗?我好像看见那棵猴面包树背后有个身影。"

吉姆·希尔顿也盯着看了一会儿,但是,尽管他的眼神犀利,在营地周围并未发现任何可疑的迹象。

他说道:"什么也没有!就是一件衬衣,中国人晾在那里的,沾了露水!"

很快,两个同谋犯继续谈话,但是,这一次压低了嗓音。

阿尼巴尔·邦达拉西说道:"我能把子弹从他的枪里卸掉,不会引起他的注意!到了攻击大象的时候,我站在他身后放一枪,这时候,让大象盯上他……这个过程不会太长!"

吉姆·希尔顿弱弱地反对道:"也许,您提议的有点儿太微妙。"

那不勒斯人反驳道:"行了!让我来干吧,您将看到这事儿准能成!"

一个小时以后,阿尼巴尔·邦达拉西回来了,钻进车篷,在其他熟睡者身旁躺下,临睡前,他小心地划着一根火柴,查看一遍,确信没有人挪动过。他看到,希培昂、巴尔蒂克,以及中国人都睡得十分深沉。

至少,从表面上看,他们都睡得很死。但是,如果那不勒斯人更细心一点儿,也许能够发现,在李的响亮鼾声里,隐藏着某种假象,以及晦暗的东西。

天蒙蒙亮,大家都起来了。希培昂走到临近的溪水边盥洗,车篷里只有阿尼巴尔·邦达拉西一个人,他乘机拿过希培昂的枪,卸掉了里面的子弹。做这事儿只用了20秒钟。此时,巴尔蒂克正在准备咖啡,李忙着把沾满夜间露水的衬衣收起来,这件衬衣挂在他那根著名的绳子上,绳子拴在两棵猴面包树上。可以确定,没有人看到刚才那一幕。

喝罢咖啡,大家上马,留下巴尔蒂克看守牛车和牲畜。

李要求跟随三位骑士,手里拿着主人的那把猎刀,这就是他的武器了。

走了不到半个小时,三位猎人来到昨晚看到大象的地方。不过,今天,还必须向前多走一点,一直走到一片宽大的林间空地,这片空地伸展在山脚与河流右岸之间,到这里,才找到大象。

在朝阳的照射下,早晨的空气清新而明朗,地上长满细长的野草,好似一片巨大的绿色地毯,湿漉漉的沾满露水,这是一个完整的大象家族,至少有两三百头大象,正在吃早餐。小象们围着它们的妈妈欢蹦乱跳,或者静静地吮吸乳汁。成年大象低着头,有节奏地挥舞着象鼻,吃着草场上厚实的青草。几乎所有大象都在不断扇动皮大衣似的双耳,就好像印度布风扇[①]来回摆动。

面对充满幸福的宁静气氛,一种神圣的感觉油然而生,希培昂被深深地打动了,向同伴们提出,放弃原定的屠杀计划。

他说道:"为什么要杀死这些无辜的生灵?为什么不能让它

[①] 吊在天花板上,用绳子拉动的布制风扇。

们在这个僻静地方和平地生活?"

但是,由于动机不纯,阿尼巴尔·邦达拉西很不喜欢希培昂的建议。

他冷笑着反驳道:"为什么?为了搞几根象牙,为了填满我们的钱包!梅里先生,难道这些庞大的畜生让您感到害怕了?"

希培昂耸了耸肩膀,不愿意搭理这番失礼的言语。不过,看到那不勒斯人和他的同伴继续向林间空地前进,他还是跟了上去。

现在,三个人距离大象仅有200米。这些聪明畜生的听觉十分灵敏,一旦受惊动作十分敏捷,它们还没有发现靠近的猎人,这是因为,一方面,这几个人处于下风头,另一方面,他们正好躲在一棵猴面包树浓密的树丛后面。

但是,还是有一头大象发出了担忧的警报,高举起鼻子,好像举着一个巨大的问号。

阿尼巴尔·邦达拉西低声说道:"到时候了,如果我们想要取得最佳成果,那就必须分头行动,每个人挑选自己的目标,然后,按照约定的信号,一齐开火,因为,枪声一响,整个象群就会逃跑。"

大家都赞成这个主意。吉姆·希尔顿向右侧转移,与此同时,阿尼巴尔·邦达拉西向左侧前进,希培昂则留在中间。然后,三个人继续悄无声息地向林间空地前进。

就在这个时候,希培昂吃惊地感到,两只胳膊猛地紧紧抱住自己,随即耳边听见李小声说道:

"是我!……我刚刚跳上马背骑在您身后!……什么都别

说!……待会儿您就知道为什么了!"

希培昂已经来到树丛的边缘,与大象的距离只有三十来米。他已经拉开枪栓,随时准备应付任何情况,这时,李又对他说:

"您的枪里没有子弹!……别担心!……一切都会好的!……一切都会好的!……"

此时,口哨声响起,这应该是发起总攻的信号,几乎同时,在希培昂身后,响了一枪,只有这一声枪响。

希培昂迅速回过身,看到阿尼巴尔·邦达拉西正试图隐蔽到树干后面。就在这个时候,另一件更严重的事情吸引了他的注意力。

一头大象受伤了,在伤口的刺激下变得疯狂,冲着他奔跑过来。其他的大象,正如那不勒斯人预计的那样,迅速开始逃跑,发出令人恐惧的踏步声,大地开始震颤,方圆两里地都能感觉到。

李继续搂抱着希培昂,叫道:"我们就在这儿!等到那个畜生扑过来的时候,驱动唐普拉闪避!……围着树丛转,让大象追着您!……剩下的事情交给我!"

希培昂没时间多想,几乎是机械地执行李的指令。那头大象高举着鼻子,眼睛充血,张大嘴巴,两根象牙向前,以惊人的速度扑了过来。

唐普拉是匹经验丰富的老马,在骑士两腿膝盖的压力下,极为准确地服从命令,及时地向右侧猛地一跳。这样一来,直冲过来的大象扑了个空,与唐普拉和它身上的骑士擦身而过。

就在此时,中国人一句话都没说,从马背滑到地上,动作迅速地隐藏到刚才指给主人看的那个树丛里。

李再次叫道:"那儿!……那儿!……绕着这簇树丛转!……让大象追着您!"

第一次攻击扑空之后,狂怒的大象转过身,再次扑了过来。希培昂不明白李的这些举动究竟是什么目的,只是一丝不苟地执行他的指令。他继续绕着树丛转,后面跟着气喘吁吁的大象,连续两次依靠唐普拉的快速跳跃,避开了大象的攻击。但是,这套战术能坚持多久?李是不是想把大象拖垮?

希培昂心里想着,无法找到令人满意的答案,就在此时,突然,大象双膝跪倒了,令他大吃一惊。

李看准时机,以无与伦比的灵巧动作,钻进树丛,一直钻到大象脚下,用手中的猎刀,仅仅一刀,干脆利落地割断了大象的脚筋,人们管这个部位叫做"跟腱"。

这种狩猎大象的方式,是汗督人①普遍使用的方式,在锡兰,中国人李应该经常使用这种方法猎象,因为,刚才他的动作十分准确,镇定自若。

大象趴在地上,无能为力,一动不动,象头埋在浓密的草丛中。从它的伤口里,鲜血不断流淌出来,大象很快变得瘫软。

很快,阿尼巴尔·邦达拉西和吉姆·希尔顿出现在这场争斗的舞台上,嘴里叫道:"噢哈!……真棒!……"

吉姆·希尔顿说道:"应该朝它眼睛打一枪,结束它的生命!"

---

① 印度教教徒,或泛指印度人。

他似乎急于采取行动,想在这场悲剧里扮演一个活跃的角色。

说完,他从肩上摘下枪,扣动了扳机。

一瞬间,从这只厚皮动物庞大的身躯里,传出子弹爆裂的声音。大象急剧地抽搐了一阵,不动了,就好像一堆灰色的岩石,瘫在地上。

吉姆·希尔顿说道:"完了!"驱马向前,靠近大象,想要看个仔细。

李看着他的主人,似乎用精细的眼神告诫:"等一等!……等一等!……"

不用等太久,这场表演的恐怖结局不可避免地发生了。

吉姆·希尔顿靠近大象,从马镫上俯身查看,以嘲弄的姿态,伸手试图掀起大象的一只巨大的耳朵。就在此时,大象猛地举起自己的鼻子,抽打到粗心的猎人身上,打折了他的脊柱,击碎了他的脑袋,在场的人面对这个恐怖的结局,目瞪口呆,根本来不及发出警告。

吉姆·希尔顿只来得及发出最后一声惨叫。三秒钟之内,他就变成血肉模糊的一堆,大象随即倒在他身上,再也起不来了。

中国人摇了摇头,以教训的口吻说道:"我就知道它一定会杀人!只要有机会,大象绝不会错过!"

这句话成为吉姆·希尔顿的悼词。年轻工程师还没有从背叛的打击中缓过神来,这次背叛,让他赤手空拳面对一只疯狂危险的大象,由于背叛,他差一点儿成为受害者,现在,两个背叛者中的一个受到应有的惩罚,希培昂不禁感到背叛者罪有应得。

至于那不勒斯人,不管他怎么想,不得不对希培昂和他的仆

李看准时机,以无与伦比的灵巧动作,钻进树丛,一直钻到大象脚下,用手中的猎刀,仅仅一刀,干脆利落地割断了大象的脚筋。

人提高警惕。

与此同时,中国人已经开始用猎刀准备墓穴,他把草地上的草扒开,挖出一个坑,在希培昂的帮助下,很快把敌人残破的遗体放了进去。

做这些事情花费不少时间,当三个人动身返回营地的时候,太阳已经离地平线老高。

当他们回到营地,看到一件令人担心的事情……巴尔蒂克不见了。

就在此时,大象猛地举起自己的鼻子,抽打到粗心的猎人身上,打折了他的脊柱,击碎了他的脑袋。

第十六章　背　叛

在希培昂和他的两个旅伴不在的时候,营地里发生了什么?在年轻卡菲尔人重新出现之前,很难弄清楚这一点。

他们寻找巴尔蒂克,呼叫他,等待他。然而,年轻卡菲尔人踪影全无。已经熄灭的火堆旁,放着他已经开始准备的午饭,这说明,他失踪的时间大约在两到三个小时之前。

对于事情的缘由,希培昂做了很多猜测,但是,这些猜测得不到任何证实。也许年轻卡菲尔人遭到猛兽的攻击?这不太可能:现场没有任何打斗流血的痕迹,甚至,周围也没有任何混乱的迹象。也许,他开了小差,独自回家乡了?毕竟,许多卡菲尔人经常这么做,但是,对于一个如此忠诚的小伙子来说,这种可能性更小,因此,尽管阿尼巴尔·邦达拉西提出这种假设,但年轻工程师绝对拒绝接受。

总之,经过半天时间的找寻,年轻卡菲尔人依然无影无踪,他的失踪成为根本无法解释的谜。

阿尼巴尔·邦达拉西和希培昂协商。经过讨论,一致同意等到明天早晨,然后拔营启程。也许是什么猎物刺激了巴尔蒂克的猎人欲望,引诱他去追寻了,希望明早之前,他能回来。

不过,回想起前不久的那次宿营,一帮卡菲尔人造访营地,强行询问巴尔蒂克和李许多问题,当时,这些卡菲尔人对外地人表示了反感,认为他们都是奸细,是来托纳伊阿国王的领地冒险,想到这些,大家不无道理地思忖,也许,巴尔蒂克落到了这些土著人的手里,并且可能被带到他们的首都去了。

这一天悲伤地结束了,夜晚的情形更为凄凉。悲惨的气氛似乎笼罩了远征队。阿尼巴尔·邦达拉西表现得异常粗野,沉默不语。他的两个帮凶,费里戴尔和吉姆·希尔顿都死了,现在,就剩下他一个,独自面对年轻的对手,他下决心要除掉这个追求者,不仅在钻石的事情上,而且在婚姻的事情上,都要让他出局。对于那不勒斯人来说,这些事情才是正经事。

李已经向希培昂叙述了偷卸子弹事件的前后经过,从现在起,希培昂必须日夜提高警惕,提防自己的旅伴。理所当然地,中国人承担起这项任务中的部分责任。

晚上,希培昂与阿尼巴尔·邦达拉西坐在篝火旁,抽着烟,一言不发,然后,各自回到车厢里睡下,两人甚至没有互道晚安。这天晚上,轮到李值班,他守候在篝火旁边,随时准备驱赶猛兽。

第二天清晨,年轻卡菲尔人依然没有回到营地。

希培昂本想再等24个小时,以便给自己的仆人留下返回的最后机会,但是,那不勒斯人坚持立刻动身。

他说道:"我们完全可以不要巴尔蒂克。如果继续推迟,那就意味着我们最终赶不上玛达齐!"

希培昂同意了,中国人准备收拢牛群,套车出发。

此时,发生了新的令人沮丧的状况,而且后果更为严重。牛群也不见了。昨天晚上,它们还卧在营地周围茂密的草丛里!……现在,却一头也看不见了。

直到此时,大家才发现,巴尔蒂克的失踪给远征队造成的损失究竟有多大!如果这个聪明的仆人还在岗位上,他绝不会忘记把休息了一整天的牛群拴在树上,或者木桩上,因为他最熟悉南部非洲牛群的习惯。一般来说,每天抵达宿营地以后,不需要把卸了车的牛群拴住,因为经过一整天漫长的旅途,它们已经筋疲力尽,只想着在车辆附近吃草,然后就近卧地过夜,不会走远,第二天早晨,牛群离开车辆的距离很少超过100米。但是,如果是经过一整天的休息,吃饱喝足以后,情况就不是这样了。

很明显,这些畜生睡醒之后的第一件事,就是去寻找更好吃的鲜草,而不是昨天已经吃腻了的草。这些牛喜欢游荡,越走越远,直到看不见营地,这个时候,凭着返回牛圈的本能,它们极有可能一头接着一头,踏上返回德兰士瓦的归途。

在南部非洲旅行的远征队,往往会碰到这样的遭遇,对远征队来说,发生这样的事情犹如一场灾难,而且是最严重的灾难,因为,没有了拉车的牛,车厢就变得毫无用处,对于在非洲的旅行者来说,车厢不啻为房屋,也是仓库,甚至是堡垒。

他们沿着牛群的足迹,快速追赶了两三个小时,最后,不得不放弃找回牛群的希望,希培昂和阿尼巴尔·邦达拉西双双陷入极度失望与沮丧。

形势变得极为严峻,于是,他们再次开会协商。

在当前形势下,只有一个切实可行的解决办法:放弃车厢,尽可能地携带食品和装备,骑马继续旅程。如果条件允许,也许很快就能找到一位卡菲尔酋长,并且通过谈判,用一支枪,或者子弹,交换购买另一辆牛车。至于李,他可以骑吉姆·希尔顿的那匹马,大家都知道,那匹马已经没有了主人。

三个人动手折断灌木丛的带刺枝条,把它们遮盖到车厢上,伪装成一簇人造灌木。然后,每个人把自己的口袋尽量装满,包括衣服、罐装食品,以及装备。中国人不得不极为遗憾地放弃红木箱子,因为这箱子实在太沉了;但是,想要劝他下决心放弃那根绳子是不可能的,李把绳子像腰带一样缠在腰上,外面再穿上衣服。

准备工作完毕,他们最后看了这片山谷一眼,这里曾经发生过那么多悲惨的事件,然后,三个骑士重新上路,朝山坡上走去。

这条路和本地的所有道路一样,不过就是猛兽走出来的羊肠小道,猛兽沿着小道去饮水,因此,这些小道几乎总是最便捷的道路。

此时已经过了正午,骄阳当头,希培昂、阿尼巴尔·邦达拉西,以及李快速前进,直到傍晚才停下;随后,他们在峡谷深处,一块巨大岩石的下面,安营扎寨,围坐在干柴燃起的火堆旁,他们互相说道,无论如何,虽然损失了车厢,但事情还没到不可挽回的地步。

此后的两天里,他们就这样往前赶,从不怀疑自己是否沿着那个逃亡者的足迹在追踪。实际上,第二天傍晚,太阳落山前不久,他们正慢慢走向一簇树丛,准备在那里扎营过夜,突然,李从喉咙里爆发出一声惊呼。

"噢!"他叫道,用手指向远处,趁着最后一缕落日余光,看得见一个小黑点沿着地平线在移动。

自然而然地,希培昂和阿尼巴尔·邦达拉西的目光顺着中国人手指的方向望过去。

那不勒斯人叫道:"一个旅行者!"

希培昂急忙把小望远镜放到眼前,接着说道:"这就是玛达齐本人!我能清楚辨认出他那辆小车,还有那只鸵鸟!……就是他!"

希培昂把小望远镜递给邦达拉西,后者看了后也确认无疑。

希培昂问道:"您估计,这个时候,我们与他之间的距离是多少?"

那不勒斯人回答道:"至少有7至8里,也许有10里。"

"那么,我们没有希望在今天宿营前赶上他了?"

阿尼巴尔·邦达拉西回答道:"肯定没希望。半个小时后,天就黑透了,往那个方向去追,连想都别想!"

"那好吧!明天一大早就出发,我们肯定能追上他!"

"我也是这么想的。"

于是,三个骑士来到树丛前,下马落地。根据惯例,他们首先照顾自己的马匹,用草束替马擦身,认真把马擦洗干净,然后把马拴到木桩上,让它们去吃草。在这段时间里,李忙着把篝火点燃。

做这些准备工作的时候,天色黑下来了。与前几天相比,今天的晚饭气氛要愉快许多。但是,必须抓紧时间,三个旅行者裹上毛毯,躺倒在篝火旁,这堆篝火必须不断添加木柴,不能熄灭,他们头枕着各自的马鞍,准备入睡。明天天亮之前,他们必须起身,越过宿营地继续前进,直到追上玛达齐。

那不勒斯人叫道:"一个旅行者!"

希培昂和中国人很快进入梦乡,对他们来说,也许这有些不够谨慎。

那不勒斯人没有睡着。连续两三个小时,他在毛毯里翻来覆去,心中一个念头挥之不去。他又萌生了一个罪恶的企图。

最后,无法抗拒这个念头,他悄无声息地爬了起来,走近马匹,给自己的马鞴上马鞍;然后,解开唐普拉以及中国人的马,拉着三匹马的缰绳,撇下其他两人,独自离开。周围都是细长的野草,地面上厚实的草垫完全淹没了三匹牲畜的蹄声,马匹虽然被意外惊醒,但仍然盲目地顺从着。阿尼巴尔·邦达拉西牵着马,一直下到小山谷的谷底,斜坡上面就是宿营的地方。他把马匹拴到一棵树上,然后返回营地。两个睡着的旅客纹丝不动。

那不勒斯人收拾起毛毯和来复枪、他的装备,以及一些食物;然后,冷酷无情地,毫不犹豫地将自己的两个旅伴抛弃在荒野之中。

自从太阳落山的那一刻起,一个念头就纠缠在那不勒斯人的心里,那就是,设法偷走两匹马,让希培昂和李无法追上玛达齐。这样一来,就能确保赢得胜利。至于这次背叛的卑劣性质,抛弃同伴的行为多么可耻,以及两个同伴始终给予他的良好帮助,所有这些都无法阻止他如此恶劣的行径。他骑上马,另外两匹牲畜还在原地响亮地打着响鼻,山岗上方,升起一轮明月,借着明亮的月光,那不勒斯人牵着两匹马,纵马快速远去。

希培昂和李始终在酣睡。直到夜里三点钟,中国人才睁开双眼,仰头望着东方地平线上闪烁的星星。

他自言自语道:"该起来准备咖啡了!"

很快,他掀起盖在身上的毛毯,站起身,先做例行的早晨盥洗,无论在城市里,还是在荒野上,他始终保持这个习惯。

突然,他自问道:"邦达拉西到哪里去了?"

此时,天已露出鱼肚白,营地周围的一切逐渐变得清晰。

李对自己说道:"马匹也都不在了!难道这个哥们儿……"

他对发生的一切起了疑心,赶紧跑到木桩前,昨天晚上,马匹都拴在那里,他绕着营地转了一圈,一瞬间,他确认,那不勒斯人和他的行李都不见了。

事情再明白不过了。

如果是一个白人,此时很自然地可能采取的举动,就是赶紧跑去叫醒希培昂,及时告诉他这个非常严重的消息。但是,中国人是个黄种人,对他来说,当需要宣布一个不幸的消息时,最好不要着急。于是,他镇定自若地开始准备咖啡。

他对自己说道:"这个混蛋给我们留下了行装和物资,还算手下留情!"

李用一个自制的布袋,仔细庄重地把咖啡过滤,倒进两只碗里,这是用鸵鸟蛋壳雕刻的碗,李习惯于把它们挂在衣服扣眼上;然后,他走近仍在酣睡的希培昂。

李碰了碰希培昂的肩膀,礼貌地说道:"小爸爸,您的咖啡准备好了。"

希培昂睁开眼睛,伸展四肢,对中国人微笑着,坐了起来,开始喝着热气腾腾的咖啡。

直到此时,他才注意到那不勒斯人的位置是空的,人不在了。

他问道:"那么,邦达拉西在哪儿呢?"

"走了,小爸爸!"李用极其自然的口气回答着,就好像此事早在意料之中。

"什么?……走了?"

"是的,小爸爸,他还带走了三匹马!"

希培昂掀开毛毯,向周围看了一圈,立刻明白了一切。

但是,希培昂的性格相当自负,丝毫没有流露出担心和愤慨的心情。

他说道:"这下可好了,不过,这个坏蛋可别妄想赢得最后胜利!"

希培昂来回走了五六步,紧张地思考着,琢磨应该采取什么措施。

他对中国人说道:"必须立刻动身!我们把马鞍和马笼头留在这里,所有体积太大、分量太重的东西都留下,只需带上枪支,以及剩下的食物!如果走得快,我们的速度可以和他差不多,也许,我们还可以抄近道!"

李迅速执行指令。几分钟后,毛毯已经卷好,口袋也扛上了肩膀:所有不得不放弃的东西都被堆起来,放在许多荆棘枝条下面,随后,他们快速启程。

希培昂说得很有道理,在某些情况下,步行的方式也许更合适。他们可以选择最短的路线,翻越任何马匹都不可能攀爬的陡峭山坡,不过,付出的代价就是真累人!

大约下午1点钟的时候,两个人来到山脉的北坡,沿着这条山脉,他们已经走了三天。根据罗拜普提供的信息,此地距离托纳伊阿的首都应该不太远了。不幸的是,这些信息过于含混,无法准确判断应该走哪条路,而且,茨瓦纳语言里关于距离的表述极为混乱,令人很难预先判断出,从这里到托纳伊阿的首都,究竟有两天还是五天的路程。

希培昂和李翻过山脊,面前出现了一个山谷,这是在北坡遇到的第一个山谷,他们顺着山谷的斜坡向下走,此时,李轻声笑了笑,说道:

"长颈鹿!"

希培昂向山下望去,果然看到二十来头动物正在谷底吃东西。老远看去,这些动物优雅地伸长桅杆似的脖子,或者像蛇那样弯下脖子把头埋进草丛,它们的身躯足有三四米高,身上布满黄色的斑点。

李提议道:"我们可以抓住其中的一头,用它来代替唐普拉。"

希培昂叫道:"骑上一头长颈鹿!噢!谁见过这样的事情?"

中国人反驳道:"我不知道是否有人见过,但是,您可以见到,只要您允许我试一试!"

希培昂从来没有见过这么新鲜的事情,觉得简直匪夷所思,不过,他声称,愿意在李的行动中提供协助。

中国人说道:"长颈鹿的嗅觉十分灵敏,我们现在处于长颈鹿的下风方向,这点非常有利,否则,我们早就被它们发现了!如果您愿意,只需向右侧包抄过去,然后放一枪惊吓它们,让它们冲我的方向跑过来,您无须再做什么,让我来处理剩下的事情!"

希培昂赶紧把身上所有可能妨碍行动的物品放到地上，然后，拿着枪，按照他的仆人的指示开始行动。

李也抓紧时间，沿着山谷斜坡快速跑下去，一直跑到谷底一条小路旁边。从地上密布的长颈鹿蹄子留下的痕迹看，这里明显就是它们常走的道路。在那里，中国人藏在一棵大树后面，从腰里把那根从不离身的绳子掏出来，截成两截，每截的长度大约有30米。然后，他把每截绳索的一端拴上一块石块，让绳索巧妙地变成一根套马索，再把绳索的另一端系在较低的树枝上。最后，他细心地把绳索绕在左臂上，躲在一截木头后面等待。

等了不到5分钟，远处响起一声枪响。很快，传来急促的踏步声，很像一队骑兵在奔跑，声音越来越近，与李之前预测的一样，长颈鹿群正在向这里跑过来。鹿群沿着它们习惯的小路，朝李的方向直奔，没有怀疑在下风头隐藏着一个敌人。

这些长颈鹿的个头实在够大，朝天鼻，小脑袋，垂着舌头，惊慌失措。李看着长颈鹿跑过来，镇定自若，他精心选择的位置恰好位于道路的狭窄处，在那里，只能容许两头长颈鹿并驾齐驱，现在，他要做的就是等待。

他先放过了前面的三四头长颈鹿；随后，瞄准后面身材特别高大的一头，抛出了第一根套马索。绳索带着呼啸声，猛地缠住了这头畜生的脖子，长颈鹿又向前跑了几步，但是绳索立刻绷紧，锁住了它的咽喉，长颈鹿停了下来。

中国人没有浪费一点儿时间，看到第一根套马索成功了，立刻拿起第二根，朝另一头长颈鹿抛了出去。

第二次出击也很成功。所有这一切发生在不到半分钟的时

长劲鹿又向前跑了几步,但是绳索立刻绷紧,锁住了它的咽喉,长颈鹿停了下来。

间里。长颈鹿群受到惊吓,已经四散逃走;但是那两头被卡住喉咙的长颈鹿喘不过气来,不得不成为俘虏。

希培昂本来不太相信这个办法,此时跑了过来,中国人冲他叫道:"成功了,小爸爸!"

在事实面前,希培昂不得不承认李成功了。眼前这两头漂亮的畜生,个头高大,肌肉丰满,强壮有力,腿弯纤细,臀部光亮。希培昂看着它们,欣赏着,但是,心里却在琢磨,若想骑上去驾驭它,这事儿似乎不大靠谱。

他笑着说道:"可是,怎么骑到它的背上去?它的脊梁长度有60厘米,向后倾斜到臀部。"

李回答道:"就像骑马一样,但不是骑在这畜生的背上,而是骑在它的肩膀上。另外,在鞍子后部的下面,不是可以裹一层毛毯吗?"

"我们没有鞍子。"

"我一会儿就去给您搞一个。"

"给它们的嘴上套个什么样的笼头呢?"

"您一会儿就能看到了。"

中国人说到做到,他说出来的话总能很快落实到行动。

晚饭的时间还没到,中国人已经用自己的绳索做好两个非常结实的笼头,他把笼头给长颈鹿戴上。两头可怜的畜生被这场遭遇吓得失魂落魄,但是,它们的脾气一向温顺,没有做出任何反抗的举动。笼头绳子的另一端,就成为驾驭的缰绳。

准备工作完毕,剩下的事情就是驾驭两头俘虏上路了。希培昂和李沿着来时的路返回昨晚的宿营地,取回一个马鞍,以及曾经不得不抛弃的物品。

一个晚上都在做完善工作。中国人的手真是太灵巧。他不仅很快改造了希培昂的马鞍子,让它能够水平地安放在长颈鹿身上,而且还用树枝为自己编造了一个鞍子;随后,出于谨慎,他又花费了半个晚上驯服两头长颈鹿,粉碎了它们微弱的反抗企图,中国人反复骑乘两头畜生,使用强有力的手段,让它们懂得服从。

第十七章　非洲式障碍赛马

第二天早晨,两位骑士准备上路,他们的样子看上去有些怪诞。希培昂无法确定,自己是否喜欢在沃金斯小姐面前,以这样的装束,出现在旺地嘎尔特矿区的大街上。但是,战争就是战争,一切只好随遇而安。他们现在身处荒山野岭,骑着一头长颈鹿,未必就比骑一头单峰骆驼更令人觉得奇怪。更何况,长颈鹿的步伐与那些"沙漠之舟"的步伐颇有几分相似。实际上,长颈鹿的步履坚实得吓人,骑在上面极为颠簸,一开始,两位旅伴都觉得屁股被颠得有些疼。

两三个小时以后,希培昂和中国人觉得能够适应了。实际上,长颈鹿步行的速度很快,而且表现得相当驯服,一开始,曾经有过几次反抗企图,但很快就被镇压下去,然后就一切顺利了。

现在必须加快速度,把过去三四天旅途中损失的时间弥补回来。此时,玛达齐应该已经在路上了!阿尼巴尔·邦达拉西是不是已经追上他?不管怎样,希培昂下定决心,不惜代价,一定要达到预定目标。

经过三天的奔波,两位骑士,或者更准确地说是两位"长颈鹿骑士"终于来到平原地区。现在,他们沿着一条弯弯曲曲的河流右岸前行,水流的方向就是北方,毫无疑问,这是赞比西河①的一条支流。经过李连续使用的饥饿疗法,两头长颈鹿已经完全驯服了,驾驭起来十分顺手,但是,经过长途跋涉,它们的体力明显下降。希培昂已经可以不用手勒缰绳,仅仅依靠两腿膝盖的压力,就能指挥长颈鹿前进了。

这样一来,驾驭的注意力可以放松,希培昂终于有兴致观赏四周的景观,他们刚刚穿过一片野蛮荒凉的地区,现在,文明社会的迹象开始陆续出现。田野里,每隔一段距离,陆续出现种植的木薯或者芋头,这些田地耕种得十分齐整,具备灌溉系统,用竹子连接起来的管道把水从河里引过来,道路也变宽了,出现坚实的路面,总之,眼前一派欣欣向荣的景象。远处地平线的山坡上,出现了形状像蜂窝的白色茅草房,居住着稀疏的居民。

不过,可以感觉得出,这里依然处于荒野地区的边缘地带,平原上还能看到数量众多的野生动物,包括反刍动物和其他动物。天空中,飞翔着一群一群鸟儿,数量可观,大小不一,种类各异,遮天蔽日。成群不同种类的羚羊横穿过道路,有时候,河里还能看到昂头露出水面的可怕的河马,咆哮怒吼之后,重新沉入水中,拍打水面发出巨大声响。

希培昂被眼前的景色吸引,完全没有料到一次意外的遭遇,当时,他刚刚转过一个小山丘,后面跟着自己的旅伴。

这场遭遇的对象,不是别人,正是阿尼巴尔·邦达拉西,他正在纵马疾驰追赶玛达齐。他们两个人之间的距离最多只有一里

---

① 赞比西河又名利巴河,全长2660千米,是南部非洲第一大河,干流流经安哥拉、纳米比亚、博茨瓦纳、津巴布韦、赞比亚和莫桑比克等国,支流流经马拉维,干流注入印度洋的莫桑比克海峡。

地,与希培昂和中国人之间的距离至少还有4里地。

这时,骄阳当头,阳光正好照射到他们,在一片平坦的原野上,艳丽的阳光令人眼花缭乱,这里刚刚刮过一阵东风,空气被打扫得清澈透明,眼前的场景清晰可见。

面对眼前的场景,希培昂和李两人激动万分,他们的第一个举动,是真正的阿拉伯骑兵的举动:希培昂高喊一声:"乌拉!"紧接着李也喊道:"乌拉!"这两声喊叫的含义一样,都是表示庆祝。随后,他们驱动长颈鹿全速追了上去。

很明显,玛达齐已经看见了那不勒斯人,后者紧追不舍,越来越近;但是,他还没有看见山丘矿的旧主人和旧哥们儿,因为,他们还远在平原的边缘。

年轻卡菲尔人知道,这个那不勒斯人不会宽恕自己,他将不接受任何解释地把自己像狗一样杀死,因此,看到那不勒斯人追来,玛达齐拼命驱赶鸵鸟拖拽的小车,鸵鸟跑得飞快,就像"飞"一样。它跑得太快了,小车突然遇到一块大石头,发生猛烈碰撞,小车的车轴经过长途旅行早已破损,再经过这次撞击,立刻折断。一只车轮从车轴上脱落,玛达齐和小车一起摔倒在道路中央。

可怜的卡菲尔人被严重摔伤。但是,恐惧令他不顾伤痛,或者说,恐惧令他更加不顾一切。他十分清楚,落在那不勒斯人手里将会面临怎样的下场,于是,从地上迅速爬起来,急速把鸵鸟从小车上卸下,纵身飞跃到鸵鸟背上,继续驱赶鸵鸟狂奔。

于是,开始了一场骇人听闻的障碍赛,自从古罗马时代经常举行长颈鹿与鸵鸟赛跑以后,很久以来,世人还不曾看见过这样

于是,开始了一场骇人听闻的障碍赛。

的比赛。

实际上,就在阿尼巴尔·邦达拉西追赶玛达齐的同时,希培昂和李也在他们身后跟踪追击。他们希望把前面的两个人都抓住,抓住玛达齐是为了解开钻石失踪的谜团;抓住卑鄙的那不勒斯人,则是为了让他受到应得的惩罚。

两个骑士看到鸵鸟小车发生的事故,更加全力驱动长颈鹿跑得飞快,几乎赶得上血统最纯正的赛马,它们的长脖子向前伸直,嘴巴张开,耳朵倒贴在脑后,两个骑士依然不断用马刺刺,用鞭子抽,迫使它们把奔跑能力发挥到极限。

至于玛达齐的鸵鸟,已经达到奇迹般的奔跑速度。任何一场德比战①或者巴黎大奖赛的获胜者也无法与它媲美。它那短小的翅膀于飞翔毫无用处,但是,却能帮助它加快奔跑速度。鸵鸟的奔跑优势如此明显,几分钟之后,年轻卡菲尔人与追踪者之间的距离就被明显拉大了。

啊!玛达齐把鸵鸟作为自己的坐骑真是选对了!只要他能把现在的速度再保持一刻钟,就能彻底摆脱追击,逃脱那不勒斯人的魔掌。

阿尼巴尔·邦达拉西也清楚,慢一步都可能让他丧失比赛优势。现在,逃亡者与他的距离正在扩大。这场比赛的场地是一片玉米地,过了这片玉米地,是一片茂盛的乳香黄连木和印度榕树,树叶在微风下摇曳,整座树林浓密阴暗,一望无际。如果玛达齐到达那里,那不勒斯人将无法找到他,因为在树林里根本看

---

① 德比是体育用词,可用于多项体育赛事。

不见。

希培昂和李一直跟在后面奔跑,注视着这场争斗。他们来到丘陵山脚,穿过田野,但是,现在距离前面的猎人和猎物还有三里之遥。

不过,他们看得见,那不勒斯人经过异乎寻常的努力,又缩短了一点儿与逃亡者的距离。或者是由于精疲力竭,或者是由于碰到树桩或石头受了伤,鸵鸟的速度明显开始放慢。很快,阿尼巴尔·邦达拉西与卡菲尔人的距离只剩下三百码了。

然而此时,玛达齐已经到达树林的边缘;突然,年轻卡菲尔人消失了,与此同时,阿尼巴尔·邦达拉西猛地从马上摔了下来,滚落到地上,而他的马则沿着田野跑开了。

李叫道:"玛达齐跑掉了!"

希培昂回答道:"是的。不过,这个混蛋邦达拉西会落到咱们的手里!"

两个人同时加快了长颈鹿的脚步。半个小时后,穿过一大片玉米地,他们来到距离刚才那不勒斯人坠马地点500码的地方。现在的问题是,必须知道阿尼巴尔·邦达拉西是否已经站起来,并且走进了那片树林,或者,他在坠马的时候是否严重受伤,躺在地上,也许已经死了!

那个卑鄙的人还在那里。距离大约100码,希培昂和李站住了,看清楚原来是这么回事。

卡菲尔人为了保护丰收的果实,与鸟儿进行着一场无休止的战争,为了捕捉鸟儿,他们张开了一张硕大的网子,那不勒斯人在快速追击的时候,没有看到这张网。正是由于撞上了鸟网,阿尼巴尔·邦达拉西才从马上坠落。

这张网的规模可不小！边长至少有50米，网子下面笼罩了数千只鸟儿，这些鸟儿的种类繁多，大小各异，毛色斑斓，其中甚至还包括好几只胡兀鹫，这种鸟的翼展长达1.5米，经常在南部非洲上空翱翔。

那不勒斯人恰好跌落在这群飞禽中间，自然引起一阵剧烈的骚动。

阿尼巴尔·邦达拉西坠马的时候被摔得头昏眼花，很快就试图爬起来。但是，他的胳膊腿、手和脚都被鸟网缠住了，一时半会儿无法挣脱。

那不勒斯人急于摆脱纠缠，但是，他拼命挣扎的同时，却晃松了固定鸟网的树桩，甚至把树桩拔了出来，与此同时，网里面的大小鸟儿也在拼命挣扎，想要逃跑。

那不勒斯人越是使劲，巨大的鸟网纠缠得就越紧。

这时候，又发生了一件让那不勒斯人感到耻辱的事情。一头长颈鹿向他靠近，骑在上面的不是别人，正是中国人。李从长颈鹿背上跳下来，冷静地打着坏主意，觉得把那不勒斯人抓住的最稳妥方式，就是用鸟网把他彻底缠住，于是，中国人手脚麻利地开始把系在木桩上的鸟网绳子解开，然后想把鸟网一点儿一点儿地折叠起来。

就在这个时候，发生了出人意料的戏剧性的一幕。

突然刮起一阵大风，周围的树木都被吹弯了腰，就好像一个巨大的喇叭贴着地皮吹了过去。

此时，阿尼巴尔·邦达拉西还在做着绝望的努力，大多数拴网的树桩都已被拔起,鸟网原本依靠这些木桩被拴住固定在地面。眼看着自己可能成为中国人的俘虏,那不勒斯人使出浑身的力气拼命挣扎。

突然,狂风再次吹起,鸟网整个被掀了起来,最后几根固定鸟网的绳子被挣断,庞大鸟网下笼罩的数千只长着羽毛的囚犯腾空飞起,嘈杂声震耳欲聋。个头较小的鸟儿纷纷飞走,那些大鸟儿的爪子还缠在网眼里,但是它们的巨大翅膀已经获得自由,纷纷扇动起来。所有这些翅膀一齐扇动,所有这些大鸟的胸肌一齐发力,在狂风的推动下,形成了一股巨大的升力,100公斤重量在这股升力面前,犹如一根纤细的羽毛。

就这样,鸟网被风吹得卷起来,网眼相互折叠,更加兜风,终于突然飞到了空中,迅速上升到距离地面25米或者30米的高度,网子里裹着阿尼巴尔·邦达拉西,他的手脚依然被鸟网死死缠住。

这个时候,希培昂赶到了,他亲眼看到自己的敌人被掳到天上,一直向云彩里飞去。

就在此时,那群胡兀鹫经过第一次挣扎,有点儿累了,试图重新落地,只见它们在空中划了一个巨大的弧形轨迹,三秒钟之后,它们已经飞到那片乳香黄连木和印度榕树的树林边缘,这片树林位于玉米地的西边。它们低空掠过树梢,在距离地面三四米的高度飞过,最后再次飞起,飞向高空。

希培昂和李恐惧地看着鸟网里面兜着的可怜人,现在,这些大鸟齐心协力,借助风力,飞行的高度已经超过150码。

突然,在那不勒斯人的不断挣扎下,好几个网眼被挣断了,可以看见他的身体掉下来,他试图用手拽着鸟网的绳子……但是,他的手松脱了,整个身体像一个铅坠从空中坠落下来,摔碎在地上。

鸟网摆脱了这个重物,在半空中最后一次向上腾跃,随后坠落在几里地以外,那些大鸟则继续向更高的天空飞去。

希培昂快步跑向自己的敌人,还想救他一命,但是,他已经死了……在如此恐怖的遭遇里死去!

当初,四个竞争者为了同一个目标,共同穿越德兰士瓦平原,如今,就剩下希培昂一个。

突然，在那不勒斯人的不断挣扎下，好几个网眼被挣断了，可以看见他的身体掉下来，他试图用手拽着鸟网的绳子。

第十八章　会说话的鸵鸟

目睹了这场可怕的灾难,希培昂和李的心中只有一个念头:尽快离开发生这场灾难的地方。

他们决定顺着这片茂密的树林向北走,走了一个多小时以后,来到一处几近干涸的河流岸边,这条河床把茂密的乳香黄连木和印度榕树组成的树林打开一个缺口,沿着这个缺口,可以绕开茂密的树林。

在那边,一个新的惊喜等待着他们。这条河流注入到一个水面相当宽阔的湖泊,湖岸上,生长着茂密的植物,遮挡了看往湖面的视线。

希培昂本想后退几步,过河沿着左侧湖岸前进,但是,脚下的河岸异常陡峭,迫使他不得不放弃这个方案,另一方面,如果按照原路退回去很远,又可能就此失去找到玛达齐的希望。

然而,在湖的对岸上,可以看到隆起的丘陵,这些连绵起伏的丘陵一直伸向远处的高山。希培昂考虑,如果能爬上那些丘陵顶端,就可能俯瞰周边地区,进而确定前进的方案。

他和李开始行动,准备向右绕过湖泊。湖边根本没有路,行进极为艰难,有时候,他们不得不下来牵着长颈鹿往前走。经过三个多小时的努力,他们推进的直线距离不过只有7到8千米。

最后,他们终于绕了过去,抵达出发地点正对面的湖岸,此时,夜幕马上就要降临。两个人都已筋疲力尽,于是决定就地宿营。目前,他们的物资已经不多了,宿营生活不可能安排得很舒适。然而,李仍然按照习惯,竭尽全力去安排;一切安排妥当,他找到自己的主人。

李用温和的语气,安慰地说道:"小爸爸,我看您真的累了!我们的物资储备差不多消耗光了!请让我去寻找附近的村庄,那里的人应该不会拒绝帮助我们。"

希培昂立刻叫起来:"李,你要离开我?"

中国人回答道:"小爸爸,必须这样做!我骑上一头长颈鹿,向北方去寻找!……罗拜普对我们说的那个托纳伊阿的首都,应该离我们现在所处的地方不远,我去做好安排,让他们热情欢迎您。然后,我们返回格利加兰,在那里,您再也不用害怕这几个坏蛋,他们三个都已经在远征途中死掉了。"

年轻工程师仔细考虑了忠诚的中国人提出的建议。他明白,一方面,如果能够找到年轻卡菲尔人,那一定是在这个地区,因为,他们昨天就曾看到过他。因此,不能离开此地。另一方面,必须补充已经枯竭的物资储备。希培昂决定,尽管他非常不愿意与李分开,但还是让李动身,他将在此地等候李返回,等候时间为48个小时。在这48个小时内,李将骑上奔跑速度极快的长颈鹿,寻找道路穿过这个地区,完成任务后返回宿营地。

商量妥当,李不愿浪费一点儿时间。至于休息的问题,他从来很少考虑!甚至可以不用睡觉!于是,李告别希培昂,亲吻了他的手,牵过来自己的长颈鹿,跳了上去,消失在夜幕之中。

自从离开旺地嘎尔特-山丘矿以来,希培昂第一次独自一人待在荒野之中。他感到一阵深深的悲哀,钻进毛毯以后,脑海里全是凄凉的胡乱揣测。他现在孑然一身,几乎弹尽粮绝,在这个陌生的国度里,将会面临何种遭遇?这里距离文明世界还有好几百里①。现在看来,追上玛达齐的希望非常渺茫!也许现在自己与玛达齐相距不过500米远,但是却毫无察觉?毫无疑问,这是一次灾难性的远征,充满了各种悲剧性的事件!差不多每前进100里,就要以一个同伴的生命为代价!现在,就剩下一个人……自己……!那么,自己是否也会像其他人一样悲惨地死去?

希培昂脑子里充满了这些伤感的胡思乱想,最后,终于沉沉睡去。

第二天早晨醒来,清新的空气,良好的睡眠,让希培昂重新恢复了信心。在等待中国人的时候,他决定攀登到山岗顶部,昨晚的宿营地就在山岗脚下。在山上可以放眼俯瞰四周,借助小望远镜,也许还能发现玛达齐的踪迹。但是,这样一来,他就必须暂时与长颈鹿分开,因为,还没有任何博物学家曾经把这类四蹄动物归入攀岩动物类。

希培昂把李精心编织的笼头从长颈鹿头上卸下来;在它的腿弯处系上绳子,绳子另一头系在一棵周围长满茂密野草的树上,绳子的长度足够长,可以让长颈鹿方便地吃草。实际上,如果考虑到它的长脖子与绳子的长度比例,这头优雅畜生的活动范围已经足够大了。

----

① 这里是指法国古里,1里约合4公里。

准备工作完成之后,希培昂把枪背到肩上,毛毯扛到另一侧肩上,友好地拍了拍他的长颈鹿,说了声再见,转身开始向山顶攀登。

攀登运动漫长而艰辛。整整一天里,希培昂不断攀登陡峭的山坡,绕过无法攀登的山岩和峭壁,如果从山岩北边或者西边爬不上去,就绕到山岩的南边或者东边再次尝试。

夜幕降临的时候,希培昂还只爬到半山坡,他不得不等到明天再继续攀登。

第二天一大早,希培昂遥望营地,确信李还没有回来,于是继续向上攀登,终于在上午将近11点钟的时候,成功登顶。

等待他的是大失所望,这个结果实在残酷。天上浓云密布,山坡下大雾弥漫,希培昂努力尝试透过迷雾看清临近峡谷的状况,但是徒劳无功。整个地区都笼罩在变幻不定的浓雾之中,浓雾下面究竟有什么,根本无法窥见。

希培昂顽固地等待着,希望出现云团缝隙,露出大片的空间,让他能够把下面一览无余;然而,毫无希望。随着时间的推移,云团似乎越来越浓密,夜幕降临的时候,终于下起了雨。

这次气候变化来得比较突然,年轻工程师措手不及,因为他所处的山顶像个圆盘,无遮无挡,连棵树都没有,更没有可供避雨的岩石,就连地皮都是光秃秃的,夜幕已经笼罩四周,天色越来越暗,伴随着蒙蒙细雨,雨水逐渐渗透到毛毯、衣服里,一直浸湿到皮肤。

情况变得越来越糟糕,但也只好硬着头皮忍受。在这种时候动身下山,那简直就是发疯。希培昂只好待在原地,让雨水把全身浸透,一直湿到骨头,心里盘算着,明天也许是个艳阳天,阳光能把身上晒干。

最初的不安和担心过去之后,希培昂面对危险境地,自己安慰自己,经过前几日的燥热,这场雨犹如冲个凉水澡,没有什么了不起,最令人难受的后果之一,无非就是只能吃一顿冰冷的晚饭,或者是一顿没有做熟的饭。在这样的天气里,根本别想生起篝火,甚至连一根火柴都划不着。他只好打开一罐焖家禽肉,没有经过加工,直接吞到肚里。

一个小时,或者两个小时过后,年轻工程师已经被冰冷的雨水浇得麻木了,他的头枕着一块石头,石头下面压着湿透的毛毯,终于沉睡过去,第二天天亮的时候,他醒了,发现自己开始发高烧。

天上的大雨还在一个劲地往下浇,希培昂知道,如果继续长时间洗这场凉水澡,自己就会遇到大麻烦。他努力站起身,把枪当作拐杖拄着,开始下山。

他急于知道山下的情况,一路跌跌撞撞,时而在泥泞的斜坡上滚倒,时而顺着湿滑的岩石往下出溜,高烧让他浑身无力,气喘吁吁,眼前一片模糊,甚至意识也开始模糊,但是,他依然坚持往前走,终于在中午时分到达宿营地,他曾经把长颈鹿留在这里。

但是,那头畜生已经离开了,毫无疑问,它耐不住寂寞,也许是由于饥饿,因为,以绳子长度为半径的圆圈内,所有的草都被吃得一干二净。由于饥饿,它开始攻击系住自己腿的绳子,并且在咬断绳子后,重新获得自由。

他急于知道山下的情况,一路跌跌撞撞,时而在泥泞的斜坡上滚倒,时而顺着湿滑的岩石往下出溜。

如果希培昂的身体状况正常，他本来会对这场新的厄运打击做出强烈反应；但是，极度疲惫已经让他浑身瘫软。到达营地后，他用最后一点儿力气扑到防水军用背囊上，很幸运地找到并且换上干衣服，然后，筋疲力尽地一头栽倒在营地旁的猴面包树下。

此时，希培昂陷入奇怪的半睡眠状态，伴随着高烧和谵妄，脑子里混乱地充满了各种概念，时间、空间，以及距离的概念都丧失了现实性。现在是白天还是黑夜？是出太阳还是下雨？他躺在这里已经12个小时了，还是已经60个小时？他还活着，或者已经死了？他一无所知。美梦与可怕的噩梦轮流出现，在他梦境的舞台上一刻不停地轮番上演。巴黎、矿业学院、故乡、旺地嘎尔特－山丘矿、沃金斯小姐、阿尼巴尔·邦达拉西、希尔顿、费里戴尔，还有大群的鸟儿飞翔在无边无际的天空，所有的记忆、所有的感觉、所有的反感，所有的温情，所有这一切都浮现在头脑里，好像一场支离破碎的争斗。除了高烧引起的幻觉，有时候，希培昂还能对外部世界产生一些感觉。特别是一些恐怖的感觉，豺狼疯狂的嘶叫、山猫的叫声、鬣狗的冷笑声，希培昂病得不省人事，吃力地在昏迷中编织着谵妄故事，似乎听到一声枪响，紧接着，周围恢复平静。随后，恶毒的画面再次轮番出现，一直延续到天亮。

毫无疑问，在出现幻觉的这段时间里，希培昂不知不觉地经历了从高烧到死亡的过程，但是，出现了极为奇特怪诞的现象，至少从表面上看是这样，阻止了这个过程的自然进展。

清晨降临，雨已经停了，太阳已经升起老高。希培昂睁开双眼,似乎并不意外地看到一只硕大的鸵鸟来到自己面前,停在两三步远的地方。

凭着脑海里的深刻印象,他自忖道:"这是不是玛达齐的那只鸵鸟?"

这只涉禽自己开口说话,回答了希培昂的疑问,而且,还是说的纯正的法语。

"我没看错!……希培昂·梅里!……我可怜的哥们儿,你在这里搞什么名堂?"

一只鸵鸟在说法语,一只鸵鸟居然知道他的名字,这件事情肯定能让一个老成持重而且聪明的普通人感到吃惊。但是,希培昂却对这个不可思议的现象无动于衷,并且觉得很正常。昨天夜里,在梦幻中,他已经看到这种现象了!这不过就是他的神经机能生病导致的后果。

希培昂回答道:"鸵鸟太太,您不够持重。您有什么权利用你来称呼我呢?"

他的语气干巴巴的,断断续续,大凡高烧的病人都是这样,不允许别人怀疑自己的身体状况——希培昂的话令鸵鸟非常开心。

鸵鸟双膝跪倒在他面前,叫道:"希培昂!……我的朋友!……你生病了,独自一人在这荒山野岭!"

与涉禽说人话相比,涉禽下跪这个动作,从生理学角度分析,这不仅是不正常,简直就是一个奇迹,因为正常情况下,骨骼结构不可能允许鸵鸟跪下来。但是希培昂发着高烧,固执地依然保持镇定自若。鸵鸟从左边翅膀下拿出一个皮水壶,里面装满清凉的水,水里掺了白兰地酒,甚至当鸵鸟把水壶口放到他嘴唇上的时候,希培昂仍然没有觉得很奇怪。

直到这只动物做了一个动作,才让希培昂感到有些吃惊,只见这只奇怪的动物站起身,从身上掀起一个外套,外套外面粘了一层羽毛,看起来就像他身上长的天然羽毛,外套上面安装了长脖子,脖子上面顶着一只鸟儿的脑袋。鸵鸟脱掉这身华丽的伪装,把外套放到地上,展现在希培昂面前的是一个高大的汉子,结实健壮,不是别人,正是法拉蒙·巴尔德斯,世间少有的伟大猎手。

法拉蒙叫道:"噢!是的!是我!你听到我说第一句话的时候,居然没有听出来我的声音?……你对我的奇装异服感到吃惊?……这套伪装是我从卡菲尔人手里借来的,用它可以接近真正的鸵鸟,更容易地用标枪击中它们!……不过,说说你自己,我可怜的朋友!……你怎么就到了这里,还生着病,遭人遗弃?……我到这边闲逛,十分偶然地发现了你,我都不知道你在这个地区!"

希培昂的身体状况不容许他多说,只向他的朋友大致叙述了自己的经历。此外,法拉蒙·巴尔德斯十分清楚,现在最要紧的是给这个病人施救,目前,他亟须得到救治,于是,法拉蒙承担起照顾他的责任,竭尽所能。

作为勇敢的猎手,法拉蒙拥有丰富的荒野生存经验,他从卡菲尔人那里学过治疗疟疾高烧的办法,而且这个办法十分有效,他的可怜的朋友患的就是这种病。

法拉蒙·巴尔德斯开始给朋友治病,他首先在地上挖了一个

"我没看错!……希培昂·梅里!……我可怜的哥们儿,你在这里搞什么名堂?"

坑,里面填满木柴,同时,预先做好一个通风口,以便让外面的空气流进去。随后,他把木柴点燃,木柴逐渐燃尽,土坑随之变成一个真正的烘炉。法拉蒙·巴尔德斯把希培昂仔细包裹起来,只露出脑袋,然后把他放进烘炉里。十分钟不到,希培昂已经开始大量出汗,临时医生用一些只有他自己才认得的野草做成药汤,让病人一连喝了五六杯,促使病人大汗淋漓。

很快,希培昂就在这个蒸汽浴室里睡着了,而且睡得非常深沉。

太阳落山的时候,病人睁开双眼,感到浑身轻松,提出要求吃晚饭。他那富有创造力的朋友满足了这个要求:立刻给他端来香喷喷的热汤,汤里放了最鲜美的野味,还有各种植物的根茎。然后,一只烤大鸨翅膀,一杯掺了白兰地的清水,让这顿晚餐变得更加完美,晚餐让希培昂恢复了一些气力,也让他的神志彻底清醒过来。

这顿康复晚饭之后大约一个小时,法拉蒙·巴尔德斯也及时吃过晚饭,过来坐在年轻工程师的身边,对他讲述自己如何来到这里,孤身一人,随身携带如此古怪的装备。

法拉蒙对他说道:"你知道,我有能力尝试新的狩猎活动!最近六个月来,我已经打到那么多大象、斑马、长颈鹿、狮子,以及其他各种各样的走兽和飞禽,别忘了还有一头食人鹰,它是我的藏品里的骄傲,几天以前,我突然心血来潮,想要把狩猎方法变一变花样!迄今为止,我的旅行方式都是由一队巴索托人①

---

① 南部非洲土著居民。

护送,这队伍由三十来个坚定的小伙子组成,我每个月向他们支付一袋玻璃珠,他们非常忠勇,可以为他们的主人,也就是我赴汤蹈火。前不久,我见到了这个国家的大酋长托纳伊阿,希望得到他的允许,获得在他的领土上狩猎的权利,与此同时,另一位苏格兰贵族也在觊觎这个权利。为了获得这个权利,我同意把我的巴索托卫队借给他,还包括4支枪,托纳伊阿借助这支队伍对他的一个邻国进行远征。由于有了这支队伍,托纳伊阿所向无敌,对邻国的战斗取得巨大胜利。自此,我们之间建立了深厚的友谊,我们歃血盟誓,换句话说,我们在各自的前臂上划开一个小口,相互吮吸了对方的鲜血!这样一来,托纳伊阿就和我生死与共!从此以后,在他拥有的广袤土地上,我可以无须担心,来去自由,前天,我动身出发去打老虎和鸵鸟,昨天夜里,我已经幸运地打到了一只老虎,让我觉得非常奇怪的是,你为什么没有听见这场狩猎的嘈杂声。你想象一下,昨天我先杀死了一头野牛,然后,在野牛的尸骸旁边搭建了一个隐蔽帐篷,我希望并且相当确信,半夜时分,会出现一只让我梦寐以求的老虎!事实上,受到新鲜肉味的吸引,这个家伙如约而至;与此同时,在牛肉味道的吸引下,另外两百或者三百只豺狼、鬣狗,还有山猫也都不期而至!由此爆发了一场最不协调的咆哮奏鸣曲,那声音应该足以让你听到!"

希培昂回答道:"我想我是听到了!当时,我甚至以为这是准备向我发起攻击!"

法拉蒙·巴尔德斯叫道:"根本不是!我的朋友。它们是在向一头野牛的尸骸发起攻击,攻击的地点就在山谷的谷底,你看,就是那个向右敞开的山谷。第二天天亮以后,这头硕大的反刍动物就只剩下一堆骨头了!我会指给你看!从解剖学角度看,这活儿干得够漂亮!……你还能看见我打到的那只老虎,自从到非洲开始狩猎以来,这是迄今我打到的最漂亮的畜生!我已经把它剥了皮,毛皮正在那棵树上晾着呢!"

希培昂问道:"今天早晨,你为什么把自己打扮成那么古怪的样子?"

"这是一件鸵鸟外衣。我和你说过,卡菲尔人经常使用这个玩意,以便接近那些涉禽,因为鸵鸟生性特别警觉,如果没有这玩意儿,很难用枪打到它们!……你会对我说,我有最好的来复枪!……确实,但那又怎么样呢?穿上伪装服,我就能按照卡菲尔人的方式狩猎,而且还让我得以及时与你相遇,不是吗?"

希培昂回答道:"真是的,非常及时,法拉蒙!……没有你,我想自己已经不在人世了!"他说着,紧紧握住了朋友的手。

希培昂已经可以离开蒸汽浴室了,他的伙伴在猴面包树下搭了一张树叶铺就的床,让他舒舒服服地躺在上面。

忠实的小伙子没有就此打住,他还要到临近的山谷里去取那个隐蔽帐篷,每次狩猎远征他总要随身携带这个帐篷,一刻钟之后,他把帐篷取回来,支在好朋友的头上。

法拉蒙说道:"现在,我的朋友希培昂,可以聊一聊你的故事了,但愿叙述往事不会让你感到太累!"

希培昂已经恢复了气力,可以满足法拉蒙·巴尔德斯难以抑制的好奇心。不过,希培昂只是相当简略地叙述了格利加兰发生的一切,以及他为什么离开格利加兰,为什么追踪玛达齐和他的钻石,远征途中发生的主要事件,阿尼巴尔·邦达拉西、费里戴尔,以及吉姆·希尔顿三人之死,巴尔蒂克的失踪,以及最后,他如何等待自己的仆人李,估计他应该很快返回营地了。

法拉蒙·巴尔德斯极为认真地倾听着,当希培昂向他描述了玛达齐的相貌,告诉他玛达齐是卡菲尔人,并且询问他是否遇到过这个人的时候,法拉蒙的答复是否定的。

法拉蒙补充道:"不过,我曾经遇到一匹被遗弃的马,也许那就是你的马!"

他一口气向希培昂叙述了自己得到这匹马的经过。

他说道:"两天以前,我带了3个巴索托人到南边山区狩猎,突然,看见一匹灰色的马从低洼道路里冒了出来。这是一匹很棒的马,没有配马鞍子,戴着笼头,缰绳拖在身后。很明显,这匹马不知何去何从,犹豫不决;然后,我就召唤它,给它看我手里的糖,它居然就跑到我的身边!你看,那匹就是被我俘获的马,一匹很棒的畜生,精力充沛,而且就像火腿一样被'腌过'……"

希培昂高声叫道:"这是我的马!……这是唐普拉!"

法拉蒙·巴尔德斯回答道:"那好吧,唐普拉是你的了,我真高兴能把它还给你!现在,晚安,继续再睡一会儿!明天天一亮,我们就离开这个乐园!"

随后,法拉蒙·巴尔德斯以身作则,钻进毛毯里,紧挨着希培昂睡着了。

第二天,中国人准时返回营地,带回来一些生活物资。看到李回来了,趁着希培昂还在熟睡,法拉蒙·巴尔德斯把这里发生的事情都告诉了李,叮嘱他看好自己的主人,然后就去牵那匹让年轻工程师日夜挂念的马。

第十九章　神奇的山洞

第二天早晨，希培昂一觉醒来，果然看到唐普拉站在面前。这是一次热情洋溢的重逢，骑士重新见到自己忠心耿耿的旅途伴侣，唐普拉的喜悦也不亚于自己的主人。

早餐之后，希培昂感觉体力已经恢复，可以攀上马鞍立刻出发。既然这样，法拉蒙·巴尔德斯把行李堆放在马鞍后面，牵着唐普拉的缰绳，一行人动身向托纳伊阿的首都进发。

在路上，希培昂向自己的朋友更详细地讲述了从格利加兰动身以来，远征期间发生的主要事件。当他讲到玛达齐最后一次消失踪影，以及当时的情形时，法拉蒙·巴尔德斯听后笑了起来。

他说道："啊！这可是新情况，我想，我能够很快告诉你关于这个小偷的消息，尽管不是关于钻石的消息！"

希培昂吃惊地问道："你想说什么？"

法拉蒙·巴尔德斯说道："是这样，刚刚24个小时之前，我的巴索托人带回来一个俘虏，是个年轻卡菲尔人，他在这个地区流浪，于是，巴索托人把他手脚绑起来，交给了我的朋友托纳伊阿。我认为，托纳伊阿很可能会虐待他，因为，托纳伊阿非常害怕奸细，只要出现一个属于敌方种族的卡菲尔人，他都会认定这个人就是奸细！迄今为止，这个年轻卡菲尔人还没有被处死！这个可怜的家伙够幸运的，因为他会玩弄几套戏法，自称是魔法师……"

希培昂叫道："啊！现在我毫不怀疑，这人就是玛达齐！"

猎人回答道："这样！那他可以庆幸自己有望逃生！托纳伊阿发明了一系列酷刑对付自己的敌人，落在他手里必死无疑！不过，我向你再重复一遍，不必担心你的旧仆人！魔法师的身份足以庇佑他，今天晚上，我们看到他的时候，他肯定毫发未损。"

其实，法拉蒙不必过于强调这一点，这个消息本身已经让希培昂感到心满意足。可以肯定，他的目的就要达到了，他毫不怀疑此人就是玛达齐，如果约翰·沃金斯的钻石还在他手里，他一定会把钻石还给希培昂。

整整一天时间里，两个朋友不断地猜测这个问题，他们穿过平原，几天以前，希培昂曾经骑在长颈鹿的背上匆忙经过这里。

当天晚上，在北方起伏不平的地平线上，在天穹的衬托下，托纳伊阿的首都隐隐约约出现在他们眼前。这是一座真正的城市，街道规整，宽敞的房屋甚至显出几分幽雅，城里的居民多达1万至1.5万人，到处是一派悠然繁荣的景象。国王的宫殿被高高的栅栏围着，黑人武士手持长矛保卫着王宫，王宫的占地面积达到整座城市的四分之一。

法拉蒙·巴尔德斯一露面，所有的门禁障碍立刻解除，他领着希培昂走进王宫，穿过一连串宽敞的院落，一直走到礼仪大厅，"战无不胜的征服者"就坐在那里，四周围着一大群助手，其中既有官员，也有卫士。

法拉蒙·巴尔德斯一露面,所有的门禁障碍立刻解除。

托纳伊阿的年龄大约四十来岁,个头高大,孔武有力。他的发型被精心梳理成王冠状,样子有点儿像野猪的獠牙,身上穿一件红色无袖的宽大长袍,内穿一件同样颜色的罩衫,上面缀满了玻璃珠子,胳膊和腿上戴着许多铜饰环。他的相貌显得聪明清秀,同时露出诡谲和固执的神色。

托纳伊阿已经好几天没有见到法拉蒙·巴尔德斯,对他的到来表示热情欢迎,同时,出于对他的尊重,对希培昂也表示了欢迎,因为,后者是自己忠诚盟友的朋友。

他说道:"我朋友的朋友,就是我的朋友。"他说的这话与沼泽派①的某位绅士说的一模一样。

得知新来的客人还在生病,托纳伊阿赶紧命人为他准备房间,而且是王宫里最好的房间,还给他准备了丰盛的晚餐。

根据法拉蒙·巴尔德斯的建议,他们没有立刻提及玛达齐的问题,把它留到第二天再说。

实际上,第二天,希培昂的身体已经彻底康复,可以重新出现在国王面前。宫廷里的所有成员都到王宫大厅会齐。托纳伊阿与自己的两位客人在群臣中间。很快,法拉蒙·巴尔德斯开始商谈这件事,他能相当流利地使用当地语言,因此,商谈用当地语言进行。

法拉蒙对国王说道:"不久前,我的巴索托武士俘虏了一个年轻卡菲尔人,并且把他送给了你。但是,这个年轻卡菲尔人是我同伴的仆人,我的同伴就是这位伟大的魔术师希培昂·梅里,

---

① 沼泽派又称平原派。18世纪法国资产阶级革命时期国民公会中的中间派集团,在政治斗争中,该派采取中立态度,见风使舵。

他刚刚要求你慷慨大度地把这个人还给他。因为我是你的朋友,也是他的朋友,因此,我才有胆量支持他的请求。"

听了法拉蒙的话,托纳伊阿认为自己应该摆出外交姿态。

他回答道:"欢迎伟大的白人智者!但是,为了换取我的俘房,他打算支付怎样的赎金呢?"

法拉蒙·巴尔德斯说道:"一支漂亮的枪,十倍于十发子弹,外加一袋玻璃珠。"

一阵恭维奉承的窃窃私语在听众当中响起,大家都对这个大方的开价感到欢欣鼓舞。只有托纳伊阿依然保持外交姿态,假装无动于衷。

他从国王板凳上直起身,接着说道:"托纳伊阿是伟大的王子,神灵保佑他!一个月前,神灵给他送来了法拉蒙·巴尔德斯,还有他的忠诚的武士和枪支,帮助托纳伊阿战胜了敌人!为此,只要法拉蒙·巴尔德斯坚持自己的要求,这个仆人将被毫发无损地还给他的主人!"

猎人问道:"那么,这个人现在在哪里?"

"在神圣山洞里,被日夜看护着!"托纳伊阿回答道,他的口吻充满刻意夸张的成分,显示出一位卡菲尔强大国君的尊严。

法拉蒙·巴尔德斯急忙向希培昂简要转述了托纳伊阿的答复,然后,向国王提出要求,希望允许他和同伴前往神圣山洞寻找俘房。

听到这个要求,整个人群里响起反对的议论声。欧洲人的这个要求显得有些过分。还从来没有一个外人,以任何借口被允许进入这个神秘的山洞。当地流传着一个大家都相信的传说：如果某一天，白人知道了山洞的秘密，托纳伊阿的王国就将灰飞烟灭。

国王本来很可能拒绝欧洲人的要求，但是，群臣议论纷纷惹得小暴君很不高兴，他不喜欢宫廷里其他人对自己的决定说三道四，不禁大发雷霆，心血来潮地答应了这个要求。

他用不容置辩的口吻说道："托纳伊阿与他的盟友法拉蒙·巴尔德斯已经换过血，因此，对他没有什么可隐瞒的！你的朋友，还有你，你们可以遵守誓言吗？"

法拉蒙·巴尔德斯肯定地点点头。

黑人国王接着说道："那好吧！请发誓，在山洞里绝不触动任何东西！……请发誓，从山洞出来以后，在任何情况下，都不得承认这个山洞的存在！……请发誓，绝不企图再次进入山洞，甚至不得试图寻找山洞入口！……最后，请发誓，绝不向任何人说起在山洞里看到的一切！"

法拉蒙·巴尔德斯和希培昂同时举起手臂，一句一句重复上述誓言。

紧接着，托纳伊阿低声发出指令，全体廷臣站起身，武士们站成两排。几个仆人拿来细布条，蒙住两个外国人的双眼；随后，国王本人走到两个外国人中间，和他们一起坐进一张巨大的编织轿子里，由十来名卡菲尔人抬在肩膀上，队伍开始行进。

这段路程不近，队伍至少在路上走了两个小时。根据轿子颠簸倾斜的程度，法拉蒙·巴尔德斯和希培昂很快感觉到，他们已经进入山区。

随后，吹来一阵强劲的凉风，队伍的脚步声伴随着两侧墙壁传来的回声,这表明队伍已经进入地下。最后,闻到树脂燃烧的烟味,味道直接扑到他们的脸上,两个朋友明白,有人刚刚点燃火把,准备给队伍照亮道路。

又向前走了一刻钟;然后,轿子终于落地。托纳伊阿让人把两个客人请下轿,命令取下蒙眼的布条。

由于长时间被蒙住双眼,猛地看到亮光,两个人都有些头晕目眩,眼前出现的景象不仅出人意料,而且令人眼花缭乱,一开始,他们两人都以为是精神恍惚导致的幻觉。

两人站在一个巨大洞穴的中央。地面铺着细沙,闪烁着金子般的光泽。洞穴的穹顶很高,赶得上哥特式教堂的钟楼[①]。洞穴很深,一眼看不到头。这座天然地下建筑的墙壁上挂满了钟乳石,千姿百态,闻所未闻。一只大火炉的熊熊炉火,以及火把的亮光照到钟乳石上,反射出彩虹般,甚至北极光那般夺目的光彩。无数的结晶岩石散发出绚丽斑斓的色彩,它们那千奇百怪的形状,让人感到难以想象的宏伟。与大多数由普通石英石构成、溶岩形状单调乏味的山洞不同,在这座山洞里,大自然自由发挥想象力,充分组合调动起所有的颜色,让这些矿石宝藏呈现出美妙的玻璃般的视觉效果。

紫水晶构成的岩石、肉红玉髓构成的墙壁、大块的红宝石、绿宝石的结晶体、成排的蓝宝石柱子,密密麻麻,高高耸立,犹如一片茂密的松林,像冰山一样硕大的海蓝宝石,绿松石组成的花簇,像镜子一样的蛋白石,粉红色的石膏矿脉,带着金色矿脉的

[①] 哥特式建筑是欧洲的一种建筑风格,主要见于天主教堂,其最明显的建筑风格就是高耸的钟楼。

青金石，结晶世界所能奉献的最珍贵、最稀少、最清澈、最光彩照人的品种构成了这座令人惊诧不已的矿石建筑。除此之外，这座非人工设计的建筑结构姿态万千，甚至借鉴了植物界才拥有的形态。脚下是生长在矿石上的青苔，犹如大片地毯，柔软光滑，一点不亚于最细软的绿地草皮，矿物结晶形成的树丛，上面结满花朵和果实形状的宝石，就好像日本彩画里充满童真梦幻的花园。远处，有一个水塘，由一块20米长的钻石构成，钻石埋在沙子里，犹如一片游戏场，随时可供溜冰者前来嬉戏。半空中，由玉髓构成的宫殿，由绿柱石和黄玉构成的亭台楼阁，层层叠叠，富丽堂皇，一眼望不到尽头。最后，光线经过结晶棱柱体的分解折射，炉火和火把燃烧升起的火星向西面八方迸射，然后一束一束地划落，所有这些构成光线与颜色的奏鸣曲，令人眼花缭乱。

现在，希培昂可以肯定，他被人领到了一处最神秘的矿石宝藏，很久以来，他一直揣测这类宝藏的存在，在这类宝藏里，吝啬的大自然通过结晶形成大量的宝石矿体，在别的地方，只在最容易形成结晶的砂积矿床，给世人留下一些零星细小的碎片。为了验证眼前看到的东西是真实的，希培昂悄悄地在经过大型结晶体时，用手指上的戒指划了划，以便确认它的硬度。他确信，这个地下洞穴埋藏的确实都是钻石、红宝石，以及蓝宝石，数量如此巨大，如果按照矿山产品的价格估算，它们根本就是无价的！

仅仅可以大致估算出来这些宝石的数量，应该是个天文数字，至于估价，那就太困难了。事实上，这个山洞里包括埋藏在

最后，闻到树脂燃烧的烟味，味道直接扑到他们的脸上，两个朋友明白，有人刚刚点燃火把，准备给队伍照亮道路。

地下的宝藏，价值可能多达十亿乘以万亿，或者亿亿亿！

托纳伊阿从来没有怀疑过自己拥有这么一笔天方夜谭般的财富？这个可能性不大，因为，就连法拉蒙·巴尔德斯也不太看得懂这些石头，丝毫没有表现出有所怀疑，不知道这些漂亮的石头竟然都是宝石。毫无疑问，黑人国王只是简单地认为，自己就是一个特别奇特的山洞的主人和守卫者，按照神灵的旨意，或者其他传统的迷信观念，他有责任保守这个秘密。

希培昂很快就发现，他的想法似乎得到证实，在洞穴的各个角落里，堆放着大量的人类骸骨。这个山洞应该是部落的家族墓地，或者，更可怕但是可能性很大的一个假设就是，这里曾经是，而且依然是举行某种神秘可怕的仪式的地方，仪式的目的极为残酷，需要用人的鲜血祭祀？

法拉蒙·巴尔德斯倾向于相信后一种猜测，他低声对自己的朋友说道："托纳伊阿曾经向我确认，自从他即位以来，再也没有举行过类似的仪式！"随即，他又补充说道，"不过，我得承认，看到这些骸骨，我对他的信任大打折扣！"

他随即把一大堆东西指给希培昂看，那堆东西似乎是新近形成的，从外观上看得出来，那里有明显的烧烤过的痕迹。

不一会儿，这个看法得到了非常明确的证实。

国王和两位客人来到山洞的深处，站在一个洞室的出口，这个洞室有点儿像大教堂内部侧面的小祭台。一道木头和铁制的栅栏封住了入口，栅栏后面，一个囚犯被关在笼子里，笼子的大小刚好容得下一个人蹲在里面，看得出来，这个人正在这里被催肥，等待下次祭祀时被吃掉。

这是玛达齐。

不幸的卡菲尔人看到,并且认出希培昂,立刻大声叫道:"您!……您!……小爸爸!啊!带我走吧!……放我出去!……我非常想回到格利加兰,即使让我在那里被吊死,也不愿意待在这个鸡笼里,不愿意等着让托纳伊阿对我施以可怕的死刑,然后把我吃掉!"

听着可怜的家伙那凄凉的哀号,希培昂被深深打动了。

他回答道:"可以,玛达齐!我可以让你获得自由,但是,走出笼子的条件是,你必须交出钻石……"

玛达齐叫道:"钻石,小爸爸!钻石!……我根本就没有!……我从来就没有拿过!……我向您发誓……我起誓!"

玛达齐的真诚语气让希培昂明白,不应该再怀疑他的诚实。更何况,他本来就很难相信玛达齐是这场偷窃案的案犯。

希培昂又问道:"但是,如果不是你偷了钻石,你为什么要逃跑?"

玛达齐回答道:"为什么逃跑?小爸爸,因为我的同胞们都经过了魔棍的检验,大家都会说,小偷只能是我,是我玩弄把戏以便转移怀疑的目标!然而,在格利加兰,您很清楚,只要偷窃案涉及卡菲尔人,根本不问青红皂白,立刻就会判处绞刑!……那时候我害怕了,就像个罪犯似的逃跑了,穿过整个德兰士瓦!"

法拉蒙·巴尔德斯观察着,说道:"照这么说,我觉得这个可怜的家伙说的是实话。"

希培昂回答道:"对此我毫不怀疑,也许,他逃避格利加兰法律的惩罚并没有错!"

说完,他转向玛达齐说道:

"好吧,在这场偷窃案里,我不认可对你的指控,你是无辜的!但是,在旺地嘎尔特-山丘矿,如果我们宣布你是无辜的,也许大家并不相信!你是否愿意回去,试一试你的运气?"

玛达齐叫道:"可以!……我愿意承担风险……我不愿意再在这里待下去了!"他一边说着,一边表现出极度的恐惧。

希培昂回答道:"我们现在就去商谈此事,这位是我的朋友法拉蒙·巴尔德斯,他负责这件事儿!"

于是,猎人抓紧时间,开始和托纳伊阿进行正式协商。

他对黑人国王说道:"实话实说吧,为了交换这个囚犯,你打算开个什么价?"

托纳伊阿考虑了一会儿,终于说道:

"我要四支枪,每支枪配十倍于十发子弹,外加四袋玻璃珠子。这不算多,不是吗?"

"这个价码高得离谱,但是,法拉蒙·巴尔德斯是你的朋友,他将竭尽所能让你满意!"

停了一会儿,法拉蒙接着说道:

"听着,托纳伊阿。你可以有四支枪,四百发子弹,外加四袋玻璃珠。但是,你必须给我们提供一挂牛车,以及必需的生活物资,外加一支卫队,穿过德兰士瓦,把这些人送回去。"

托纳伊阿非常满意地回答道:"成交!"

然后,他压低声音,悄悄地在法拉蒙的耳边说道:

"那些牛都是被找回来的!……这些牛本来就属于这几个人,它们正在返回牛圈的途中,被我的人碰上给带回我这儿来

这是玛达齐。

的!……这笔买卖很划算,不是吗?"

囚犯被下令释放了;最后看了一眼金碧辉煌的山洞,希培昂、法拉蒙·巴尔德斯,以及玛达齐重新被蒙住眼睛,回到托纳伊阿的王宫,为了庆祝顺利达成协议,王宫里举行了盛大的宴会。

最后,大家商定,玛达齐暂时不返回旺地嘎尔特-山丘矿,他将在那附近停留一段时间,只有当年轻工程师确定他可以安全返回的时候,玛达齐才会重新回来为主人服务。后面将会看到,这种谨慎并非毫无道理。

第二天,法拉蒙·巴尔德斯、希培昂、李,还有玛达齐一同动身,乘牛车返回格利加兰。不过,现在幻想破灭了,南方之星彻底消失了,沃金斯再也不能送它去伦敦,让它与大英帝国最漂亮的珍宝相映生辉了!

第二十章 归　来

自从四位追求者出发追赶玛达齐之后,约翰·沃金斯的脾气从未如此暴躁过。从那以后度过的每一天,每个星期,沃金斯觉得重新找回钻石的希望日益渺茫,他的乖戾脾气也与日俱增。此外,原来家里的常客也让他怀念不已,吉姆·希尔顿、费里戴尔、阿尼巴尔·邦达拉西,甚至包括希培昂,他已经习惯了这些人殷勤地陪伴在自己身边。他毫无节制地酗酒,当然,他开怀畅饮的目的不是为了缓解暴躁的脾气。

另一方面,在农庄里,人们开始非常担心这次远征幸存者的命运。实际上,正如同伴们猜测的,巴尔蒂克当初确实是被一群卡菲尔人掳走,不过,几天以后成功脱逃。回到格利加兰之后,他向沃金斯讲述了吉姆·沃金斯,以及费里戴尔的死讯。对于远征队的几个幸存者,希培昂·梅里、阿尼巴尔·邦达拉西,以及中国人来说,这则消息成为不幸的预兆。

听到这些消息,艾丽丝悲伤不已。她不再唱歌,她的钢琴也从此悄无声息。只有她的鸵鸟们还能让她略解愁思。达达依然贪吃,但它也无法令艾丽丝恢复笑容,尽管大家努力禁止,这只鸵鸟依然无所顾忌地吞吃各种各样稀奇古怪的东西。

现在,沃金斯小姐的心目中,有两样可能发生的事情令她越来越担心：第一件事情，希培昂再也不能从这次令人诅咒的远征中回来；第二件事情，三个追求者当中最令人厌恶的阿尼巴尔·邦达拉西拿到了南方之星，并且要求兑现成功的奖励。一想到自己可能被迫成为那个卑鄙狡猾的那不勒斯人的妻子，艾丽丝心中就会泛起难以抑制的恶心，特别是自从认识了希培昂·梅里，近距离接触并欣赏了这个真正高尚的人之后。她对希培昂日思夜想，红润的双颊因此变得苍白，蓝色的眼睛里笼罩着日益浓厚的乌云。

艾丽丝已经在沉默与恐惧中等待了三个月。这天晚上，她坐在台灯的灯罩前，挨着自己的父亲，后者守着杜松子酒罐已经昏昏入睡。艾丽丝低着头，心情悲伤地绣着一块壁毯，自从不再弹奏乐曲以后，她用织绣来安抚内心的愁思。

有人轻轻地敲门，打断了艾丽丝绵绵的哀思。

她说道："请进。"同时略微感到吃惊，自忖这个时候有谁能来呢。

"是我，艾丽丝小姐！"是希培昂的声音，这声音令艾丽丝浑身颤抖不已。

果然是他回来了，面色苍白，身形消瘦，皮肤黝黑，留着长长的胡子，让人都认不出来了，经过长途跋涉衣衫褴褛，但是依然敏捷灵活，彬彬有礼，两眼和嘴角露出笑意。

艾丽丝站起来，发出惊喜的叫声。她把一只手捂在胸前，试图平服激烈跳动的心；然后，把另一只手伸向年轻工程师，希培昂用双手捧住。恰在此时，沃金斯从昏睡中醒来，睁开双眼，询问有什么新消息。

"是我,艾丽丝小姐!"

农场主足足用了两三分钟,才弄明白事情的真相。

但是,当他终于有一点点清醒之后,立刻大叫一声,这是发自肺腑的喊叫:

"那么钻石呢?"

很遗憾!钻石没有被找回来。

于是,希培昂简要地叙述了这次远征发生的各种事情。讲述了费里戴尔、阿尼巴尔·邦达拉西,以及吉姆·希尔顿三人的死亡经过,追踪玛达齐的过程,以及他如何被托纳伊阿囚禁——不过,希培昂没有提到玛达齐已经回到格利加兰,只是讲述了自己确信玛达齐是完全无辜的充足理由。他没有忘记夸赞巴尔蒂克和李的忠诚奉献,赞扬了法拉蒙·巴尔德斯的高尚友谊,多亏这位猎手大力相救,自己才死里逃生,以及如何在他的帮助下,他和两位仆人终于从这场充满死亡危险的旅行中全身而退,而其他旅伴则死于非命。这些悲惨的经历让希培昂自己也深受感动,唏嘘不已,不禁有意识地掩盖了自己对手的罪恶行径,把他们仅仅描写为本次行动的遇害者。对于旅途中发生的所有事情,他单单隐藏了自己发誓保守的秘密,也就是神圣山洞的存在,以及它那价值连城的矿石宝藏,与它们相比,格利加兰的钻石不过就是些不值分文的小碎片。

他结束时说道:"托纳伊阿严格履行了自己的承诺。我们到达他的都城两天以后,返程的准备工作全部完成,包括食物,以及拖拽车辆的牛。在国王本人的亲自带领下,差不多三百名黑人携带着面粉和熏肉,陪着我们返回到当初被迫遗弃牛车的宿营地,牛车还在那里,在带刺荆条的掩盖下,状态依然良好。在

在国王本人的亲自带领下，差不多三百名黑人携带着面粉和熏肉，陪着我们返回到当初被迫遗弃牛车的宿营地。

分手之前,我们给了托纳伊阿五支枪,而不是原先允诺的四支,这样一来,他就成为从林波波河流域到赞比西河那片广阔地区最强大的统治者!"

沃金斯小姐问道:"那么,你们的返程旅途是从那个宿营地开始的?……"

希培昂回答道:"是的,尽管返回的路途很顺利,很少发生事故,但是,我们行进的速度并不快。护送的卫队一直把我们送到德兰士瓦的边界才离开,在那里,法拉蒙·巴尔德斯和他的巴索托武士也和我们分手,动身前往德班。总之,经过四十天的长途跋涉,穿过瓦尔河,我们又回到了原先的出发地!"

沃金斯问道:"但是,玛达齐当初为什么要逃跑呢?"他聚精会神地听完希培昂的叙述,对再也回不来的那三个人的死,并未表现出过分的伤感。

年轻工程师反驳道:"玛达齐逃跑,那是因为他有一种病态的恐惧感!"

农场主耸了耸肩膀,说道:"难道格利加兰就没有法制吗?"

"噢!沃金斯先生,格利加兰的法制往往太过简陋,事实上,当钻石无缘无故失踪的时候,一时间群情激愤,他被指控是窃贼,不得不设法逃避,对此,我无法过分指责那个可怜的家伙!"

艾丽丝补充说道:"我也是!"

"无论如何,我再向您重复一遍,玛达齐是无辜的,我希望从今往后别再找他的麻烦!"

约翰·沃金斯哼了一声,对希培昂的看法将信将疑,他说道:"难道您不觉得,这个狡猾的玛达齐是假装害怕,目的是逃脱警察的追捕？"

希培昂语气干脆地说道："不！……他是无辜的！……对此我坚信不疑，而且，我觉得为了证实这一点付出的代价够昂贵了！"

约翰·沃金斯叫道："噢！您可以保留您的想法！但是我也要保留我的！"

眼看这场争论快要演变成一场争吵，艾丽丝赶紧出面转移话题。

她说道："说起来，希培昂·梅里先生，您可知道，您不在的这段时间，您的采矿点表现出色，您的合伙人托马斯·斯蒂尔成为山丘矿发了财的矿工当中最富有的人物之一了？"

希培昂坦率地回答道："我还真不知道！回来后我第一个拜访的就是您，沃金斯小姐，对于我不在期间发生的事情一无所知。"

艾丽丝出于家庭小主妇的本能叫道："也许您还没有吃晚饭吧？"

希培昂红着脸回答道："我得承认确实没有，不过这真的没有关系。"

"噢！您可不能不吃点儿东西就离开，梅里先生！……您的身体还处于康复期……又经过如此艰巨的长途跋涉！……要知道，现在已经是晚上11点钟了！"

紧接着，艾丽丝不顾希培昂的婉拒，急忙跑进配膳室，端出来一个托盘，托盘上放了一块白色的餐巾，还有几盘凉的肉食，一块她亲手用桃子制作的漂亮的馅饼。

很快,餐具和餐巾都摆在希培昂面前,让他有些局促不安。面对一大块用罐装鸵鸟肉制作的比尔通①,希培昂犹豫不决,不知道是否应该拿起餐刀。

沃金斯小姐看着他,快乐地微笑着问道:"要不要帮您切开?"

很快,农场主就被这桌美食吸引,也想要一个盘子,切一块比尔通。艾丽丝立刻满足了他的要求,然后表示为了陪两位先生进餐,自己也吃了一点儿杏仁。

这顿临时准备的夜宵气氛非常愉快。年轻工程师从来没有吃得这么香甜。

他连吃了三块桃子馅饼,喝了两杯康斯坦斯葡萄酒,另外,为了庆祝凯旋,同意品尝了一杯沃金斯的烈性酒,后者则很快就沉睡过去。

希培昂向艾丽丝问道:"那么,这三个月您都做了什么?我担心您已经把您的化学课程抛到脑后去了!"

沃金斯小姐用略带责备的语气说道:"没有,先生,您想错了!正相反,我自学了很多,甚至,我自作主张到您的实验室做过几次实验。噢!我可什么都没有打碎,您尽管放心,而且,我把那里收拾得井井有条!真的,我非常喜欢化学,坦率地说,我弄不明白,您为什么要抛弃这么可爱的科学,非要去当一个矿工,或者到草原上去奔波!"

"但是,沃金斯小姐,您真的忍心知道我为什么要抛弃化

---

① 比尔通是南非著名的特制生牛肉干,外干内软,是南非人喝红酒时最喜欢吃的零食。

学吗?"

艾丽丝脸红了,回答道:"我什么都不知道,我就是觉得这么做很糟糕!如果我是您,我就会继续制造钻石!总比趴到土里挖钻石优雅得多!"

希培昂声音略微有些颤抖地问道:"这是您给我的命令吗?"

沃金斯小姐微笑着回答道:"噢!不,最多只能算是请求!"紧接着,她换了语气说道,"啊!梅里先生,当我知道您经历了那么多的艰辛,冒了那么多的风险,我真的为您感到伤心!我不知道其中的具体细节,但是,我能猜得出来其中的不易!我对自己说,一个像您这样的人,如此博学,如此才华横溢可以承担美好的工作,去从事伟大的发明,为什么要去荒野经受苦难,遭受蛇蝎的啃噬,面对老虎的袭击?这么做丝毫无益于科学,也无益于人类……当初,就这样允许您出发远征,那简直就是犯罪!……看来我的想法是对的!……因为,最终,您奇迹般地回到了我们中间,不是吗?如果没有您的朋友法拉蒙·巴尔德斯先生……愿上苍保佑他……"

艾丽丝没有说完,两大滴泪珠从眼中淌落,表白了她的心思。

希培昂深受感动。他简短地说道:

"对于我来说,这两滴泪珠比全世界所有的钻石都更宝贵,它们将让我忘却所有的辛劳!"

两人都沉默了,片刻,年轻姑娘打破静默,用平常的语气试探着聊起了她所做的化学实验。

希培昂终于恋恋不舍告辞回家,此时已经过了午夜时分,在他的工作台上,沃金斯小姐细心整齐地摆放着一摞信件,这都是来自法国的邮件。

这些信件都是希培昂不在的这段时间里寄来的,他小心翼翼地打开信封,担心会收到不幸的消息!……他的父亲、母亲,还有小妹妹让娜!……在过去的三个月里,发生了多少事情!……

年轻工程师快速阅读这些信件,看到信里送来的都是令人满意和高兴的消息,他长长舒了一口气,放松下来。他的家人都很健康。政府部门方面,他所做的关于钻石形成的完美理论受到最热烈的赞扬。如果他认为对科学研究有利,可以获准在格利加兰延长半年的工作期限。看来,一切都很顺利,夜里,希培昂怀着轻松的心情入睡,这样的心情已经很久不曾体验过了。

第二天上午,希培昂走访了自己的朋友们,特别是托马斯·斯蒂尔,事实上,他在他们共有的采矿点获得了极为丰厚的收益。这位诚实的兰开夏郡人热情真挚地欢迎自己的合伙人。希培昂与他商量好,巴尔蒂克和李仍然回来继续在采矿点干活。如果他们采矿的运气好,希培昂将给他们保留一定的份额,以便让他们很快能有一点积蓄。

至于他自己,他决定不再试图在矿山寻找财富,因为他的运气一向很差,而且,按照艾丽丝的愿望,他决定再做一次化学研究实验。

与年轻姑娘的交谈只是进一步确定了他自己的想法。长时间以来,他就对自己说过,摆在自己面前的真正道路,绝不是从事体力劳动,更不是去远征历险。希培昂忠实坚守自己的诺言,时刻记得不能辜负托纳伊阿的信任,他现在知道世上存在这样一个充满结晶体的洞穴,从此确切证明了他的宝石形成理论的正确与宝贵,激发了希培昂新的科学研究热情。

自然而然,希培昂又开始了实验室生涯,但是,他不想抛弃已经取得过成功的那条道路,因此,他决定把第一次的实验再重复做一次。

从事这项实验,希培昂还有一个理由,这个理由很严肃,但摆不到台面上。

事实上,沃金斯原本有意赞成希培昂与艾丽丝的婚姻,但是,自从那颗人造钻石被确认无法挽回地丢失后,他对这桩婚事从此绝口不提。然而,倘若年轻工程师成功地造出另一颗巨钻,要知道这是很可能的,而且这颗巨钻价值连城,估价高达好几百万,农场主完全可能重新赞成这桩婚事。

于是,希培昂抓紧时间开始落实这项决定,而且没有对旺地嘎尔特-山丘矿的矿工们隐瞒这项工作,或者说,没有充分隐瞒。

他再次找到一根耐高压的管子,然后按照上次实验的条件,重新开始工作。

希培昂对艾丽丝说道:"要想获得结晶碳,也就是钻石,我还缺少一点东西,那就是合适的溶剂,在蒸发和冷却的过程中,溶剂有助于形成碳的结晶。有人找到了这种溶剂,那就是二硫化碳中的氧化铝。因此,必须通过类比法进行寻找,设法找到适合碳,或者其他类似物质的溶剂,例如硼,或者二氧化硅。"

然而,由于手头没有这类溶剂,希培昂不得不想方设法寻找。此时出于慎重，玛达齐还没有在矿区露面，在他缺席的情况下，就由巴尔蒂克负责日夜维护炉火。为了完成这个任务，他与自己的前任表现出同样的工作热情。

在此期间，考虑到在格利加兰延长的工作时限期满后，他也许将不得不返回欧洲，希培昂准备完成一项原本安排在计划中，但是迄今尚未着手落实的工作。这项工作就是确定平原地区东北部一片洼地的具体方位，希培昂曾经猜测，在洪水退落时期，这片洼地曾经构成水流的瓶颈地带，本县的钻石矿也就是在那个时期形成的。

因此，在回到德兰士瓦五六天以后，希培昂开始着手这项工作，就像他的其他工作一样，这项定位工作也做得十分精确。他把标桩布置好，然后摊开一张十分详尽的地图，这份地图是从金伯利搞到的，他从地图上寻找相应的方位标，这时发生了一件奇怪的事情，他所测量的数据与这张地图对照，出现严重错误，或者说，数据与这张地图不符。最终，面对明显的事实，他不得不确认：这张地图的方位标错了；无论经度，还是纬度都是错误的。

正午时刻，希培昂借助一个与巴黎天文台校对过的精密计时计，重新确定了所在地点的经度。然后，在确认自己的罗盘和圆规准确无误之后，他毫不犹豫地确认，这张他用来确定方位标的地图存在严重错误，起因则是方位出现严重误差。

事实上，按照英国习惯，地图上方有一个交叉箭头标明正北方向，但在这张地图上，箭头却标在了西北偏北的位置，或者说差不多的那个位置。由于这个错误，这张地图上标明的所有方位都不可避免地出现相应的误差。

正午时刻,希培昂借助一个与巴黎天文台校对过的精密计时计,重新确定了所在地点的经度。

突然,年轻工程师叫了起来:"我知道了!绘制这份杰作的蠢驴一定是忽略了罗盘磁针与磁场的误差!在这个地方,这个误差不少于偏西29度!……由此一来,要想得出正确的方位,地图上的所有标记,包括经度和纬度,都应该以地图中央为轴心,自西向东旋转29度!……看起来,英国人在测量这些方位标的时候,并没有选派最好的测量人员!"

面对这个错误,希培昂自顾自地笑了起来,说道:

"好呀!犯错是人之常情!①我变成第一个指责土地测量员的人,但愿我自己一生从未犯过错误,哪怕一次错误!"

不过,希培昂完全没有必要保守这个秘密,今后在进行本县钻石矿区土地测量定位时必须进行矫正。为此,当天回到农庄,碰见雅各布·旺地嘎尔特,他就告诉了对方此事。

希培昂补充说道:"这件事真是太奇怪了,这么明显的大地测量学方面的错误,直接误导了本县地图的绘制,居然到现在都没有被发现!这个错误将导致整个国家地图都需要进行重大矫正。"

老琢磨工用古怪的眼神看着希培昂,激动地叫道:

"您说的是真的吗?"

"当然是!"

"您愿意在法庭上为此做证吗?"

"如果需要,到法庭上做十次证都可以!"

"对您所说的有没有可能提出异议?"

---

① 这是一句拉丁语谚语,也可译为"人无完人"。

"当然不能,因为我只需指出错误的原因。当然了,这个错误太明显了!就是在测定方位进行计算的时候遗漏了磁针偏角的误差!"

雅各布·旺地嘎尔特没有再说什么,转身走开,而希培昂也没有注意到,旺地嘎尔特特别关注这件事,是因为大地测量学的错误导致本县所有地图都出现误差。

不过,两三天之后,当希培昂前来拜访老琢磨工的时候,他发现房门是关着的。

在房门插销上挂着一块石板,上面用新鲜的粉笔印写着:

"有事外出。"

第二十一章　威尼斯式判决[①]

接下来的几天里,希培昂集中精力安排他的新实验的各个步骤。在建造倒焰炉的时候,对原方案进行了几处修改,改善了通风装置,这样一来,与第一次实验相比,制造钻石的过程——至少他是这样希望的——将大为缩短。

不用说,沃金斯小姐对第二次实验非常感兴趣,因为,必须承认,她算得上是此次实验的鼓动者。希培昂每天都要过来好几次查看实验进度,艾丽丝经常陪年轻工程师到窑炉旁边,她特别喜欢隔着窑炉砖墙上预留的观察孔,观察炉膛内熊熊燃烧的火焰。

对这次制造钻石的实验,约翰·沃金斯的兴趣一点也不亚于他的女儿,当然,他是出于完全不同的动机。他焦急地等待着成为又一颗钻石的新主人,这颗钻石的价值可能高达数百万。他最担心的就是第二次实验不能取得成功,因为,第一次的成功包含了太多的偶然因素。

但是,如果说农场主和沃金斯小姐鼓励完善钻石制造事业,格利加兰的矿工们可不这么认为。尽管阿尼巴尔·邦达拉西、吉

[①] 此处借用莎士比亚作品《威尼斯商人》里的典故,夏洛克借钱给安东尼奥,要求他身上的一磅肉作为抵押品。

姆·希尔顿，以及海尔·费里戴尔都不在了，但是，他们还有同伙，在这个问题上，他们的想法毫无二致。例如，犹太人纳桑就暗中鼓动采矿点的矿主们反对希培昂。如果人造钻石工艺真的很快进入实用阶段，天然钻石和其他宝石的生意肯定大受影响。迄今为止，人们已经制造出了白色的蓝宝石、人造刚玉、紫水晶、黄玉，甚至祖母绿，这些宝石不过就是氧化铝的结晶体，通过金属酸染上不同的颜色。但是，这些人造宝石对天然宝石的市场价格造成令人担忧的冲击，致使天然宝石的价格一路下滑。因此，倘若钻石也被批量制造出来，那么，开普地区的钻石行业将陷入破产境地，其他的钻石产区也难以幸免。

早在年轻工程师完成第一次实验的时候，这些话就已经四处传播，现在旧话重提，而且这一次，反对的声音火气更大，更具暴力色彩。矿主们已经举行过秘密会议磋商此事，这对希培昂的工作来说可不是好兆头。不过，希培昂对此并未感到特别担忧，他已经下决心把实验进行到底，不管别人如何议论，或者如何去做。不！在公众舆论面前，他绝不退缩，对于他的发明，希培昂没打算保守秘密，因为这项发明将服务于所有人。

如果说希培昂无所畏惧，义无反顾，继续从事他的实验，但是，沃金斯小姐已经开始担心，感到恐惧，因为，她也知道了上述议论和反响，开始后悔，不应该鼓励年轻工程师走上这条道路。如果指望低效率的格利加兰警方对希培昂提供保护，根本于事无补。在人们还没有采取干预措施的时候，很可能就会发生不幸的事情，由于希培昂的工作威胁到了南部非洲钻石矿主的生计，他可能将为此付出生命代价。

艾丽丝非常担心，而且在年轻工程师面前无法掩饰自己的担忧。希培昂尽可能地安慰她，对她的担忧表示感谢。从年轻姑娘对自己的担心当中，希培昂看到了姑娘对自己的眷顾之情，如今，这种感情在他们之间已经是公开的秘密。正是通过这次实验，希培昂欣喜地看到，他的工作激发了沃金斯小姐的真情流露……希培昂继续实验的热情更加高涨。

他多次重复说道："沃金斯小姐，我现在所做的一切，都是为了我们两人！"

但是，沃金斯小姐知道矿区众说纷纭的情况，因此陷入无休止的恐惧当中。

沃金斯小姐的恐惧并非毫无来由！希培昂的所作所为终于激起公愤，这次公愤并不仅仅局限于严词指责，甚至也不仅仅是口头威胁，而是开始付诸实际行动。

事实上，一天夜里，希培昂返回住处，发现自己的住所遭到洗劫。趁着巴尔蒂克不在的时候，一伙人借助夜色，仅仅用几分钟的时间，破坏了希培昂用好多天才准备好的实验设备。砖砌得建筑被推倒，窑炉被捣毁，炉火也被熄灭，实验器具被砸碎，扔得到处都是。所有实验材料所剩无几，而这些材料曾经让年轻工程师花费了巨大的心血。如果希培昂是个在压力威胁面前不退让的人，他就得一切从头开始，否则，他就只能彻底放弃。

希培昂叫道："不！我绝不退缩，明天，我就去法院控告可恶的破坏者！我倒要看看，在格利加兰究竟还有没有法制！"

在格利加兰有法制，但不是年轻工程师希望看到的法制。

希培昂什么话都没说，甚至没有将这次新的恐怖行为告诉

矿主们已经举行过秘密会议磋商此事,这对希培昂的工作来说可不是好兆头。

沃金斯小姐,他回到自己的小屋,躺到床上,决定明天就去提起诉讼,哪怕最终把官司打到开普的总督面前。

希培昂大约睡了两三个小时,突然,一阵开门的声音把他惊醒。

五个蒙面人,手里都拿着手枪或者长枪,直接闯入他的房间。他们提着凸面玻璃罩的灯笼,在英语国家,这种灯笼被称作牛眼灯,形容灯的形状像"牛的眼睛",五个人悄无声息地围站在希培昂面前。

一开始,希培昂没有把这个举动看得很严重。他还以为是谁在开玩笑,甚至,他还咧嘴笑了笑,尽管,说实话,他并不喜欢开玩笑,甚至很讨厌那些恶作剧。

但是,一只手猛地按住他的肩膀,一个蒙面男子把手中的一张纸打开,以绝非开玩笑的口气念道:

"希培昂·梅里,

"谨此送达如下,旺地嘎尔特矿区的秘密法庭由22名成员组成,今天,午夜0时25分,法庭以共同拯救的名义,全体一致同意,对您执行死刑。

"已经证实,您的不正当与不合时宜的发明威胁到了格利加兰所有人的利益和生活,威胁到了他们的家庭,受到威胁的人还包括其他地方从事钻石发掘、加工和销售的从业人员。

"法庭经过审慎裁决,宣判如下:上述发明人应予消灭,一人之死,可以免去无数生灵的灭亡。

"法庭决定,您有十分钟的时间为死亡做准备,您有权选择死亡方式,您遗留的所有纸张将被焚毁,但不包括您留给亲人的

五个蒙面人,手里都拿着手枪或者长枪,直接闯入他的房间。

信件,此外,您的住所将被夷为平地。

"此判决适用于所有不守信用者!"

听到针对自己的判决书,希培昂在第一时间感受到莫大震动,他自忖到,即使按照本地区的野蛮习俗,这场阴森的喜剧也不大像是玩真格的。

但是,按住他肩膀的男人终于打破了希培昂的最后一丝疑虑。

这个男人粗声粗气地说道:"马上站起来,别浪费时间!"

希培昂从床上跳起来,一边穿上衣服,一边回答道:"这是谋杀!"

希培昂心里想得更多的是愤慨而不是激动,他极为冷静地集中精力思索着眼前发生的一切,就好像正在思考一道数学难题。这些人是谁?他猜不出来,甚至听嗓音也猜不出来。毫无疑问,这些人他都认识,此时,他们突然都安静下来。

一个蒙面男子问道:"您选好了就死的方式吗?……"

希培昂语气坚定地回答道:"我没什么可选的,我要做的就是对丑恶的罪行提出抗议,你们都将因此获罪!"

"抗议也无法使您逃避绞刑!您准备写点儿东西吗?"

"没别的可写,只有我对谋杀者的谏言!"

这群人的头儿说道:"那就写吧!"

两个男人架住年轻工程师,把他拥到桌子前。

但是就在此时,发生了一件出人意料的事情。一个人急急忙忙来到旺地嘎尔特-山丘矿的法官们面前。

他是玛达齐。这个年轻卡菲尔人经常夜里在矿区附近徘徊，当他看到一群蒙面人走向年轻工程师的住所，破门而入，便本能地跟了上去。在门外，他听到了所有谈话，明白自己的主人处于危险之中。马上，毫不犹豫，不顾一切地冲进来，推开那群矿工，扑倒在希培昂脚下。

他紧紧搂住自己的主人，蒙面人试图把他拉开，玛达齐一边挣扎一边叫道："小爸爸，为什么这些人要杀死你？"

希培昂动情地紧紧握住玛达齐的手，后者无论如何不愿松开，他回答道："因为我做了一颗人造钻石！"

年轻卡菲尔人痛哭流涕地叫道："噢！小爸爸，我十分后悔做了这件事，真的是羞愧难当！"

希培昂叫道："你想说什么？"

玛达齐叫道："既然他们要杀死你，那我不如都承认了吧！是的！……你们应该杀死的是我……因为是我把那颗巨钻放到炉子里去的！"

那群人的头儿说道："把这个满嘴胡呲的人拉开！"

玛达齐一边挣扎一边接着叫道："我再说一遍，是我把那颗钻石塞进炮筒里的！是的！……是我欺骗了小爸爸！……是我想要让他相信实验取得了成功！……"

他竭尽全力，不顾一切地抗议着，终于使大家开始相信他的话。

希培昂听到这些话，感到意外，也感到沮丧，不禁问道："你说的是真的？"

"当然是真的！……千真万确！……我说的都是实话！"

玛达齐坐到地上，大家认真听他讲述事情经过，因为，他的话将对事情产生巨大影响!

玛达齐接着说道:"矿井发生坍塌的那一天,当我被土掩埋,快要窒息之前,我刚刚找到一颗巨大的钻石!……我把它攥在手里,想方设法把它藏起来,就在此时,土墙崩塌了,把我压在了下面,这是对我心生犯罪念头的惩罚!……当我重新活过来的时候,我在小爸爸的床上找到这颗钻石,当时,小爸爸让人把我安置到他自己的床上!……我本想把钻石还给他,但是又羞于承认自己是一个小偷,于是,我就等待一个合适的时机!……恰巧,一段时间以后,小爸爸试图制造一颗钻石,而且还委托我负责照顾炉火!……也就是在第二天,只有我一个人守在实验室,那个设备突然爆裂,发出巨大的声响,爆炸的碎片差一点儿要了我的命!……当时我就想,小爸爸肯定会觉得难过,因为他的实验失败了!……看到炮筒炸开的裂缝,我就把巨钻塞了进去,还特意在外面包裹了一层泥土,我匆匆忙忙把窑炉上部修好,让小爸爸什么也没看出来!……然后我就等着,什么也没敢说,后来,小爸爸找到了钻石,高兴极了!"

五个蒙面人听到玛达齐的最后一句话,不禁爆发出一阵哄堂大笑。

至于希培昂,他一点儿都笑不出来,气恼地咬住了嘴唇。

年轻卡菲尔人说出上述经过的语气令人无可置疑!他的这段故事肯定是真实的!希培昂努力回忆,甚至努力回想一切可能的因素,试图质疑,否定这个故事的真实性,但是,白费力气。希培昂自忖道:

"如果是一颗天然钻石,放到炉子里经受这样的高温,它应该已经气化了……"

但是,一个清醒的意识反驳道,由于外面包裹了一层泥土,这颗宝石幸运地逃脱了高温的烧灼,或者,它只是部分地承受了高温的烧灼!甚至,也许正是经历了这次烧灼,这颗钻石才变成了黑色!也许,在包裹它的外壳里,它曾经气化过,但是后来又重新结晶!

上面这些想法在年轻工程师的脑海里不断翻腾,然后异乎寻常地交织起来。希培昂被搞得目瞪口呆。

五个蒙面人大笑了一阵之后,其中一个说道:"我清晰地回想起来,发生塌方的那一天,确实看到玛达齐手里攥着一个土坷垃,而且,他的手指蜷缩攥得很紧,取都取不下来!"

另一个蒙面人说道:"那么!可以确认了。难道真有可能制造钻石吗?事实上,我们都愚蠢地相信了!……制造钻石根本就是天方夜谭!"

大家又都笑了起来。

看到他们兴高采烈,希培昂羞愧难当,比听到他们的粗话还难受。

最后,五个男人低声商议了一番,那个头儿开始说话:

"希培昂·梅里,我们同意,对您的判决予以延期执行!您将获得自由!但是,请时刻牢记,这个判决对您始终有效!如果您将此事对警方透露一个字,您就将受到无情的打击!……记住这一点对您有好处!"

说完,他向门口走去,后面跟着其他同伙。

房间陷入一片黑暗当中。希培昂自忖,刚才是不是做了一场噩梦，自己不过是噩梦中的玩偶。但是此时，传来玛达齐哭泣的声音，他还趴在地上，双手捧头嚎啕痛哭，听到哭声，希培昂终于相信，刚才发生的那一幕的确是真实的。

　　是的，刚才发生的是真事！希培昂刚刚死里逃生，但付出的代价却是最残忍的耻辱！他，身为矿业工程师，他，巴黎综合工科学校的毕业生，出色的化学家，已经崭露头角的地质学家，竟然被一个可怜的卡菲尔人的粗陋诡计给耍了！或者，不如说，正是他自己的虚荣心和不自量力，才导致了这个难以启齿的幼稚错误！他盲目冒进，甚至还找到了一套钻石结晶形成的理论！……没有比这更可笑的了！……钻石究竟是不是只能自然形成，需要漫长的岁月，才能造化出如此杰作？然而，造化弄人，希培昂曾经期盼成功，竭尽所能追求成功，并且理所当然地以为获得成功！……这颗钻石体量硕大，更促使人相信这个幻觉！……错误总是难免的，类似的错误难道不是每天都在出现吗？……不是有很多经验最丰富的钱币学家也曾经把假钱当作了真钱？

　　希培昂试着安慰自己，给自己打气，但是，突然，他想起了一件事：

　　"噢，那份准备提交法兰西科学院的报告！……这帮坏蛋可别把这份报告抢跑了！"

　　他点燃蜡烛寻找，还好！感谢上苍，这份报告还在！别人还没有看过它！……他赶紧把报告烧掉，然后长出了一口气。

　　与此同时，看到玛达齐依然悲痛欲绝，希培昂赶紧安慰他。这事儿并不难，小爸爸刚刚安慰了他几句，可怜的小伙子就重新恢复了生机。不过,尽管希培昂安慰玛达齐,表示不记恨,并且好心好意原谅他,但是,有一个先决条件,就是从今往后摈弃偷东西的恶习。

玛达齐答应了,并且以心中最神圣东西的名义赌咒发誓,然后,他的主人重新上床睡觉,他也跟着入睡了。

由此,这场差点儿就以悲剧结尾的大戏终于落幕。

但是,如果对于年轻工程师来说,这场戏已经落幕,对玛达齐来说,这场戏还远未结束。

事实上,第二天,人们听说南方之星原来就是一颗天然钻石,是被年轻卡菲尔人找到的,而且他对这颗钻石的价值一清二楚,如此一来,关于这颗钻石去向的揣测再度成为热议话题。约翰·沃金斯高声喊叫着,这个玛达齐肯定就是偷窃这颗无价宝石的窃贼!既然他曾经拥有过这颗钻石——不是他自己承认的吗?——那么很明显,就是他在晚宴大厅里偷走了钻石。

希培昂竭力反驳,力图证明卡菲尔人的正直诚实,但是徒劳无功;人们根本听不进去,这些足以说明,尽管玛达齐发誓说自己是清白无辜的,但是,千不该万不该,他不应该逃跑,更不应该回到格利加兰。

然而,年轻工程师十分固执,拿出了一个出人意料的证据,他认为这个证据可以拯救玛达齐。

希培昂对约翰·沃金斯说道:"我相信玛达齐是无辜的,而且,他是否有罪,这事儿只和我有关!无论这颗钻石是天然的,还是人造的,这都是我的钻石,只是后来才被我送给了艾丽丝小姐。"

沃金斯用讽刺嘲弄的语气回答道："什么？这颗钻石属于您？……"

希培昂说道："当然了，难道不是玛达齐在我的矿坑里找到的吗？他难道不是为我干活的吗？"

农场主回答道："您说得都对，正因为如此，这颗钻石才属于我，因为这是以我们的合同为依据，按照合同规定，在您的采矿点内寻找到的前三颗钻石，都应该归我所有！"

听了这番话，希培昂目瞪口呆，无言以对。

沃金斯问道："我的要求难道不合理吗？"

希培昂回答道："绝对合理！"

"我不得不要求您承认我的权利，并且白纸黑字写下来，也许我们终有可能让这个混蛋把他厚颜无耻偷走的钻石交出来。"

希培昂拿过一张白纸，在上面写道：

"我承认，按照我的让与合同，为我工作的卡菲尔人在我的采矿点找到的那颗钻石，属于约翰·斯塔勒通·沃金斯。

希培昂·梅里"

就此，他们达成协议，年轻工程师的美梦彻底破灭了。事实上，万一那颗钻石被重新找回，它将归属约翰·沃金斯，而不再是希培昂送给艾丽丝的礼物，这颗价值巨万的钻石将把横在艾丽丝与希培昂之间的鸿沟变得更加难以逾越。

另一方面，如果说农场主对钻石的拥有权破坏了一对年轻男女的姻缘，对于玛达齐来说，造成的伤害就更大了！因为，现在玛达齐的错误直接伤害了约翰·沃金斯！……这场偷窃案的直接受害人是约翰·沃金斯！……而约翰·沃金斯绝不是一个轻言放弃的男人,一旦认准了谁是小偷,一定穷追不舍。

果然,还不到12个小时,可怜的卡菲尔人就被抓住,关了起来,尽管希培昂百般说情,他还是未经审讯,就被判处绞刑……除非他愿意并且最终交出南方之星。

然而,事实上,玛达齐根本交不出钻石,因为他本来就没有偷过它,这样一来,他的下场也就确定了。希培昂依然固执地坚持认为玛达齐是无辜的,但是,却不知道怎样才能拯救这个可怜的人。

第二十二章　特殊宝藏

此时,沃金斯小姐已经知道了发生的一切,不仅知道了蒙面人的那一幕,也知道年轻工程师遭受了令人厌恶和沮丧的新打击。

艾丽丝对他说道:"噢!希培昂先生,既然一切已经真相大白,难道您的生命还比不上全世界所有的钻石更宝贵?"

"亲爱的艾丽丝……"

"别再考虑这些了,从此放弃这类实验!"

希培昂问道:"这是您给我的命令吗?……"

年轻姑娘回答道:"是的!就是!我命令您停止实验,就像当初我命令您从事实验……既然您愿意服从我的命令!"

希培昂回答道:"我十分愿意遵从您的命令!"他说着,双手捧住沃金斯小姐伸过来的手。

但是,当希培昂告诉她对玛达齐做出的判决时,艾丽丝吓呆了,特别是当她知道自己的父亲在这次判决中所起的作用,更加不能自持。

沃金斯小姐也不相信可怜的卡菲尔人是有罪的!她与希培昂一样,也希望竭尽所能拯救玛达齐!但是,应该如何做,特别是如何说服约翰·沃金斯?在这件事情上,作为原告,沃金斯固执己见,甚至亲自出面对可怜的卡菲尔人提出毫无道理的指控。

必须补充说一下,迄今为止,农场主并未能迫使玛达齐认罪,无论是面对绞架的威胁,还是坦白从宽的利诱,玛达齐始终拒不交代。为此,沃金斯已经绝望,知道永远无法找回南方之星了,他的心绪坏到了极点,变得不可理喻。即便如此,他的女儿仍然愿意做最后的努力,劝他回心转意。

判决做出后的第二天,沃金斯感觉痛风病比平时好些了,打算利用病情缓解的机会,整理一下自己的文件。他坐在一张巨大的乌木圆柱腿办公桌前,黄色的细木镶嵌桌面,做工精致,这张桌子是荷兰人统治时期的遗物,历经沧桑,最终沦落到格利加兰的这个偏僻角落,沃金斯在桌上摊开各种产权证书、各种合同,以及来往信件,逐一阅读过目。

在他身后,艾丽丝低头忙着自己的事,她正在刺绣,没有注意自己的鸵鸟达达来到客厅,它一如既往表情严肃,两只大眼睛炯炯有神,一会儿抬头看一看窗外,一会儿回头观察沃金斯和他女儿的一举一动。

突然,农场主爆发出一声怒吼,沃金斯小姐赶紧抬起头。

沃金斯叫道:"这只畜生烦死人了!它刚刚叼走了我的一份文件!……达达!……过来!……赶紧把这个还给我!"

沃金斯刚刚说完,立刻又爆发出一连串的咒骂:

"啊!这只可恶的畜生把文件吞吃了!……这是份最重要的文件!……允许开发我的山丘矿的法律文件原本!……真受不了!……必须让它吐出来,掐住它的喉咙……"

约翰·沃金斯猛地站起来,愤怒得满脸通红,怒不可遏。他向鸵鸟扑过去,达达在客厅里迅速转了两圈,探身从落地窗户蹿了出去。

艾丽丝说道:"我的父亲,这只爱鸟又给您添麻烦了,真对不起,您安静一下,求您了!听我说!……您这样会生病的!"

但是,沃金斯已经怒火中烧,鸵鸟的逃跑更是把他彻底激怒。

沃金斯语气冷酷地说道:"不!这太过分了!……必须了结这件事儿!这份文件是最重要的物权证书,绝对不能放弃!……了结这个小偷的最好办法,就是给它脑袋上来一枪!……我要我的文件原本,决不放弃!"

艾丽丝流着眼泪,跟在沃金斯身后,她说道:

"求求您,我的父亲,饶了这只可怜的畜生吧!无论如何,这张纸真的那么重要吗?……就为了一点儿小小的错误,您就要当着我的面,不顾我的哀伤,杀死我可怜的达达?"

但是,约翰·沃金斯什么也听不进去,只顾东张西望,寻找那个牺牲品。

终于,他看到那只鸵鸟了,它刚刚逃向希培昂·梅里居住的那间小屋。农场主立刻举起枪,开始瞄准;但是,达达看到沃金斯的动作,似乎猜到了针对自己的阴谋,急忙躲到了房子后面。

约翰·沃金斯一边向达达追去,一边叫道:"等等!……等等!……我知道怎么追上你,该死的畜生!"

艾丽丝愈加伤心欲绝,亦步亦趋跟在他身后,试图做最后的努力。

两个人同时来到年轻工程师住房前,绕着小屋转了一圈,并

他向鸵鸟扑过去,达达在客厅里迅速转了两圈,探身从落地窗户蹿了出去。

没有发现鸵鸟！达达消失了！但是,此刻它根本不可能跑下山坡,因为,如果达达跑下去,肯定能在附近一眼发现它。看来,达达应该是通过没有关好的门窗,钻到屋里躲了起来。

想到这里,约翰·沃金斯急忙加快脚步,转回小屋门前,开始敲门。

开门的正是希培昂本人。

他对这次意外来访感到很吃惊,说道:"沃金斯先生?……沃金斯小姐?……很高兴在我家看到你们!……"

气喘吁吁的农场主余怒未消,向希培昂简单解释了事件的经过。

希培昂回答道:"那好吧,我们一起来找一找罪犯!"说着,把约翰·沃金斯和艾丽丝请进房间。

农场主重复说道:"我跟您说过,很快就把它解决掉!"他边说边挥舞着手里的步枪,就像挥舞着一把印第安人的战斧。

就在此时,年轻姑娘向希培昂投来哀求的目光,眼神充满对这场计划中的杀戮的恐惧。年轻工程师立刻明白应该做什么了,很简单:不让他们找到鸵鸟。

希培昂用法语对刚刚进门的李说道:"李,我怀疑那只鸵鸟应该在你的房间里!去把它绑起来,想办法把它巧妙地转移走,现在我陪沃金斯先生到相反的地方去搜寻!"

很不幸,这个方案的前提就存在失误,鸵鸟就藏在第一个房间里,而搜查就是从这个房间开始!达达就在那儿,缩作一团,脑袋藏在椅子下面,整个身体暴露在外,一览无余。

沃金斯立刻扑了过去。

"我知道怎么追上你,该死的畜生!"

他说道:"啊!混蛋,我要和你算总账!"

然而,尽管他怒火中烧,在鸵鸟庞大身躯面前还是停顿下来,在屋子里面,而且还是在别人屋子里面,尽管只是暂时租给别人的屋子,而且在这么近的距离开枪,他有些犹豫不定。

艾丽丝哭泣着转过身,不忍看到即将发生的一幕。

看到年轻姑娘伤心欲绝的样子,希培昂眼前一亮,计上心来。

他立刻说道:"沃金斯先生,您就是想要重新看到自己的文件,是不是?……好吧,想要得到文件,完全没必要因此杀死达达!只需要打开它的嗉囊,这会儿工夫,文件应该还在它的嗉囊里,没有进入肠道!您是否允许我给它实施手术?我曾经在巴黎自然博物馆学过兽医课程,我想自己有能力做得好这个外科手术!"

也许这个活体解剖的建议略微安抚了农场主的报复本能,或者,也许是他心中的怒火开始降温,也可能是女儿痛心疾首的样子打动了他,总之,尽管依然怒气冲冲,沃金斯做出让步,同意接受这个解决方案。

但是,他继续宣称,绝不能损失这份文件!如果在达达的嗉囊里没有找到它,那就继续到里面去寻找!无论如何,沃金斯必须找回这份文件!

初看起来,依照可怜的达达现在的样子,大家都明白,这个解剖手术并不那么好做。即使个头最小的鸵鸟,它的身体里也蕴藏着巨大的能量,力气大得可怕。只要临时外科医生的刀剪划破它的皮肤,这个手术患者肯定拼命挣扎,激烈反抗。为此,李和巴尔蒂克都被叫了过来,准备帮助希培昂完成手术。

大家商量好,预先把鸵鸟绑起来。为此,李从自己房间里取来从不离身的绳索,用临时征用的绳索把达达捆起来,随后,再用绊索和绳结把倒霉达达的双脚和长嘴紧紧捆住,让它一动也不能动,无法做出一丝反抗。

希培昂站在一边。为了让沃金斯小姐放心,他需要尽量减少鸵鸟遭受的痛苦,为此,他用一块浸透三氯甲烷的辅料纱布包裹住达达的脑袋。

准备工作完成后,希培昂开始动手术,不过,他对手术结果还是有一点担心。

看到这些准备工作,艾丽丝害怕极了,脸色苍白,赶紧跑到隔壁房间去躲避。

希培昂首先用手在这只动物的颈部下方来回抚摸,以便确认嗉囊的位置。这个工作并不难,因为在达达胸腔上部,它的嗉囊明显凸起,形成一个大包,硬邦邦的,结结实实,周围都是软组织,用手指触摸很容易辨识。

希培昂用一把小折刀小心翼翼地划开鸵鸟的皮肤,它的皮肤十分松弛,有点儿像火鸡的皮肤,上面布满灰色的绒毛,很容易拨开。这道切口几乎没有出血,他用一块湿布把切口擦拭干净。

希培昂首先找到两三处重要的动脉血管,小心翼翼地用铁丝钩子把血管拨开,让巴尔蒂克拿着铁丝钩子。然后,他展开一块珠光色的白布,盖在锁骨部位上方形成一个很大的手术窗口,随后,他开始着手打开鸵鸟的嗉囊。

你可以想象一个鸡肫,无论是厚度还是重量,都比鸡肫大上约一百倍,鸵鸟的嗉囊就是这个样子。

达达的嗉囊活像一只棕色的口袋,鼓鼓囊囊地塞满了食物,以及各种稀奇古怪的东西,都是这只贪吃的动物当天吞吃下去的,有些可能是更早时候吞进去的。只要看一看这只肉墩墩的嗉囊,看它那健康有力的肌肉,就能明白,为什么它敢于吞下那么多东西。

希培昂把牵引的铁丝让李拿着,接过李递过来的猎刀,在这堆东西上划开一个切口。

切口划开后,希培昂很容易地把手伸到嗉囊内部深处。

他很快就摸到那份文件,把这份沃金斯最想要的东西掏了出来,文件被揉成了一团,肯定稍微有点损坏,但整体安然无恙。

希培昂说道:"里面还有其他东西。"随后把手重新伸进嗉囊里,这一次,他从里面掏出来一只象牙球。

他叫道:"这是沃金斯小姐的缝补工具象牙球!还记得吗?五个多月前,达达把它吞吃了!……很明显,这个象牙球没能通过嗉囊下部的出口!"

希培昂把象牙球递给巴尔蒂克,又一次把手伸进嗉囊搜寻起来,就好像一个考古学家在古罗马遗迹里寻找古物。

希培昂惊叫道:"一个铜蜡烛台!"随着叫声,掏出来这件日常用具,已经氧化磨损,折坏压扁,但外形仍然清晰可辨。

看到这些,巴尔蒂克和李放声大笑,艾丽丝刚刚返回房间,也不禁跟着笑了起来。

希培昂继续清点盘查,接着说道:"几枚硬币!……一把钥匙！……一把牛角梳子！……"

突然,他的脸色变得苍白,他的手指刚刚碰到一件物品,它的形状极为特殊！……不！……他毫不怀疑这个东西是什么！……然而,他实在不敢相信竟有如此巧遇!"

最终,他从嗉囊里抽出手,高高举起手里紧攥着的……

约翰·沃金斯张大嘴巴嘶吼道：

"南方之星！"

是的！著名的钻石重新现身,完好无损,依然光彩熠熠,在透过窗户照进来的阳光下,犹如一颗明亮的星星闪烁发光！

只有一个现象颇为奇特,让所有在场的人深受震撼,南方之星的颜色变了。

它从原先的黑色,变成了现在的粉色,而且是漂亮异常的粉红色,可以这样说,颜色的改变使它更加清澈透亮,更显雍容华贵。

意外惊喜令沃金斯感到窒息,当他终于缓过劲儿,可以说出话的时候,不由激动地问道："您不觉得颜色的改变可能贬低它的价值吗？"

希培昂回答道："绝对不会！恰恰相反,它增加了这颗钻石的奇特性,让它跻身珍稀的变色钻石行列！可以确定,达达的嗉囊里温度不低,因为,一般来说,有色钻石的变色现象主要受外界温度变化的影响,关于这一点,学术界早就有定论！"

沃金斯说道："啊！……感谢上苍,我的漂亮宝贝,你终于重新现身！"他一边说着,一边用手紧紧攥着钻石,似乎以此来证实自己不是在做梦。他接着说道："你的出走让我感到无比伤心,你这颗忘恩负义的星星,我再也不会让你溜走了!"

然后,他把钻石举到自己眼前,用眼光审视、抚摸着它,那样子似乎要把钻石吞进肚子,就像达达那样!

与此同时,希培昂接过巴尔蒂克递过来的针,针上纫着粗线,仔细缝合鸵鸟的嗉囊;然后,再把脖子上的切口缝好,最后,解开绑缚在达达身上的绳索。

达达萎靡不振,低着脑袋,一点儿也没表现出要逃走的意思。

艾丽丝对自己宠物受到的伤害,远比对钻石现身更关心,她问道:"希培昂先生,您觉得达达能康复吗?"

希培昂回答道:"当然,我当然坚信它能康复!难道您以为,我会没有把握就试图做这个手术吗?……没问题!三天之后,它就可以恢复正常了,现在,我估计两个小时以后,达达就会重新往自己被掏空的神奇口袋里填东西!"

听到希培昂的允诺,艾丽丝终于放下心,向年轻工程师投去感谢的目光,这一瞥,让希培昂付出的所有辛劳获得了回报。

这个时候,沃金斯终于平复心境,恢复心智,确认自己真的找回了神奇的星星,起身离开窗户,用严肃庄重的口吻说道:

"梅里先生,感谢您为我做的这一切,我真不知道如何才能报答您!"

希培昂的心猛烈跳动起来。

报答!……呃!沃金斯拥有最简单的报答方式!这有什么难的,可以履行自己的诺言嘛,当初他曾经许诺,谁帮他找回南方之星,就把女儿许配给谁!事实上,现在不就等于他从德兰士

"南方之星！"

瓦的远方给他带回了钻石吗?

年轻工程师自忖着,但是,他太高傲了,不愿意大声说出自己的真实想法,一厢情愿地以为,农场主自己就应该想到这一点。

然而,约翰·沃金斯对这一点只字未提,他示意女儿跟着自己,动身离开希培昂的小屋,返回自己的住所。

不用多说,片刻之后,玛达齐重获自由。由于达达的贪吃恶习,可怜的卡菲尔人差点儿付出生命的代价,不过,无论如何,他最终还是死里逃生!

第二十三章 骑士风度

约翰·沃金斯非常幸福,现在,他成为格利加兰最富有的农场主,在举行过第一次盛宴庆祝南方之星的诞生之后,他又要举行第二次盛宴,庆祝南方之星的再生。只不过,这一次大家可以放心,采取了所有的安保措施,确保钻石不再丢失——达达根本不会受邀出席盛会。

盛大的宴会定于第二天下午举行。

从当天早晨起,约翰·沃金斯向经常米农庄做客的所有宾朋好友发出邀请,派人到县城肉铺订购各种肉食,数量足够一个步兵连享用,在房间里堆满了各种食品,各种罐头,各式各样的葡萄酒和稀奇古怪的甜烧酒瓶子,凡是附近饭铺能提供的东西,应有尽有。

从下午4点钟起,宴会大厅里的桌子就布置好了,餐具柜上整齐摆放着小玻璃瓶,整只的牛、整只的羊都已经上架烧烤。

6点钟的时候,身着盛装的受邀宾客陆续抵达。7点钟,宾客说话的嘈杂声已经一浪高过一浪,喧闹声不绝于耳。在宾客当中,有终于不再遭受骚扰的马蒂斯·普雷托留斯,他再也不用担心阿尼巴尔·邦达拉西的恶作剧,还有托马斯·斯蒂尔,他依然膀大腰圆,孔武有力,经纪人纳桑也在场,此外,还有一群又一群的农场主、矿主、商人,以及警官。

在艾丽丝的命令下,希培昂无法拒绝出席这次盛宴,因为年轻姑娘自己也被迫在宴会上现身。但是,他们两人都很悲伤,因为事情再明显不过了,五千万富翁沃金斯根本不可能想到把女儿嫁给一个小工程师,"他甚至连钻石都不会制造!"是的!自私的沃金斯就是如此形容年轻学者的,他完全忘记了,自己新获得的财富其实都拜希培昂所赐。

宴会顺利进行,气氛热烈,来宾尽情吃喝。

幸福的农场主坐在那里,面前——这次不再是放在身后——摆放着巨钻,下面衬着蓝色天鹅绒垫子,上面罩着球形玻璃罩,玻璃罩外面再罩着金属栅栏笼子,在双重保护下,映着周围蜡烛的火光,南方之星熠熠生辉。

人们已经连续十次举杯,为了巨钻的美貌,为了它无与伦比的清澈,为了它举世无双的光芒,干杯!

宴会大厅里热烈的气氛令人窒息。

沃金斯小姐独自枯坐,对周围的喧嚣声似乎充耳不闻。她看着同样如坐针毡的希培昂,眼睛里不禁饱含泪水。

突然,宴会大厅的门被敲了三下,搅扰了大厅内乱纷纷的谈话声和觥筹交错的碰杯声。

沃金斯嘶哑着嗓音叫道:"请进!无论您是谁,来得正是时候,进来喝一杯!"

大门打开了。

雅各布·旺地嘎尔特消瘦顾长的身影出现在门口。

在场宾客相互看着,对他的意外莅临感到非常惊奇。因为,在整个格利加兰,大家都知道,约翰·沃金斯与雅各布·旺地嘎尔特是两个互相抱有敌意的邻居,从不交往,餐桌周围立刻泛起一阵骚动。每个人都知道,将要发生严重的事情。

宴会大厅一片寂静。所有来宾的视线都转向白发苍苍的老琢磨工。只见他站在那里,抱着双臂,头上戴一顶帽子,身着节日才穿的长礼服,活像前来报复的幽灵。

沃金斯感到一阵莫名的恐惧,以及神秘的战栗。他的脸色变得苍白,只留下长期酗酒、酒精中毒导致的颧颊上褪不去的红斑。

农场主有一种无法解释的感觉,这种感觉从何而来,他一无所知,但是,他尝试着摆脱这种无以名状的感受,于是率先站起来,对雅各布说道:

"哦!邻居旺地嘎尔特,好久不见,非常感谢您光临寒舍!今天晚上,什么风把您吹来的?"

老人冷冷地回答道:"是正义的风,邻居沃金斯!我来是要告诉您,经过七年的隐忍,正义终将取得胜利,并得以实现!我来是要向您宣布,报应的钟声已经响起,我要回到自己的家,早已镌刻上我的名字的山丘矿从此合法地归我所有,在公正面前,它从来都是属于我的!……约翰·沃金斯,您曾经剥夺了属于我的财产!……今天,法律将要把它从您手中剥夺,并且把您从我这里夺取的一切偿还给我!"

在雅各布·旺地嘎尔特突然出现的那一刻,约翰·沃金斯感到浑身冰凉麻木,感觉到了老琢磨工带来的莫名威胁,然而,这种感觉越深刻,他那多血质暴躁性格的反应就越强烈,越要正面迎战决定生死的威胁。

于是，沃金斯一屁股坐下去，靠在沙发背上，轻蔑地放声大笑。

他一边笑，一边对身边的来宾说道："这老家伙疯了！我早就想到，他的脑袋一定被驴踢过！……但是现在看来，最近，他脑袋上被踢裂的口子扩大了！"

围着桌子的宾客纷纷对这个粗俗的玩笑报以掌声。雅各布·旺地嘎尔特却泰然自若。

"谁笑到最后，谁笑得最好！"他严肃地说了一句，然后从口袋里取出一张纸，接着说道，"约翰·沃金斯，您还记得那个最终的终审判决吗，就是那个连女王本人都无法否定的最终判决？根据那个判决，您在本县拥有的土地位于格林威治东经25度线以西，而判给我的土地位于这条经度线以东。"

约翰·沃金斯叫道："完全正确，我亲爱的啰里唆吧唆的先生！这就是为什么，如果您病了，那就赶紧回家上床，而不是跑到这里来打扰尊贵的客人，我们正在晚宴，我们不欠任何人的情！"

雅各布·旺地嘎尔特打开手中的纸，以和蔼的语气接着说道：

"这是一份声明，一份地籍委员会的声明，由总督本人会签，并于前天在维多利亚登记备案，这份声明注意到迄今为止格利加兰所有地图上存在的具体错误。十年前，在测量本县土地的时候，土地测量员犯下这个错误，他们在用磁针确定正北方向的时候出现误差，正如我所说，由于这个错误，导致以他们测量的

"我来是要告诉您,经过七年的隐忍,正义终将取得胜利,并得以实现!"

坐标绘制的所有地图和图纸都出现误差。根据刚刚做出的矫正,东经25度线,在我们所处的赤纬圈上,应该向西移动三里。从现在起,这个矫正已成为官方正式矫正,根据这个矫正,山丘将重新归属于我,而不再归您,因为,根据所有法学家,以及大法官本人的意见,先前的判决依然具有法律效力!约翰·沃金斯,我特意前来通知您!"

也许是农场主没有完全听懂,也许是他有意地宁愿拒绝听懂,沃金斯对老琢磨工依然报以蔑视的狂笑。

但是,这次的笑声并不自然,没有引起围坐桌边宾客们的响应。

所有在场证人全都目瞪口呆,眼睛紧紧盯着雅各布·旺地嘎尔特,似乎都被他庄重严肃的姿态、言之凿凿的话语,以及他本人坚定不移的态度震撼了。于是,经纪人纳桑第一个表达出全体在场人士的感觉。

他提醒大家,同时对约翰·沃金斯说道:"初步看来,旺地嘎尔特先生所言非虚。这条经线测量的错误完全可能存在,无论如何,也许更好的解决办法是,在正式宣布之前,是否需要等一等更全面的消息?"

沃金斯一拳猛击在桌面上,大声叫道:"等什么消息!我就能提供消息!……我不需要什么消息!……我现在是不是在自己家,是不是?……我拥有山丘矿的依据是法庭的最终判决,这个老家伙难道不知道判决的法律效力吗?……对的!其他的跟我有什么关系?……如果有人觊觎我的财产,那么我还会像以前做过的那样,向法庭起诉求助,我们倒要看看谁能胜诉!"

雅各布·旺地嘎尔特毫不留情,语气沉稳地反驳道:"法院该做的都已经做完了。只剩下一个需要解决的问题:在地图上,25度经线究竟是不是与图上所标相吻合?不过,现在,官方已经正式承认,在这个问题上存在误差,由此不可避免地得出结论:山丘重新归我所有。"

说着,雅各布·旺地嘎尔特展示了手中的正式文件,上面盖满了公章和印花税票。

约翰·沃金斯明显感到浑身不适。他坐在那里手舞足蹈,试着发出轻蔑的冷笑,但是笑不出来。这时候,他的视线偶然地落到了南方之星上,一瞬间,已经丧失掉的信心又恢复了。

沃金斯叫道:"即便如此,即使在不公正的压力下,我被迫放弃自己的合法权益,放弃已经平安享有七年的所有权,那又怎么样?只要有了这颗举世无双的宝贝,只要把它放进我的衣袋,我还是足以自慰,经得住任何打击。"

雅各布·旺地嘎尔特干脆利落地反驳道:"约翰·沃金斯,您又错了,从现在起,南方之星属于我了,包括您手里拥有的山丘矿的所有产品,包括这所房子里的一切,包括这些葡萄酒,以及餐桌上剩下的大肉,都归我所有了!……这里的一切都是我的了,因为,这些都是您从我这里骗走的!……"他又补充说道,"您不必担心,我会小心照管这一切的!"

说完,雅各布·旺地嘎尔特拍了拍自己硕大但瘦骨嶙峋的双掌。

立刻,一群身着黑色制服的警官出现在门口,后面紧跟着一位警长,他快速走进大厅,把手按在椅子背上,说道:

"以法律的名义,我宣布,暂时扣留这所房子里的一切物品,无论其价值如何!"

所有在场的人都站了起来,除了约翰·沃金斯。农场主神情沮丧,目瞪口呆,好像遭到雷击一样,瘫倒在那张硕大的木制沙发里。

艾丽丝扑了过去,抱住沃金斯的脖子,轻声细语地安慰着他。

此时,雅各布·旺地嘎尔特一直盯着沃金斯,眼神里的怜悯多于仇恨,然后,他回头看向南方之星,尽管周围笼罩着灾难的氛围,这颗巨钻依然熠熠生辉,比任何时候都更绚丽。

"破产了!……破产了!"

沃金斯颤抖的嘴唇里,现在只能吐出这几个字。

就在此时,希培昂站了起来,用庄重的语气说道:

"沃金斯先生,既然您的命运遭遇了无法挽回的打击,请允许我不顾这个事件的影响,表达亲近您的女儿沃金斯小姐的愿望!……我有幸请求您允许我迎娶艾丽丝·沃金斯小姐!"

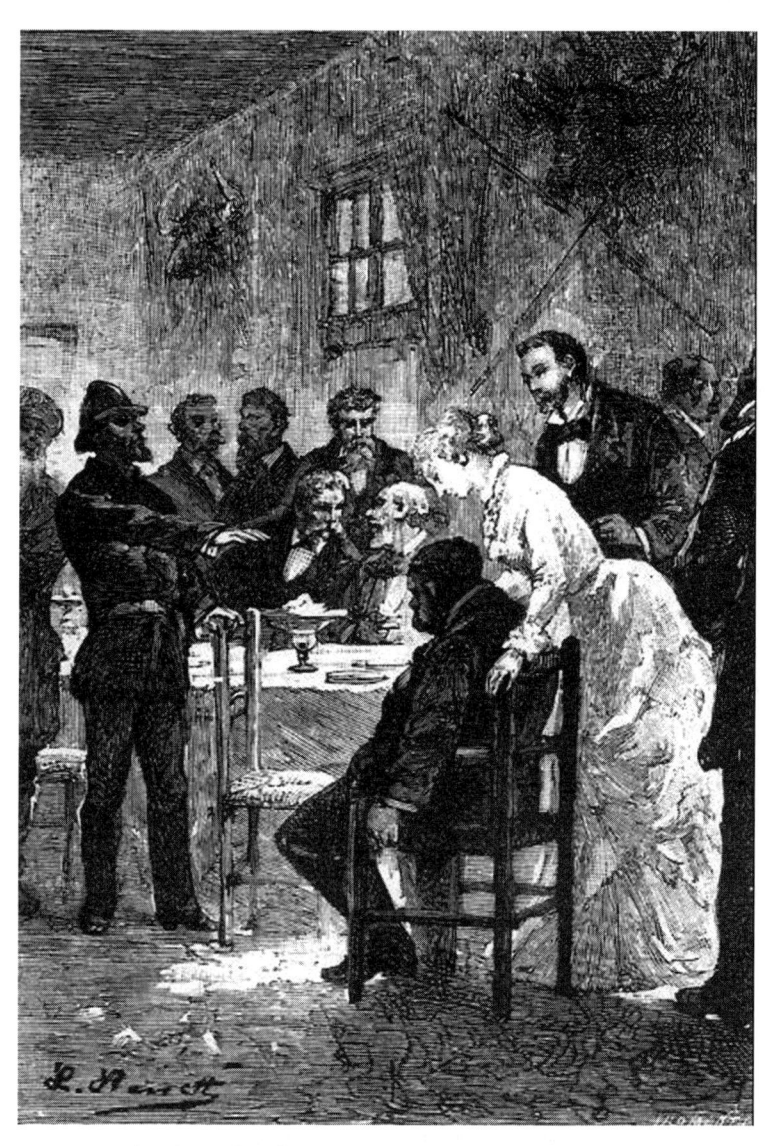

"以法律的名义,我宣布,暂时扣留这所房子里的一切物品,无论其价值如何!"

第二十四章 陨落的星星

年轻工程师的请求产生了戏剧性的效果。尽管约翰·沃金斯邀请的来宾大多素质低下，情商处于半野蛮状态，但是大家依然对这一幕报以热烈的掌声。因为这个请求充满了无私的情感，打动了他们。

艾丽丝低垂双目，心情激动，但却是全场唯一没有对年轻人的举动感到意外的人，她守在父亲身边，沉默不语。

可怜的农场主还没有从刚刚经受的打击中清醒过来，此时抬起了头。事实上，他十分了解希培昂，知道如果把女儿许配给他，可以确保艾丽丝的未来生活和幸福，但是他仍然不愿意表示自己不再反对这桩婚事。

希培昂也感到沃金斯的态度有些古怪，不禁对自己刚才头脑发热，一时冲动，当众所做的表白有些后悔，埋怨自己情不自禁做出的失态之举。

面对这个不难理解的尴尬局面，雅各布·旺地嘎尔特向前迈了一步，对农场主说道：

"约翰·沃金斯，我不喜欢炫耀自己的胜利，也不会把自己的敌人打垮之后再踩上一只脚！我要追还自己的权利，是个男人都应该这么做！但是，经验告诉我，正如我的律师曾经说过的，过分严格的正义往往包含着不公正的因素,我不愿意伤及无辜,不愿让他们为别人犯下的错误付出代价!……我现在孑然一身,黄土埋了半截身子!这么多财产对我有什么用?我宁愿把它们分掉……约翰·沃金斯,如果您同意让这两个年轻人结合,我将请求他们接受南方之星,作为这桩婚事的嫁妆,反正这颗钻石对我毫无用处!……此外,我还承诺,让他们成为我的遗产继承人,我对您可爱的女儿无意中造成了伤害,愿意尽可能对她给予补偿!"

听到这些话,在场观众就像国民议会报告里常说的那样:"群情激动,感慨不已"。大家的目光一齐投向约翰·沃金斯。农场主的眼眶突然湿润了,他用一只颤抖的手遮住双眼,心绪烦乱,难以自持,终于叫道:

"雅各布·旺地嘎尔特!……是的!您是一位正人君子,我曾经伤害过您,而您以高尚的方式报复我,同时将幸福赐予这两个孩子!"

对老琢磨工的好意,无论艾丽丝,还是希培昂都无法做出回答,至少,无法用语言回答,但是,他们的眼神已经说明了一切。

老人把一只手伸向自己的敌人,沃金斯也热情地握住了老人的手。

所有看到这一幕的来宾都感动得热泪盈眶,甚至一位花白头发的老警官也感动得眼含热泪,用手擦拭着干瘪的眼皮。

至于约翰·沃金斯,好像变了一个人。他的表情从刚才的冷酷凶恶,转瞬变得和颜悦色。与此同时,雅各布·旺地嘎尔特的脸色也从刚才的严峻无情,恢复到平时的样子——安详从容,和蔼可亲。

老人大声说道:"让我们忘掉这一切吧,为了这两个孩子的幸福干杯,如果警长先生允许,让我们畅饮被他扣押的葡萄酒!"

警长笑着说道:"对于被扣押的饮料,警长不允许将其出售,但是,却允许它们被消费!"

随着这些快乐的话语,人们重新开始觥筹交错,宴会大厅里恢复了热火朝天的气氛。

雅各布·旺地嘎尔特坐在约翰·沃金斯的右边,向他描述未来的蓝图。

他说道:"我们把一切都卖掉,跟着孩子们去欧洲!我们住到农村去,就住在他们的家附近,我们的好日子还在后面呢!"

艾丽丝和希培昂并肩坐着,低声用法语交谈,从两个人热情洋溢的表情看得出来,交谈的内容一定也很有意思。

大厅里的温度不断攀升,开怀畅饮使每位来宾好像变成一台电动机,随时启动爆发,杯中美酒饮入嘴中,呼出大量热气,大厅里变得燥热,令人难以忍受。人们打开了所有门窗,但是没有一丝风吹进来,蜡烛的火苗甚至纹丝不动。

每个人都知道,这样的大气压力只能说明,暴雨即将来临,伴随而来的将是雷鸣电闪,大雨倾盆,在南部非洲,这种现象是大自然的造化,司空见惯。大家都盼着暴雨降临,以便可以松一口气。

突然,一道闪电带着暗绿色电光划过所有人的脸,几乎与此同时,惊雷爆响,在平原上空辗转徘徊,雷电预示着一场大自然的交响乐即将开演。

"我们住到农村去,就住在他们的家附近,我们的好日子还在后面呢!"

就在此时，一阵巨响传遍整个大厅，甚至所有的蜡烛都被一齐熄灭。紧接着，几乎同时，倾盆大雨从天而降，暴雨开始了。

人们慌慌张张关起门窗，重新点燃蜡烛，托马斯·斯蒂尔问道："你们听到了吗？刚才紧接着雷声，有一声清脆的炸裂声，好像是个玻璃球爆炸的声音？"

立刻，所有人的目光一齐投向南方之星……

巨钻消失了。

然而，无论罩在钻石上面的玻璃罩，还是罩在玻璃罩上面的金属栅栏笼子，都没有挪动地方，根本不可能有任何人可以触碰巨钻。

似乎发生了某种奇迹。

希培昂猛地向前探身，凑近看清楚，在蓝色天鹅绒垫子上，在原来放置巨钻的位置上，出现了一小堆灰色的粉末。他禁不住惊愕地叫了起来，一句话就解释了刚才发生的一切：

"南方之星爆裂了！"

在格利加兰，所有人都知道，本地区出产的钻石有一个特殊的通病。人们很少谈论这个通病，因为这将使钻石大幅度贬值；但是，事实就是，在一种无法解释的分子运动下，这些最珍贵的钻石可以像爆竹一样发生爆裂。一旦发生这种情况，钻石将化为乌有，仅仅留下一点粉尘，这点粉尘最多也就适用于工业生产。

年轻工程师更关心从科学角度看待这个事件，至于这个事件给他造成的巨大损失倒在其次。

在周围一片惊慌失措的气氛中，希培昂说道："这颗钻石在这样的条件下爆裂并不奇怪,奇怪的是,它一直等待着,直到今天才爆裂！一般来说,其他的钻石早就爆裂了,最多也就是在琢磨后的十天左右爆裂,是不是这样,旺地嘎尔特先生？"

老人深深叹了口气,说道:"您说得完全正确,我也是平生第一次看到一颗钻石经过琢磨后三个月才爆裂！"他接着补充道,"好吧！南方之星命中注定不属于任何人。当初我就曾经想到过,为了阻止发生这个悲剧,应该在它外面涂抹一层润滑油。"

"真的吗？"希培昂满意地叫道,就像一个人终于找到难题的解答方案。他接着说道:"这样一来,这个疑问就迎刃而解了！脆弱的钻石被达达吞进嗉囊,并且在那里获得了保护层,是达达把钻石一直保存到了今天！事实上,南方之星早在4个月之前就应该爆裂,如果那时候就爆裂了,我们也就可以不用穿过整个德兰士瓦,跑那么多冤枉路！"

就在这个时候,人们发现约翰·沃金斯似乎不大舒服,躺在木制沙发椅上剧烈抖动。

他满脸通红,终于极为愤慨地说道:"发生了如此重大的灾难,你们怎么可以如此不当回事？你们眼看着价值五千万的钻石灰飞烟灭,却如此轻描淡写,就好像熄灭的是一颗普通的香烟头！"

希培昂回答道:"我们的表现说明我们旷达冷静！在需要沉着冷静的时候,最好表现得理智一些。"

农场主反驳道:"谁愿意冷静谁去冷静！但是,五千万就是五千万,那不是大风刮来的！……啊！您瞧,雅各布,您今天帮了我一个大忙,您自己都不知道！如果南方之星是在我拥有它

319

的时候爆裂，我想自己也会像一颗栗子一样爆裂掉！"

希培昂看着守在沃金斯身边的艾丽丝，用温柔的目光看着她美丽的脸庞，接着说道："沃金斯先生，您还想要怎样？今天晚上，我获得了一颗最宝贵的钻石，至于其他的损失于我如浮云！"

举世无双的巨钻的历史如此短暂，动人心魄，至此，南方之星转瞬即逝的生涯降下戏剧性的帷幕。

南方之星的结局影响深远，当初在格利加兰曾经流传的关于它的各种迷信的流言蜚语，如今更是甚嚣尘上，卡菲尔人和矿主们都相信，这么大的一颗钻石带来的只能是灾难。

雅各布·旺地嘎尔特为自己曾经琢磨过这颗钻石感到自豪，希培昂曾经考虑把它献给矿业学院的展览馆，在他们两人的内心深处，对于巨钻出人意料的结局，都有着深深的遗憾，只是他们都不愿意承认。不过，无论如何，这个世界依然沿着自己的轨道向前发展，人们最多也就是觉得，巨钻的爆裂造成了不小的经济损失。

但是，这一系列事件积累起来，包括痛苦的感受、财产的丧失，以及南方之星的得而复失，这一切对约翰·沃金斯造成沉重打击，他从此卧床不起，萎靡颓丧地挨过几天之后，慢慢进入临终状态。尽管他的女儿，还有希培昂给予他精心照顾，尽管雅各布·旺地嘎尔特给予他鼓励安慰，甚至守在床边，花费时间劝他鼓起勇气，这些都无法缓解沉重打击对他造成的伤害。好心的老琢磨工守在床边，给农场主描述未来的蓝图，跟他谈论山丘矿，就好像这是他们共同的财产，向他询问管理矿山需要采取的措施，并且把这些建议纳入他的方案。这些都无济于事。苍老的农场主依然觉得自尊心受到打击，矿山主人的权威受到打击，自私心理受到打击,他的所有品行都受到打击,沃金斯觉得自己完蛋了。

一天晚上,他把艾丽丝和希培昂叫到身边,把他们的手放到一起,一句话都没有说,咽下了最后一口气。他只比自己心爱的星星多活了十五天。

事实上,在沃金斯的财富与这块神奇的石头之间,似乎存在着密切的联系。至少,它们之间的许多巧合,依照正常的逻辑无法解释,但是在格利加兰却引发一系列迷信的说法:南方之星给它的拥有者"带来不幸",并由此引发了另一种说法:举世无双的宝石降临尘世,就意味着老农场主幸福生活的终结。

但是,山丘矿那些饶舌的人并没有看到,这个不幸事件的始作俑者,其实就是约翰·沃金斯本人,他所犯的错误不可避免地导致挫折与破产。这个世界上发生的许多不幸事情,往往被人归咎于神秘的厄运,其实,如果深入探察究竟,就能发现,归根结底,自作孽者不可活!有一些不幸属于无妄之灾,但是,也有许多逻辑推理证明,犹如三段论①得出的结论,凡事都有一个前提。假如约翰·沃金斯不是那么利欲熏心,如果他没有过分看重这些被称为钻石的小块碳结晶体,甚至让它们成为罪恶的载体,面对南方之星的出现与消失,他就会保持冷静——像希培昂那样——那么,他自己的身体,无论是精神还是肉体,就不会受到这次事件的沉重打击。可惜,他把自己的身心都寄托在了钻石上面:他是因钻石而亡。

---

① 三段论推理是演绎推理中的一种简单推理判断。

几个星期以后,希培昂·梅里与艾丽丝·沃金斯举行了简单的婚礼,并且受到所有人的祝福。现在,艾丽丝成了希培昂夫人……在这个世界上,还有什么比这更让她期盼呢?

另一方面,年轻工程师已经变得非常富有,超出了艾丽丝的想象,即使希培昂本人也未曾料到。

事实上,自从发现了南方之星以后,谁也没有想到,希培昂的采矿点又发现了不少钻石,价值相当可观。就在年轻工程师穿越德兰士瓦期间,托马斯·斯蒂尔在采矿点继续开采,并且获得了丰厚的回报,一时间,众人纷纷报价要求收购希培昂在采矿点的份额。为此,希培昂在返回欧洲之前,把这个采矿点的份额卖了足足10万法郎。

艾丽丝和希培昂毫不迟疑地动身离开格利加兰,返回法国;临走之前,他们给李、巴尔蒂克,以及玛达齐留下了足够的份额,并且把他们托付给了雅各布·旺地嘎尔特。

后来,老琢磨工把山丘矿卖给了由经纪人纳桑领导的一家公司,并且在愉快地完成交割清算后,动身前往法国,与自己认养的孩子们团聚。由于希培昂的勤奋努力,他在南非的工作成绩众所周知,返回巴黎时,受到学术界的热烈欢迎,希培昂与艾丽丝伉俪生活富足,幸福美满。

托马斯·斯蒂尔也回到了英格兰的兰开夏郡,随身携带了两万英镑,后来,他结婚了,每日白天像个绅士一样猎狐,晚上喝一瓶波特酒[①],生活得十分惬意。

[①] 波特酒产于葡萄牙北部,属酒精加强型葡萄酒。

托马斯·斯蒂尔也回到了英格兰的兰开夏郡,随身携带了两万英镑,后来,他结婚了,每日白天像个绅士一样猎狐。

旺地嘎尔特-山丘矿的资源还没有枯竭,每年产出的钻石占开普地区钻石出口总量的五分之一;但是,无论是有幸,还是不幸,再也没有一个矿工找到过另一颗南方之星!